KB267163

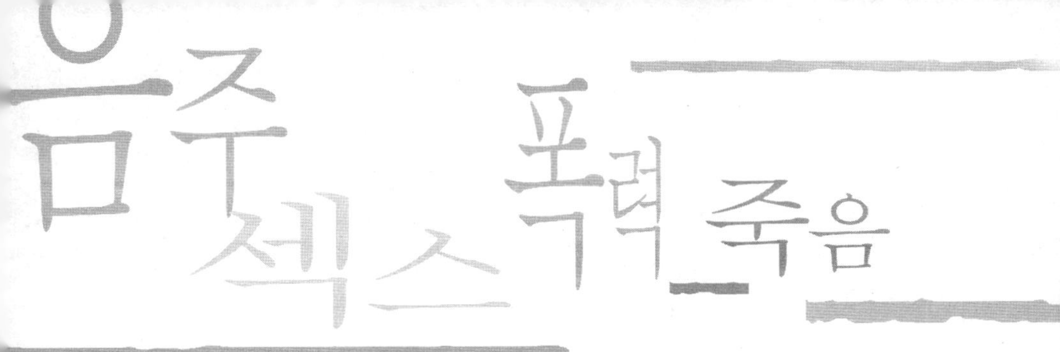

음주 섹스 폭력 죽음!

이제 10대와 이야기해야 할 때

이제 10대와 이야기 해야 할 때

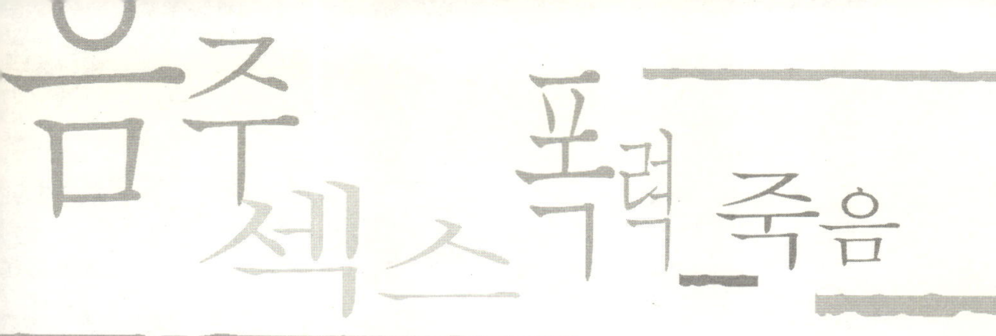

음주 섹스 폭력 죽음!

이제 10대와 이야기해야 할 때

찰스 E. 세퍼 철학 박사
테레사 포이 디제로니모 교육학 석사
허혁훈 옮김

도서출판
청어람

음주 섹스 폭력 죽음! 이제 10대와 이야기해야 할 때

펴낸날 : 2000년 12월 10일

지은이 : 찰스 E. 세퍼 철학 박사 / 테레사 포이 디제로니모 교육학 석사
옮긴이 : 허혁훈 옮김
펴낸이 : 서경석
펴낸곳 : 도서출판 청어람
경기도 부천시 원미구 심곡1동 350-1
남성빌딩3층 (우)420-011
TEL:032)656-4452, FAX:032)656-4453
e-mail:eoram99@chollian.net
출판등록 제1-0045호

편 집 : 문혜영, 허경란, 박영주, 김희정
마케팅 : 정 필
관 리 : 강양원
ISBN 89-5505-024-0 03840

여러분은 얼마나 자주 십대와 대화를 나누십니까?

1998년 「USA Weekend」가 272,400명의 학생을 대상으로 얼마나 자주 부모와 15분 이상의 대화를 나누는가 하는 질문을 던졌을 때 매일이라고 대답한 사람은 1/3에 지나지 않았다. 5명 중 1명(17%)은 부모와 15분 이상 대화하는 일이 거의 없다고 답했다. 또, 대상자의 1/3이 어른들이 자신들의 의견을 존중하지 않는다고 답했다. 또한 같은 해 「뉴욕 타임즈」와 미국 방송사 CBS가 만13세~17세의 청소년들을 대상으로 실시한 전국적인 설문에서도 55%의 청소년들이 무슨 일이 있을 때 부모님과 대화를 하고 싶었지만 그렇게 하지 않았던 경우가 있다고 응답했다. 이중 80%가 그 이유를 부모님들은 '이해하지 못하기 때문' 이라고 했고 나머지는 부모님들이 '바쁘기 때문' 이라고 답했다.

이 책은 부모와 십대 자녀들 간의 대화를 돕기 위해 쓰여졌다. 각

장마다 수년의 상담 경력과 자녀를 키운 경험, 그리고 학술적인 연구를 통해 습득한 조언, 정보, 그리고 대화의 예 등을 주제별로 독특하게 정리하였다. 우리는 이 책이 수년 후에도 십대 자녀의 생활과 그 생활에 닥칠 위기를 극복하는 데 도움을 주는 값진 자료가 되기를 바란다.

왜 자녀와 대화를 나누어야 하는가?

십대들은 어떤 주제로 이야기를 하더라도 상대방이 얼마나 포용력이 있는가를 직관적으로 인식하는 능력이 있다. 죽음이나 혹은 이혼과 같이 감정적으로 민감한 문제에 대해 이야기하는 것을 꺼리면 십대들은 자신의 궁금증을 말하지 않는 법부터 배우게 된다. 또한 포르노그래피나 동성애, 성병과 같이 '당혹스러운' 문제들을 무시해 버리면 다른 사람으로부터 그 정보—혹은 잘못된 정보—를 얻을 것이다. 문신이나 귀걸이, 코걸이와 같은 바디 피어싱, 데이트 강간, 혹은 교내 폭력 등의 문제를 경시하면 십대들은 여러분이 그들의 고민과 두려움을 이해하지 못한다고 단정해 버릴 것이다.

자녀와 대화하는 방법

십대와 대화하는 방법은 그 내용만큼이나 중요하다. 각 장에 주어질 지침들을 살펴보기 전에, 다음의 원칙들을 기억하자.

충분한 정보를 습득하자 효과적인 조언이나 상담을 하기 위해서는 십대의 눈에 견문이 넓은 사람으로 비춰져야 한다. 따라서 섹스나 알코올 중독과 같은 주제에 관한 조언을 하려면 부모도 공부를 해야 한다.

　신뢰를 얻자 아는 것은 기탄 없이 말하고 모르는 것에 대해서는 정직하게 인정한다. 사실을 과장하거나 왜곡하는 일은 삼가하여 부모가 하는 말은 믿어도 좋다는 인식을 심어준다.

　간결하게 설명하자 빙빙 돌려 말할 필요 없다. 바로 요점을 말하자. 장황한 연설이나 긴 논쟁을 벌이지 말고 자녀의 주의를 집중시키자.

　정확하게 이야기하자 자녀의 수준에 맞추어 간단하면서도 구체적인 언어를 구사하자.

　자녀의 의견을 존중하자 자녀에게 어떻게 해야 할지 혹은 어떻게 생각할지를 일러주는 것보다, 그들이 어떤 생각을 갖고 있는지를 물어본다. 훈계가 아닌 대화가 되도록 자녀들의 이야기를 경청하고 그들의 의견을 존중해야 한다는 것을 잊지 말자. 또한 십대들로부터 존중을 받으려면 왜 그렇게 행동해야 하는지 이유를 명확히 설명해야 한다. 이유를 가르쳐 줌으로써 십대들의 사고력과 독립적인 판단력을 길러준다.

　핵심은, 여러분이 십대 자식들을 대하는 데 있어 지속적인 관심과 인내를 발휘하는 것이다.

찰스 E. 세퍼/테레사 포이 디제로니모

음주 섹스 폭력 죽음

이제 10대와 이야기해야 할 때

CONTENTS

제1부
미리 알려주어야 할 것

음주 Drinking

아이들에게 음주는 선택의 문제가 아니라는 점을 인식시켜 주기란 대단히 힘든 일이다. 하지만 이 문제에 대해서는 절대 관대해선 안 된다. 만약 여러분이 십대 자녀에게 '집에서만 마셔라', '딱 한 잔은 괜찮지', '특별한 날에는 괜찮아' 라는 명목으로 약간이라도 음주를 허락한다면 여러분은 합법적이지 않은 일에 대해서 스스로 청신호를 켜주고 마는 꼴이 된다. 또한 십대들이 스스로를 통제하기에 아직 미숙하다는 사실을 간과하는 것이다.

존슨 연구소의 연구에 의하면, 음주를 허용하는 가정의 십대 아이들은 가정을 벗어나서도 술과 다른 유해한 약물을 사용할 가능성이 높을 뿐만 아니라 이런 알코올 및 약물 남용으로 인한 심각한 행동 장애와 질병에 걸릴 확률이 높은 것으로 밝혀졌다. 여러분의 가정에서만큼은 이런 일이 벌어지지 않도록 하자. 바로 지금, 여러분의 자녀와 이 문제에 대해 명확한 대화를 시도하자.

음주에 대해서 대화해야 하는 이유

십대는 자신들이 음주를 하면 안 된다는 사실을 잘 알고 있다. 법률도 그들의 행동을 통제하고 학교에서도 그들에게 금주를 가르친다. 공익 광고도 그들을 교육시킨다. 하지만 그 어떤 것들도 여러분이 직접 아이들에게 부모로서의 기대나 규율들을 완강히 이야기하는 것보다 더 큰 영향을 줄 수는 없다. 술에 관해 여러분이 자녀들에게 아무 얘기도 하지 않는다면, 그들은 여러분의 침묵을 허락의 의미로 받아들일 것이다.

대화를 시도할 때 아이들의 반문에 대한 답변도 미리 생각해 두자. 여러분의 자녀가 '왜 안 되는데요?' 라고 물을 때 이렇게 말하자.

"술을 마시게 되면 다음날 학교 생활에 영향을 안 받을 수 없지. 하지만 무엇보다도 나는 네 건강이 걱정되는구나. 음주는 수행 능력, 운동 능력, 수면, 체중뿐 아니라 미래를 내다보았을 때 네 삶에서 중요한 것들에도 영향을 미친단다. 음주은 그것들과 바꿀 만큼 가치 있는 것이 아냐."

이렇게 어느 정도 미리 답변을 준비해 두면 자녀와 대화를 할 때 무작정 윽박지르거나 흥분하지 않고 대화를 이끌어 나갈 수 있다.

책임질 줄 아는 음주 문화를 가르쳐라

만약 여러분이 술을 즐긴다면, 여러분의 자녀는 '음주가 그렇게 나쁜 것이라면, 왜 부모님은 술을 마셔요?' 라고 반박할 것이다. 그럴 경우 즉각 분노로 반응하지도 말고 오히려 아이들과 앉아서 음주에 대해 얘기할 수 있는 좋은 기회로 생각하고 대화를 시도하자.

물론 성인들의 음주는 합법적이기 때문에 청소년들의 음주와는 다른 범주에 속해 있는 것도 사실이다. 하지만 왜 법이 미성년에게는 음주를 허용하지 않는지에 대해서 대화해 보자. 십대들은 아직 술을 마시고 즐기는 것에 대한 충동을 통제할 수 없다는 사실을 설명해야 한다.

하지만 이러한 종류의 대화는 여러분의 음주 습관이 책임감 있고 모범적일 때에만 십대들에게 영향력을 미칠 수 있다. 성인과 미성년자의 차이를 얘기하기 이전에 여러분의 음주 습관부터 바로잡을 필요가 있다. 그런 다음, 술은 취하기 위해 마시면 안 된다는 점을 아이들에게 인식시키고, 적당한 속도로 마시며, 절대 빈속에 마시지 않으며, 운전을 해야 할 경우에는 절대 술을 마시지 않는다는 점을 아이들에게 일깨워 주도록 하자. 그런 연후에 '성인과 미성년자의 음주 차이는 자신의 음주에 책임을 질 수 있느냐 없느냐의 차이로 볼 수도 있다' 라고 얘기할 수 있을 것이다.

음주를 금하는 입장에서 지켜야 할 것

· 여러분의 믿음, 가치관, 그리고 감정을 표현하는 것에 대해서 항

상 열려 있도록 하자. 아이들에게도 자신의 생각을 표현할 수 있는 분위기를 조성하자. 하지만 아이들에게 음주는 부모로서 이해할 수 없는 것임을 강조하자.

· 좋은 청취자가 되자. 아이들이 음주에 대해서 어떤 견해를 갖고 있는지 귀를 기울이고, 아이들과 의견이 일치하지 않더라도 이야기를 들어주도록 하자.

· 어떤 말을 듣더라도 침착하자. 또한 억지로 아이의 경험담을 강요해서도 안 된다.

· 토론을 한 주제에 집중시키도록 하자. 대화를 할 주제는 이미 정해져 있다. 다른 이야기를 함으로써 아이의 집중력을 흩뜨릴 필요는 없다.

· 단 한 번의 대화로 모든 것들이 해결되지는 않는다는 것을 명심한다. 아이들에게 음주에 관한 내용들을 정기적으로 상기시키고, 계속적인 대화를 통해 새로운 이야기들에 관심을 갖게 함으로써 음주에 관한 십대들의 생각을 바꾸어야 한다.

· 좋은 점을 칭찬해 주자. 어려운 상황, 예를 들어 친구나 선배들의 유혹이 있었음에도 아이가 책임 있는 행동을 했다면 당연하다고 말하지 말고 잘 참았다고 칭찬을 해주자.

십대와 대화를 나눌 경우에는 어떠한 상황에서도 여러분 혼자 일방적으로 이야기를 해서는 안 된다. 하지만 자녀가 할 이야기가 없다고 해서 강요하지는 말자. 아이들의 입을 열게 하기 위해서는 먼저 술과 관련된 개인적인 이야기보다는 일반적인 이야기들에 대해서 이야기해 보자. 뉴스에 나오는 청소년들, 그리고 그들의 음주에 관한 기사들에 대해 이야기해 보자. 그런 다음, 여러분의 의견을 이야기하기 전에, 먼저 아이들의 의견을 물어보도록 하자.

"어떤 사람들은 음주 제한 연령이 18세로 낮춰져야 한다고 하는데, 넌 어떻게 생각하니?"

"주말에 엄청나게 많은 십대들이 취하도록 술을 마신다는데, 너희 학교 친구들은 어떠니?"

아이들이 처음에 관심을 보이지 않거나 얘기를 꺼려하더라도 계속적으로 이야기를 시도하고, 다른 의견을 말하더라도 놀라거나 무시하지 말자.

술을 남용하는 십대와 대화하기

많은 부모들은 자신의 자녀가 알코올을 남용하고 있다는 사실에 대해서 인식하지 못하고 있다. 또 알코올 남용의 증상과 징후를 무시함으로써 자녀들의 문제를 인식하지 못하게 된다. 이와 같은 부모들의 태도는 문제의 해결을 지연시키고, 십대들에게는 그런 행동을 계속해도 된다는 암묵적인 허용으로 작용한다. 십대들을 보호하기 위해서 여러분은 그들의 생활에 관심을 가져야 하며, 항상 교감하고, 그들이 무엇을 하는지 알고 있어야 하며, 알코올 남용의 증상들에 대해서도 관심을 가지고 있어야 한다. 여러분의 자녀가 다음과 같은 경우에 해당하면, 알코올 남용 상태라고 할 수 있다.

- 음주를 자제할 수 없다
- 문제를 피하기 위해서 술을 마신다
- 평소의 소박한 성격에서 유흥을 즐기는 성격으로 변했다
- 주량이 세다
- 음주로 인해서 의식을 잃은 경험이 있다
- 음주의 결과로 학교 생활에 문제가 발생했다

이러한 증상들뿐 아니라 너무도 당연하게 눈에 보이는 증상들도 무시하지 말자.

- 말이 어둔해지는 것
- 술 냄새
- 조화롭지 못한 동작
- 멍한 눈동자
- 알코올 사용에 대한 지나친 부정

만약 자녀의 알코올 남용이 걱정된다면, 시간이 해결해 주기를 기다려서는 안 된다. 이러한 상황에선 즉각 대처해야 한다.

· 의심스러우면 자녀와 대면하라. 자녀에게 여러분이 걱정하고 있다는 사실을 전달하라.

· 의심을 하게 된 이유들을 설명하자.

· 걱정스럽고, 설득력 있는 어조로 이야기하자—비난이나 공격하는 투로 말하면 반감만 사게 된다.

· 부정과 분노에 대해 준비하자. 자녀가 아무것도 잘못한 것이 없다고 말하며 이런 이야기를 하는 여러분에게 화를 낼 수도 있다. 알코올 문제를 가지고 있는 사람들 대부분이 이런 반응을 보인다.

· 도움을 받자. 각 지역에 있는 약물중독상담센터에 연락해 도움을 받자.

인터넷의 위험 Dangers on the World Wide Web

부모들은 십대들의 인터넷 활용에 대해서 그다지 신경을 쓰지 않는다. 왜냐하면 그들은 그것 또한 아이들이 삶을 배울 수 있는 또 하나의 좋은 수단이라고 믿기 때문이다. 하지만 인터넷에서 접하는 음란물은 도서관의 성인용 도서 코너에 몰래 숨어 들어가거나 금지된 성인용 시설을 몰래 엿보는 것보다 훨씬 더 심각한 문제이다.

친구 아들 녀석의 15번째 생일 파티. 어른들은 거실에 모여 있었고 아이들은 위층에서 놀았다. 저녁 내내, 사람들은 계속 웃고 떠들면서 생일을 축하하고 있었다. 재미있고 즐거운 저녁이었다. 집에 오는 길에 나는 16세짜리 딸애에게 아이과 위층에서 무엇을 하면서 놀았는지 물어보았다.

"재미있게 놀았어요. 컴퓨터가 켜져 있어서 채팅을 했거든요. 근데, 군대에 있는 한 남자가 날 만나고 싶대요! 아빠, 우리도 인터넷 하면 안 돼요?"

순간 나는 가슴이 철렁 내려앉았다. 내가 거실에서 친구들과 즐거운 시간을 보내고 있을 때, 딸아이는 낯선 남자의 사냥감이 되었다는 사실을 생각하자 가슴이 서늘해졌다. 딸아이는 그것의 위험성을 전혀 모르고 있는 것이다.

"지금은 늦었으니까 인터넷을 사용하는 것에 대해서는 아침에
얘기하자. 인터넷에 접속했을 때 어떤 것은 해도 좋고 어떤 것은
하면 안 되는지 네가 알아야 할 것이 몇 가지 있단다."
"아빠도 참!"
딸아이는 팔짱을 끼고는 투덜거리며 차의 뒷자리에 몸을 기댔다.

시대가 변했다. 우리의 아이들이 어렸을 때에는 낯선 사람, 유괴범
등이 우리의 주변에 있었지만, 그들이 자녀들에게 미치는 영향력은 통
제할 수 있었다. 하지만 지금은, 자녀들이 직접 이러한 맹수들을 집 안
으로 초대하고 있다. 한때는 상상도 못 했던 일들이 이제는 일상의 현
실이 되었다.

좋은 점과 나쁜 점

인터넷은 나쁜 것이 아니다. 인터넷은 방대한 양의 긍정적인 정보와
흥미로운 자료로 통하는 문이다. 집에 앉아서 루브르 박물관의 예술
작품들을 감상할 수 있고, 스미소니언 박물관을 여행하며, 각 나라의
우수한 학교에 있는 연구들을 검색할 수 있게 된 것은 현대 과학기술
의 위대한 업적이라 할 수 있다. 숙제를 도와주는 보조기구로써 인터
넷은 무한하고 긍정적인 잠재력을 가지고 있다. 하지만 자녀가 십대로
접어들면, 이처럼 편리한 인터넷의 어두운 부분을 통제하기가 어려워
진다. 성인이나 아동 포르노그래피, 속임수로 가득 찬 광고들, 시장 조
사 계략들 모두가 한꺼번에 혼합되어 가상공간으로 밀려든다. 사악한

침입자들은 여러분이 집에 있는 동안에도 집 안으로 몰래 침입하며, 교활하게도 자녀들이 무의미한 TV를 보기보다 컴퓨터를 활용하고 있다는 점을 이용해 여러분의 자녀를 유혹한다.

어떤 부모들은 십대들의 인터넷 활용에 대해서 그다지 신경을 쓰지 않는다. 왜냐하면 그들은 그것 또한 아이들이 삶을 배울 수 있는 또 하나의 좋은 수단이라고 믿기 때문이다. 하지만 인터넷에서 접하는 음란물은 도서관의 성인용 도서 코너에 몰래 숨어 들어가거나 금지된 성인용 시설을 몰래 엿보는 것보다 훨씬 더 심각한 문제이다. 인터넷은 상호작용적 매체이다. 그것은 마치 이웃에 있는 성인이 아이를 유인해서 집으로 끌어들이고 술과 식사를 함께하면서 아이의 순수성을 탐닉하는 것과 흡사하다. 실로 주의와 관심을 필요로 하는 문제가 아닐 수 없다.

어떤 부모들은 아예 가정에서 인터넷을 완전히 차단함으로써 문제를 해결하고자 한다. 하지만 이것은 그리 만족스러운 해결 방법이 아니다. 인터넷은 이제 우리 일상의 일부가 되어, 우리 아이들로부터 언제까지 차단할 수 있는 것이 못 된다. 인터넷은 학교나 도서관, 그리고 친구들의 집까지 들어와 있다. 동전의 양면처럼, 좋은 점과 나쁜 점을 함께 지닌 인터넷이 바로 우리 옆에 다가온 것이다. 우리가 해야 할 일은 이제 자녀들이 성인 사이트에 들어갈 수 없도록 접근 통로를 제한하고, 청소년으로서 인터넷을 어느 선까지 사용하고, 왜 그래야 하는지, 이런 제한선을 넘지 않기 위해서 스스로를 어떻게 해야 하는지에 대해 그들과 함께 이야기하는 것이다.

<u>보호장치의 사용</u>

특정 주제와 관련된 정보로의 접근을 막을 수 있는 몇 가지의 방법들이 있다. 예를 들면 섹스나 포르노 같은 단어가 포함된 경우, 이런 사이트에 접속하지 못하도록 하는 차단 프로그램을 제공하고 있다. 인터넷에 접속해서 채팅을 하는 것 또한 차단할 수 있으며, 확인된 주소를 쓰는 이메일만을 교환할 수 있도록 할 수도 있다. 또한 특정 단체가 인정한 사이트만 사용할 수 있도록 제한할 수도 있다. 뿐만 아니라 최첨단의 보모 역할을 하는 '아이 보육' 프로그램들도 설치할 수 있다. 각각의 상품들은 유해한 사이트로 규정된 곳을 사용자들에게 명백히 밝히며, 욕설과 이름, 주소, 전화번호, 카드 번호 등을 남용할 수 있는 상황과 같은 난처한 경우 또한 미리 피하게 해준다.

소위 안전장치라고 불리는 이러한 것들은 굉장한 인기를 얻고 있지만 십대들에 대해서는 몇 가지 결점들을 가지고 있다.

- 차단 사이트 목록에 포함되지 않은 새로운 사이트들이 매일 만들어지고 있다
- 컴퓨터에 능한 십대들은 가장 효과적인 종류의 여과장치 또한 피해갈 수 있다
- 여러분의 컴퓨터만이 인터넷에 접속할 수 있는 것은 아니다. 자녀들은 학교에서, 도서관에서, 친구의 집에서 언제든지 인터넷에 접속할 수 있다

여과장치를 사용하면 물론 사용하지 않는 것보다 낫다. 특히 여러분의 자녀가 방과 후에 집에 혼자 있는 경우가 많다면 말이다. 하지만 가장 중요한 것은 여러분의 자녀에게 이런 여과장치가 필요한 이유를 설명하는 일이다. 왜 재미로 '섹스'라는 검색어를 사용해서는 안 되는지, 왜 단지 어떤 일이 생기는지 보려고 검색해서는 안 되는지, 혹은 주소와 전화번호를 인터넷상에 배포하는 일이 어떠한 문제를 유발하는지 등의 문제는, 여러분이 만약 가정 내의 컴퓨터에서 외설물들을 차단하는 방법을 찾았다고 하더라도 자녀들에게 음란물 사이트의 실태에 대해서 얘기하고 집에서 그런 사이트들을 허용하지 않는 이유와 장소, 시간을 불문하고 그런 사이트에 접속해서는 안 되는 이유들을 지속적으로 설명해야 한다.

낯선 사람들로부터의 안전에 대해서 대화하기

"어릴 때 낯선 사람이 다가와서 같이 가자고 할 때 어떻게 하라고 했었는지 기억나니?"

"나는 인터넷상에서 알게 되는 사람도 낯선 사람이라고 생각하는데 넌 어떻게 생각하니?"

"그런 사람들을 어떻게 대해야 할까?"

이 정도로 주위를 환기시키면 아이는 인터넷상에서의 낯선 사람이라는 것을 인식하고 여러분의 말에 호기심도 갖게 될 것이다.

만약 컴퓨터에 여과장치가 있다면(혹은 설치할 계획을 가지고 있다면), 왜 이것들이 필요한지에 대해 이야기하자.

"우리 집을 방문하는 사람 중엔 환영받지 못하는 사람들도 있단다. 내 아이들에게 보여주겠다면서 포르노 사진들을 잔뜩 가지고 온 사람한테 나는 문을 열어주고 싶지 않아. 내가 그렇게 한다면 너도 내가 미쳤다고 할걸? 그러니까 이런 종류의 사람들을 인터넷으로도 우리 집으로 끌어들이기 싫은 건 당연하겠지? 그들을 막는 것과 네가 유용한 목적으로 인터넷을 사용하는 능력 자체를 막는 것이 다르다는 점을 알아줬음 좋겠구나. 그건 낯선 사람들의 침범으로부터 너희들을 보호하는 일일 뿐이야."

인터넷에서 가르칠 수 있는 순간 이용하기

여과장치의 설치 유무를 떠나, 인터넷은 자녀들과 함께 민감한 문제들에 대해 이야기할 수 있는 가치 있고 객관적인 방법들을 제공해 준다. 음란물을 다운받는 것을 여러분이 허락할 수 없는 이유를 설명할 때, 음란물이 왜 유해한지 설명할 수 있다—자세한 사항은 '포르노그래피' 편 참조. 성적으로 문란한 내용들을 차단할 때, 성과 함께 다루어야 하는 책임과 비밀스러움에 대한 여러분의 생각을 아이들에게 전하자—'섹스, 피임, 그리고 임신' 편 참조. 악마주의에 대한 온라인상의 호기심을 제한하면서 그런 일들이 왜 용납될 수 없는지 이야기할 수 있는 기회로 이용한다—'사이비 집단' 편 참조.

인터넷의 어두운 부분들을 여러분에게 유리한 쪽으로 사용하자.

확고한 입장을 지키자

여러분의 자녀들이 어떤 사이트가 유해하다는 것을 알고 있더라도, 아이들은 여전히 호기심을 가진다. 자녀들의 인터넷 사용을 감시하는 것은 그들의 다른 여가시간 활동들을 주시하는 것과 전혀 다를 바가 없다. 아이들에게 여러분의 입장을 알려주고, 그것에 대해서 여러분은 어떤 행동을 할 것인지에 대해서 알려주자.

자녀들에게 자신의 검색 습관을 항상 기록해 두도록 얘기하고, 가족들이 늘 지나다니는 중간 위치, 즉 거실에 배치하자고 얘기해 보자. 만약 여러분 자녀의 컴퓨터를 공개적인 장소로 옮길 수 없는 상황이라면, 종종 여러분이 확인하러 들어가겠노라고 이야기하자.

자녀의 인터넷 사용에 대해서 여러분이 알고 싶어한다는 사실을 숨길 필요는 없다.

"어떤 목적이나 동행인이 누군지도 모른 채 너를 여행 보낼 수 없는 것처럼, 너의 인터넷 검색 목적을 모르고 네가 인터넷에 그냥 접속하도록 허락하지 않겠다. 이건 부모로서 해야 할 일이야."

이야기를 마친 후, 마지막으로 법률 분야의 전문가들이 권하는 '금지' 규칙을 지키겠다는 약속을 자녀에게서 받아보자.

첫째 - 주소, 학교 이름, 전화번호, 사진, 비밀번호와 같은 신변에 관한 정보를 인터넷상에서 그 어느 누구에게도 제공하지 않는다.

둘째 - 부모의 허락 없이 직접적인 만남을 약속하지 않는다―부모
가 함께할 경우에는 공공장소나 집에서 만날 수 있다.

셋째 - 무례하거나 성적으로 자극적인 내용에는 절대 응답하지 않
는다―이러한 종류의 메시지를 여러분의 자녀가 받는다면, 인터넷 서
비스 제공업체에 되돌려 보낼 수 있도록 메시지 내용 복사 방법을 가
르쳐 주자.

월드 와이드 웹(WWW:World Wide Web)은 자녀들의 손가락 끝에 있
고 아이들은 자신들이 원하는 정보는 어떻게 해서든 찾아낸다. 그렇다
고 해서, 자녀와 나누어야 할 유해한 인터넷 환경이나 어떤 사이트들
의 통제 이유에 대한 대화 의지가 흔들려서는 안 된다. 물론 자녀들이
불평은 하겠지만, 그들이 여러분의 말에 귀기울이지 않는 것은 아니다.
청소년들을 대상으로 하는 통계들을 보면 대부분의 아이들이 부모로
부터 보호받기를 원한다. 아이들은 부모가 어려운 결정을 할 만큼 자
신들을 사랑하고 있다는 사실을 알고 싶어한다.

"우리 부모님은 내가 뭘 하든 상관하지 않아."

이렇게 얘기하는 것은 단지 불만의 표현일 뿐이다.

약물 남용 Drug Abuse

여기서 약물은 술, 담배까지 포함하는 포괄적인 의미.

■ 한국 청소년의 경우 10명 중 서너 명이 약물 복용 경험이 있고,
■ 그중 2명은 중독 상태라는 믿지 못할 수치를 보이고 있다.

"이것 좀 봐봐."

"그 마리화나(대마초) 어디서 난 거야?"

"어디서 난 건지는 상관하지 말고 그냥 한번 피워보자."

"글쎄…"

"넌 싫음 관둬. 바보."

"점심 시간 얼마 안 남았는데 어떡할라구?"

"괜찮아. 이거 피우고 나면 기분 좋게 수업 들을 수 있을걸?"

"그럴까? 좋아, 좀 줘봐."

이와 유사한 엄청난 대화들이 전국의 가정과 학교에서 일어나고 있다는 사실은 알고 있어야 한다. 실은, 자녀들 대부분이 이러한 종류의 대화를 한 번 이상 경험하게 될 것이다. 그런 일이 일어나기 전에, 반

드시 이런 주제에 관한 대화를 해야 한다.

여러분의 약물 남용에 대해서 생각해 보자

자녀들과 약물 복용에 관한 이야기를 하기 전에 먼저 여러분 자신의 약물 남용에 대해서 생각해 보는 시간을 갖도록 하자. 우리는 모두 약물을 사용한다. 육체적인 고통과 정신적인 고통을 완화시키기 위해서 약물을 사용한다. 감기에 걸렸을 때, 두통이 있을 때, 피곤할 때, 쉬고 싶을 때 우리는 약을 복용한다. 우리의 아이들은 약물이 유용하며, 치료 효과가 있고, 필요한 것이라는 언론 메시지의 홍수 속에 살고 있다. 약물은 어떤 문제를 신속하게 해결하는 수단이다. 이러한 환경 속에서 여러분의 자녀들은 마약 금지 이야기들을 듣는다. 자녀들에게 전하는 내용에 힘을 실으려면 먼저 여러분 자신의 약물 남용에 대해서 관찰하고, 여러분이 현대 의학, 약물의 기적에 대해서 어떠한 생각을 지니고 있는지 자각해야 한다.

일부 약물은 합법적이고, 적절하게 사용하면 해롭지 않다는 사실을 아이들에게 설명하자. 동시에, 주의 사항과 설명서가 있는 처방약과 상비약을 사용하자. 약품은 단지 긍정적인 치료를 위해서만 복용해야 한다는 사실을 아이들에게 일러두자.

"담배가 얼마나 피고 싶었는데."
"힘든 하루였어! 아스피린 어디 있니?"
"집에 가면 술 한잔 해야겠다."

위와 같은 말들은 가급적이면 자녀들 앞에서 하지 말자. 이러한 종류의 말들은 자칫 아이들에게 기분 전환을 위해 약물을 사용하는 것은 괜찮고 유용하다는 생각을 심어줄 수 있다.

마약에 대해서 이야기해야 하는 이유

국립 약물 남용 방지 협회(NIDA:National Institute on Drug Abuse) 설문 조사에 의하면, 만12세~17세 사이의 아이들 중 1,600만이 넘는 아이들이 불법 약물을 남용하는 것으로 밝혀졌다—한국 청소년의 경우엔 10명 중 서너 명이 약물 복용 경험이 있고, 그중 2명은 중독 상태라는 믿지 못할 수치를 보이고 있다—NIDA 설문은 또한 마리화나를 처음 사용하는 아이들의 평균 나이가 만12세라고 밝히고 있다. 우리는 마약에 의해서 삶이 망가진 좋은 집 자제들에 대한 이야기를 많이 알고 있다.

그럼 어떻게 우리 아이들을 안전하고 건강하게 지킬 수 있을까? 다양한 연구 결과를 보면 아이들의 약물을 남용하는 데에는 가족의 영향이 크다는 사실을 시사하고 있다. 부모의 사랑, 인도, 그리고 지원은 아이들로 하여금 자부심, 자신감, 그리고 자기 가치와 목표를 설정하도록 도와주며, 이런 요소들은 모두 아이들이 약물 복용을 하지 않도록 도와주는 역할을 한다. 이번 장에서는 가족이라는 커다란 울타리 안에서, 약물 남용을 예방하는 수단으로서 가족간의 의사소통이 어떤 역할을 하는지 살펴보고자 한다.

약물 복용에 대해 확실한 선을 긋자

약물 복용 문제에 대해서 여러분이 어떤 입장을 취하고 있는지 자녀들이 확실하게 알 수 있도록 하자. 침묵은 때때로 청소년들에게 허락의 의미로 이해될 수 있다는 사실을 기억하라.

"분명히 누군가가 너에게 술이나 담배, 심지어는 마리화나(대마초)를 권할 거야. 그것들은 몸과 마음 모두에 해로워. 어떤 경우에는 죽음으로까지 이어지지. 몸에 얼마나 안 좋은지는 일일이 설교하지 않아도 알지? 정말로 너에겐 마약이 전혀 필요하지 않다는 사실을 꼭 기억했으면 좋겠다. 마약은 실질적으로 아무 도움이 안 돼. 어떠한 문제도 해결해 주지 않고, 그것들로 인해서 네가 인기를 얻는 것도 아니고, 성장하는 것도 아냐. 건강한 몸과 정신을 만드는 데 아무런 도움도 안 된단 말이지. 오히려 그와는 정반대의 결과를 낳는단다. 나는 우리 가족 중 어느 한 사람이라도 약물을 남용하는 것을 두고 볼 수 없단다."

약물 사용에 대해서 확고한 선을 긋고 나면, 모든 종류의 유해 약물 사용에 관한 규정으로 논의를 확대한다. 자녀가 약물 복용 문제로 학교에서 문제를 일으켰다는 소식을 들으면 대부분의 부모들은 그 문제가 '단지' 술, 담배라는 사실에 대해서 다행스럽게 생각한다. 전문가들은 이런 부모의 안도에 이견을 보인다. 통계도 청소년 죽음에 있어서 가장 심각한 문제는 술과 연관된 사고라고 나타낸다―'음주' 편 참조. 흡연은 매년 45만 명에 달하는 목숨을 앗아가고 있으며, 어린 흡연자들은 비흡연자보다 불법 약물에 중독될 위험이 100배나 높다.

사실을 살펴보고 알게 되는 것들을 공유하라

자녀와 약물 사용 및 남용에 대해 이야기하기 위해서는 최신 정보를 알아야 한다. 구닥다리 정보를 이용해서는 자녀들을 설득할 수 없다. 여러분은 바로 지금, 불법 약물에 대해 공부하고, 사실을 정확히 배우고 그에 따른 전문 용어들을 배워야 한다.

여러분이 공부하고자 하는 자료들을 구하면, 자녀와 공유하라—자녀들을 사랑하기 때문에 많은 십대가 겪고 있는 마약 문제에 관해서 배우는 여러분의 모습을 보여주는 계기도 되고, 함께 공부할 수도 있다.

"이거 좀 볼래? 본드, 아세톤, 수정액의 냄새를 맡는 것도 뇌에 굉장한 손상을 준다는구나. 이 수치 좀 보렴."

"여기 이 내용은 청소년 5명 중 1명꼴로 흡연을 한다는구나. 한 반에 학생이 20명이라면 적어도 그중에 4명은 흡연자라는 소린데, 이 통계를 보고 어떤 생각이 들지?"

"니코틴이 중독성이 강하고 흡연자의 사망률이 높은 사실을 알면서도 왜 십대들은 그렇게 흡연을 하는 걸까?"

"고등학교를 졸업하기 전에 40%의 청소년들이 담배를 비롯한 약물 경험이 있다는데, 사실이라고 생각하니?"

"여기를 보면 어떤 아이들은 약물을 초등학교 때부터 경험한다는구

나. 왜 그렇게 어린 나이에 약물을 경험한다고 생각하니?"

약물 남용에 대해서 대화하자

여러분의 자녀가 약물 사용, 혹은 남용에 대해서 이야기하거나 질문하지 않는다고 해서 그들이 약물에 아무런 관심도 없고, 또 그들의 삶에 아무런 영향을 끼치지 않는다고 가정하지 말자. 이러한 문제, 혹은 주제들에 관해서 말을 먼저 꺼내는 쪽은 여러분이어야 할지도 모른다. 항상 명심해야 할 것은 약물 복용에 대해서 이야기할 때, 그것이 일회적인 대화로 끝낼 수 있는 문제가 아니라는 것이다. 약물 사용의 부정적인 영향에 대해 비교적 정기적으로 대화하는 기회를 가져야 한다.

약물의 즉각적인 효과에 대해서 이야기하자

약물 복용의 장기적인 영향에 초점을 맞추는 것은 피하는 편이 좋다. 십대들은 제한된 범위 내에서의 미래에 관해서만 관심을 갖는다. 현재에 대해서 이야기하자.

몸이 약해지는 것, 스스로를 통제하지 못하는 것, 달성하고 싶은 목표에 미치는 영향, 감정에 미치는 영향, 그리고 사고로 죽음을 맞이하게 될 가능성에 대해 이야기하자. 또한 약물 복용으로 인해 삶을 망친 뉴스 기사들을 이용할 수도 있을 것이다. 운동 선수들의 이야기를 사용하거나, 약물 남용으로 인한 연예인들의 체포 기사들도 이용할 수 있다. 지역의 약물 복용 관련 범죄에 관한 기사를 활용할 수도 있다.

자녀들에게 약물 복용을 사용하는 것은 현재 그들이 살아가고 있는 삶의 질에 큰 영향을 미칠 수 있다는 사실을 일깨워 주어야 한다.

약물 광고에 대해서 이야기하자

약물의 좋은 측면과 나쁜 측면에 대한 정보는 의약품, 술, 그리고 담배와 같은 광고물을 통해서 전해진다. TV, 라디오, 그리고 신문 광고들은 삶의 실체적이고 사회적인 문제가 약 한 알, 담배 한 대, 술 한 잔을 통해 즉각적으로 해결될 수 있다고 선전한다. 광고를 액면 그대로 보지 않도록 아이들에게 의문을 제기해 보자.

"담배를 피는 광고 속의 모습이 멋져 보이니? 저 모델이 웃는 이유가 정말 담배를 피우는 게 좋아서일까?"

"실제로 술 한 병을 저 남자가 저렇게 빨리 마시면 어떤 일이 벌어질까?"

"수면제 말고 저 배우가 편안하게 잠잘 수 있는 방법은 정말 없는 걸까?"

"배가 아픈 데에는 이유가 있지. 만일 매운 음식을 먹어서 저 남자가 복통을 일으키고 있는 거라면, 약을 먹지 않고 통증을 해결할 방법에는 어떤 게 있을까?"

뉴스에 대해 이야기하자

여러분은 대중매체를 이용해 자녀들에게 약물 사용에 관한 전반적인 그림을 제시해 줄 수 있다. 신문을 복사해서 약물 복용과 관련이 있는 기사들에 동그라미를 치자. 어떤 기사들은 술과 연관된 끔찍한 자동차 사고, 약물 관련 살인, 폐암으로 인한 사망과 같은 이야기를 다룬다. 또 어떤 기사들은 인류의 생명을 구하는 약물과 의학계에서의 획기적인 발견들과 같은 이야기를 다룬다. 이러한 기사들은 아이들에게 책임 있는 약물 사용과 생명을 위협하는 약물 남용의 차이에 대해서 가르칠 기회를 준다.

약물 복용을 거절하는 방법에 대해 대화하자

약물 복용 권유를 받았을 때 '안 해!'라고 말하는 것은 자기를 주장하는 기술이다. 친구들의 압력에 저항할 수 있는 십대는 자신감을 가지며, 장래에도 계속해서 불법 약물에 대해서는 '안 해!'라고 말할 수 있는 긍정적인 자아상을 형성한다. 하지만 이러한 전략은 아이들이 어떻게 '안 해!'라고 이야기할 것인지에 대해 생각하는 기회가 있을 때에만 효과적이다. 아래에 제시한 '거부 방법'은 국립 약물 남용 방지 협회의 마약 예방 전문가들이 추천한 목록에서 발췌한 것이다. 자녀들과 아래의 6가지 거부 방법에 대해서 이야기하자

1 이유 제시하기 만약 아이들이 정보를 정확하게 알고 있다면, 누군가가 그들에게 약물 복용을 하면 기분이 좋아질 것이라고 속인다 하더라도 결코 속지 않을 것이다. 여러분의 아이들에게, '안 돼, 그건 나쁜 거야. 그리고 난 그걸 할 필요도 없어'라고 말하도록 가르치자.

2 다른 일 찾기 아이들에게 거절한 즉시 그 자리를 피해야 한다고 알려준다. 아이들에게 '됐어. 난 그냥 다른 거 먹을래'와 같은 말을 할 수 있도록 연습시키자.

3 간단하게 반응하기 여러분의 아이들에게 약물을 복용하고 싶지 않은 이유에 대해 원치 않으면 설명할 필요가 없다는 사실을 가르쳐 주자. 그냥 '싫어'라고 말하라고 가르치자. 만약 그렇게 말했는데도 효과를 거두지 못한 경우에는 '정말 싫어!' 하고 좀더 강하게 자기 의사를 밝히라고 가르쳐 주자.

4 상황 피하기 만약 여러분의 자녀가 아이들이 종종 약물을 복용하는 장소를 알고 있거나 보게 된다면, 그런 장소에 가까이 가지 않는 것이 바람직하는 사실을 강조하자. 만약 아이들이 모임에서 약물을 사용할 것이라는 소리를 들었다면, 약물이 있는 모임에 관한 여러분 가정의 규칙을 상기시켜 주고 부모를 핑곗거리로 삼을 수 있도록 하자. '부모님이 가지 말라고 하셔'라고 말할 수 있도록 도와주자.

5 주제 바꾸기 여러분의 아이들이 주제를 즉각적으로 바꿀 수 있는 만반의 준비를 갖출 수 있도록 도와주자. 예를 들면, 어떤 사람이 만약 '우리 마약 하자'라고 얘기할 때, '아냐, 난 뭐 사러 가야 해. 너두 같이 갈래?'라고 말하도록 가르쳐 주자.

6 약물을 사용하지 않는 친구들과 어울리기 또래 집단의 압력을 피하는 가장 좋은 방법이다. 아이들의 일에 끊임없는 관심을 갖자. 자녀의 친구들을 만나보고, 학교, 지역, 그리고 종교적인 활동에 적극적인 친구들과 어울릴 수 있는 활동들을 장려하자. 또한, 진정한 우정의

가치에 대해서 아이들과 이야기해 보자.

"진정한 친구는 네가 싫다고 할 때 절대 화를 내지 않는단다. 네가 믿는 것을 지키려고 할 때 너를 놀리거나 협박하지도 않는단다."

여러분의 경험들에 대해 솔직해지자

약물에 관한 대화의 문을 여러분이 열었다면, 자녀가 여러분이 과거에 혹시 불법 약물을 사용했던 적이 있는지, 미성년자 음주를 한 적이 있는지에 대해서 궁금해한다고 해서 놀라지 말자.

만약 여러분이 과다한 음주자였거나 불법 알약, 마리화나 혹은 다른 종류의 불법 약물을 복용한 적이 있는 사람이라면, 자녀의 질문에 솔직하게 답해 주는 것이 가장 좋은 방법이다. 만약 거짓말을 한다거나 질문을 피하게 되면, 친척들에게 혹은 친구들에게 이야기를 간접적으로 듣게 될 때 아이들의 신뢰를 잃게 된다.

"그래, 나는 실수를 했었고 만약 내가 다시 그 시절을 보낼 수 있다면 그런 짓은 절대 하지 않을 거야."

약물 복용의 위험과 결과에 대한 여러분의 개인적인 지식들을 알려 주자.

"음주를 한 뒤 취한 상태에서 운전을 해서 내 자신뿐만 아니라 차에 타고 있던 다른 사람들의 생명도 위험에 빠뜨렸던 적이 있었지. 지금 생각해 보면, 굉장히 어리석고 위험한 행동이었어."

심리학 박사이자 루쳐스대학 알코올연구센터의 임상 책임자인 바바라 맥크래디(Barbara McCrady)는 '지금 우리가 접하는 약물은 과거보다 훨씬 더 강력하다. 병원들은 심지어 수년 전에는 들어본 적도 없는 약물의 금단 증상을 보고하기도 한다. 한때는 대수롭지 않던 약물의 잠재적인 위험성은 이제는 상상을 초월한다' 라고 말한다.

약물 복용을 복용하는 아이들과 이야기하기

약물 사용과 남용을 예방하는 핵심 문제는 대화이다. 만약 여러분의 자녀가 약물 복용 문제에 연관되어 있다는 것을 알게 된다 하더라도, 솔직하고 열려 있는 대화가 가장 좋은 수단이라는 점을 명심해야 한다. 약물 복용 또는 소지죄로 여러분의 자녀가 체포되거나 여러분이 직접 자녀의 방에서 약물을 발견하게 된 경우, 또는 술에 취하거나 약물을 복용한 채로 여러분의 자녀가 집에 돌아왔을 때, 자녀가 '다시는 일어나지 않을' 실수라고 약속한다고 해서 쉽게 지나치면 안 된다. 직접적이고 진지하게 대화를 해 자녀에게 문제의 심각성을 이해시킬 필요가 있다.

말하기 전에 먼저 생각하자

우선, 하지 않아야 할 행동들에 대해 생각해 보자.

· 아이들이 흥분한 상태일 때에는 시비를 가리거나 논쟁하지 말자.

· 여러분이 아주 화가 나거나 상심했을 경우에는 대화를 하려고 시도하지 말자.

· 말로 자녀를 공격하지 말자. 자녀에게 필요한 것은 여러분의 도움이다.

· 흥분하지도 말고 약물의 위험성에 대해서도 과장하지 말자. 오히려 이상하게 보일 것이며 시대에 뒤떨어진 인상을 주게 될 것이다.

· 아이들을 약물 중독자로 낙인찍지 말자. 과민 반응이다.

· '전형적인 청소년의 실험 정신'이라고 치부해 버리지 말자. '한번쯤은' 하고 지나쳐 버리면 아이들은 암묵적인 허락으로 생각하게 된다.

약물 오용과 관련된 벌을 받고 있는 십대들을 구제하려고 서두르지 말라. 경찰서에서 몇 시간을 보내는 것이나 변호사 선임 비용을 내게 하는 것은 자녀들에게 강력한 교훈을 줄 수 있다.

확고한 의지를 갖자

약물 사용에 관해서 확고한 의지를 갖자. 그리고 자녀들의 실험 정신으로 인해서 여러분의 기분이 많이 상했다는 것을 아이들에게 알리자. 다시 한 번 아이들에게 '불법 약물은 절대 금지'라는 가족 규정이 있다는 사실을 분명히 전한다. 국립 약물 남용 방지 협회는 부모들이 이와 같은 규정에 구체적이고 일관된 행동 규칙을 덧붙여 강화하라고 조언한다. 자녀가 경계선이 어디까지인지 실험하고, 확인하고 싶어하는 자연적인 충동을 느끼는 시기에, 그 아이가 스스로를 규제할 수 있는 강력하면서도 적절한 한계선을 제시하는 일은 아주 중요하다. 약물 문제로 힘들어하는 십대들과의 셀 수 없는 면담을 통해 확인한 사실은 아이들이 부모의 일관적이지 못하고 위선적인, 또 이기적이고 냉담한 태도에 대해 불평하지만, 엄격함, 규칙, 통금 시간, 간섭이나 관찰에 관해선 불평하지 않는다는 것이다. 자녀가 약물 남용에 빠져 있는 어려운 시기에 아이들을 안전하게 지도하기 위해서는 규칙을 정해야 한다. 단, 그것들을 강화할 때 명심해야 할 것이 있다. 완강한 부모가 되는 것을 두려워하지 말고 확고하게 얘기하자.

규칙 : 불법적인 약물을 사용해서는 안 된다.

결과 : 만약 사용한다면, 한 달 동안 외출을 금한다거나 전기 제품의 사용권(TV, 컴퓨터, 비디오, 전화기 등)을 박탈하는 등 그에 따른 온당한 처벌을 한다.

미래 계획 : 벌을 받고도 개선의 여지가 보이지 않는 경우에는, 약물상담치료와 재활프로그램을 시작할 것임을 확실하게 알려주어야 한다.

똑똑한 부모가 되자

여러분의 자녀가 약물을 사용하면 어째서 여러분이 심란해하는지 말해 주고, 여러분과 자녀 양쪽 모두가 불법 약물과 그것의 영향에 대해서 좀더 많이 알고 있어야 한다고 주장하자. 단, 사실만 얘기하자—두려움에 대해서는 얘기하지 말자. 알려지지 않은 원료로 만든 약물을 사용하는 일의 위험한 결과에 대해서 이야기하고 술과 신경안정제와의 혼합에 대해서, 다양한 약을 복용함으로써 발생하는 예상치 못한 결과들에 대해서, 약물 복용이 적발될 경우 감수해야 할 법적 결과들에 대해서도 이야기해 보자.

이야기를 시작하기 전에 사실을 정확하게 아는 것이 중요하다.

항상 관심을 가지고 후원해 주자

만약 여러분의 자녀가 약물을 복용한다면 그것을 치료하기 위해서 먼저 가족 차원에서의 노력을 시작해야 한다. 자녀와 더 많은 시간을 공유하자. 자녀의 친구들을 알고 지내자. 여자 친구와의 이별, 학교에서의 어려움, 친구 선택의 어려움, 분노를 참기 힘들어하는 상황, 외로움 등과 같은 문제들에 대해서 신경을 쓰자. 만약 여러분이 아이들을 약물 복용으로 이끄는 문제를 확실하게 알고 있다면, 자녀로 하여금 마음의 문을 열고 그 문제에 대해서 이야기하도록 도와줄 수 있다. 자녀들이 자신들을 항상 지켜보길 바라며 도와주기를 원한다는 것을 알아야 한다.

여러분이 자녀들을 사랑하고 있다는 사실을 자녀에게 알려주어라. 이를 위해서는 여러분의 마음이 상했거나 배신당했다고 느끼더라도 대화의 통로를 항상 열어두어야 한다. 냉소적인 비웃음이 아닌 도움을 제공해야 한다. 확실한 규칙과 그에 따른 벌칙을 설정하고 그것을 지속적으로 강화하며, 동시에 여러분 자신이 대화하기에 적절한 사람이 되어야 하며 아이을 항시 격려해 주어야 한다.

*전문적인 도움을 요청하자

만약 여러분 자녀의 '실험(딱 한 번)'이 습관이 된 것처럼 보인다면, 이런 약물 복용을 금지시킬 수 있는 전문적인 도움이 필요하다. 여러분의 자녀는 분명 이것을 탐탁치 않게 여길 것이다. 하지만 이 일을 아이의 의지와는 상관없이 추진해야 한다. 치료와 재활을 전문으로 하는 청소년 전문가들이 많이 있기는 하지만 여러분과 비슷한 생각을 공유하는 전문가를 고를 수 있도록 충분한 시간을 할애하자. 어떤 전문가들은 불법 약물에 대한 청소년들의 '책임 있는 사용'을 허락한다. 또 어떤 전문가들은 청소년들에게 불법 약물으로부터 자유로운 행동들을 옹호한다. 예약을 하기 전에 먼저 상담자의 가치관을 살펴보아야 한다.

자녀의 약물 복용 문제 관련 여부를 떠나서 약물 사용과 남용에 대한 대화는 일회적으로 끝낼 일이 아니다. 자녀가 성장함에 따라 깊이

---

*관련 사이트 소개

www.law.konkuk.ac.kr : 한국 마약 퇴치 운동 본부(Korea Anti-Drug Campagn Center)본부 및 주요 사업 소개, 마약/약물 정보, 관련 자료실, 마약 퇴치 후원회, 상담, 질의응답, 관련 사이트.

www.drugfree.or.kr : 한국 마약 퇴치 운동 본부(Drug-Related Criminology Institute of Korea)의 법학, 의학, 이학, 경찰, 공무원 등으로 이루어진 학회 소개와 논문자료, 질의응답란 제공 사이트.

와 내용을 다르게 해 지속적인 대화를 나누어야 한다. 아이들로 하여금 여러분이 언제나 정보로 무장되어 있으며, 관심을 갖고 있고, 중요한 문제들을 언제나 이야기할 준비가 되어 있다는 것을 알게 하자. 그에 대한 준비로 TV, 광고, 신문 등을 활용하자.

HIV/AIDS

HIV(Human Immunodeficiency Virus):사람에게서 면역을 앗아가는 에이즈 바이러스
AIDS(Acquired Immune Deficiency Syndrom):후천성 면역 결핍증

■ 에이즈가 아이들의 사회에까지 물의를 일으키는 지금
■ 천진난만한 아이들이라는 것은 더 이상 존재하지 않는지도 모르겠다.

"난 진한 키스가 좋아. 근데, 침 때문에 에이즈(AIDS)에 걸릴까
봐 걱정이야."

"오늘 대전한 상대편 팀 애 중에 AIDS에 걸린 사람이 혹시 있었
을까? 몸싸움할 때 애들 땀이 나한테 묻었어. 그렇담 나도 AIDS
에 감염됐을지도 몰라!"

"난 토니를 사랑해. 졸업하면 결혼도 하고 싶어. 근데 만약 걔가
마약을 할 때 하이브(HIV)에 감염이 됐다면 어떻게 하지? 걔가
나한테 병을 옮기고 그 병을 내가 내 아이에게 옮기면 어떻게
하지?"

청소년들에게, 삶과 사랑은 전처럼 더 이상 흥미만의 문제가 아니
다—물론 그래서는 안 된다. HIV와 AIDS가 아이들의 사회에까지 물의

를 일으키는 지금 천진난만한 아이들이라는 것은 더 이상 존재하지 않는지도 모르겠다. 질병통제 및 예방센터(Center for Disease Control and Prevention)는 미국에서 HIV에 새로 감염되는 사람들 중 절반이 25살 이하라고 추정한다. HIV는 우리가 등한시하거나 아이들을 건드리지 않는다고 보장할 수 있는 종류의 문제가 아니다. 그것은 우리 바로 옆에 와 있으며, 현실이며 전염병이다. 이 바이러스에 대한 완벽한 이해, 어떻게 감염되는지, 안전하기 위해서는 어떻게 해야 되는지에 대한 확실한 이해만이 우리의 아이들로 하여금 공포 없는 세상에서 건강하게 살도록 도와줄 것이다.

AIDS는 현재 이 시대의 현실이기 때문에, 미국 내 대부분의 중·고등학교에서는 체육 수업의 일환으로 AIDS에 관한 내용을 포함시키고 있다. 교실에서 정보를 얻는 것이 모든 의문들과 두려움을 없애주지는 않는다. 학교 수업과 더불어 아이들은 이런 민감한 문제를 설교나, 비웃음의 표적이 되지 않고, 방해받지 않는 상황에서 언제라도 여러분과 이야기할 수 있다는 사실을 알아야 한다. 대부분의 아이들은 운동할 때 AIDS에 감염될 수도 있냐고 물어보지 않는다. 아이들이 부끄러워하지 않고, 이리저리 치이지 않고 이런 '개인적인' 주제들에 대해서 여러분과 편안하게 이야기할 수 있는 분위기를 조성해야 한다.

대화의 시기

HIV/AIDS에 관한 이야기를 꺼내는 것은 그리 쉬운 일이 아니다.

"오늘밤에 우리 AIDS에 관해서 이야기해 보는 것이 어떻겠니?"

이런 식의 질문은 효과적이지 못할 뿐 아니라 어리석은 행동이다.

이것은 사회적인 맥락 속에서 가장 잘 전달될 수 있는 종류의 문제이다. 만약 여러분과 자녀가 함께 뉴스를 보고 있다가 AIDS에 관한 기사를 접하면, 이 전염병에 관해서 의견을 교환할 수 있는 좋은 출발점이 될 수 있으며, 자녀와 그의 친구들이 이 문제에 대해서 어떻게 생각하고 있는지 알 수 있는 좋은 기회가 된다.

"HIV나 AIDS에 관해서 궁금한 것이 있니?"

대부분의 경우, 자녀들은 궁금한 것이 없다고 대답할 것이다.

"만약 궁금한 것이 생기거나 HIV와 AIDS에 대해서 하고 싶은 말이 있으면 언제든지 물어봐도 된다. 만약 네가 궁금한 점을 내가 모른다면, 함께 알아보도록 하자."

이렇게 대화의 문을 열어두는 것이 좋다. AIDS가 여러분의 가정에서 대화의 금기사항이 아니라는 것을 아는 것 자체만으로도 자녀들에겐 엄청난 안도감을 제공해 줄 수 있다.

대화 방법

HIV/AIDS에 관한 토론은 공부를 하거나 미리 짜여진 설명조가 되지 않아야 한다. 정보와 생각을 교환하고 사실과 감정을 서로 나눌 수 있는 대화로 만들어보자. AIDS에 관한 대화 역시 계속적인 것이어야 한다. 일시적인 것이 되어서는 절대 안 된다. 십대들은 여러 시간대에 다양한 정보를 받아들인다. 그러므로 그들이 성숙해 감에 따라, 여러분은 계속적으로 그들과 이야기하고 그들의 이야기를 들어주어야 하며, 자녀들에게 여러분이 언제나 열려 있는 태도를 취하고 있다는 사실을 알려주어야 한다.

대화의 내용

만약 여러분이 HIV/AIDS를 학교 수업의 일환으로 다루고 있지 않은 지역에 살고 있다면, 당장 가까운 서점에 가서 청소년들을 위한 책 중 하나를 구입하라. 구입한 책은 우선 여러분이 먼저 책을 읽어보고 그 다음에 아이들에게 권해보자.

여러분의 자녀는 이 무서운 질병에 관한 지식의 토대를 확고하게 가지고 있어야만 한다. 두 사람 모두 HIV가 무엇인지, 어떻게 AIDS로 진행되는지, 어떻게 감염되는지에 대해서 전체적으로 파악한 다음, HIV/AIDS에 관해서 잘못 알려진 내용을 다룬 부분으로 넘어가자.

HIV/AIDS가 학교 수업 과정에 포함된 경우, 기본적인 사항들에 대해서 아이들과 이야기할 필요는 없다. 그들은 이미 AIDS가 후천성 면역 결핍증의 약어라는 것을 알고 있다. 그 질병이 HIV라는 바이러스에 의해서 생긴다는 것도 익히 알고 있을 것이다. 그들이 필요로 하는 것은 학교나 친구에게서 얻을 수 없었던, HIV가 자신에게 어떻게 영향을 미치는지에 대한 명확한 설명과 많은 내용들이 정리되지 않을 때 어디 가서 도움을 얻을 수 있는가 등이다. 만약 여러분의 자녀가 이러한 종류의 고민들을 가지고 여러분을 찾지 않는다면, 학교 혹은 대중매체의 언급에 맞추어 이 질병에 관한 약간의 정보를 흘려도 된다.

청소년들을 상대하는 전문가들은 아래 사항들이 가장 빈번하게 오해되고 있는 부분이라고 한다.

HIV와 AIDS의 정의를 혼돈하는 것

십대의 발언 : "학교에서 그러는데 에이즈(AIDS) 환자인지 아닌지는 알 수가 없대요. 정말 이상해요. 우리한테 보여주는 에이즈 환자들의 사진들은 모두 병에 걸린 사람들이라는 게 너무 확실하거든요. 정말 아파 보인다구요."

여러분의 반응 : "맞아. 에이즈가 완전히 진행된 사람들은 아주 많이 아프단다. 또 아파 보이기도 하구. 하지만 초기에 에이즈를 발생시키는 하이브(HIV)에 감염된 사람들은 아프지도 않고 증상들도 없어(이 상태에서도 다른 사람에게 바이러스를 감염시킬 수 있다). 학교에서는 아마 그런 의미에서 이야기한 모양이구나. 그냥 봐서는 하이브에 감염된 사람인지 아닌지 알 수가 없거든."

성행위가 AIDS를 발병시킨다고 가정하는 것

십대의 발언 : "난 절대 결혼 못 할 것 같아요. 에이즈에 감염이라

도 되면 어떡해요."

여러분의 반응 : "성관계가 에이즈의 발병 원인은 아니야. 하이브 바이러스에 감염되지 않은 사람들은 평생 성관계를 갖고도 에이즈에 걸리지 않는단다. 하이브 바이러스가 이미 남자의 정액이나 여자의 질 속에 있는 경우에만 성관계 후에 하이브에 감염되는 거야. 그렇기 때문에 어떤 연인들은 육체적인 관계를 갖기 전에 하이브 검사를 받기로 결정하기도 한단다."

전염병으로부터 고립된 느낌

십대의 발언 : "에이즈는 나와는 상관없는 문제예요. 내가 할 수 있는 일도 없고."

여러분의 반응 : "에이즈는 전염병이기 때문에 우리 시대에 살고 있는 모든 사람들은 그것에 대한 대처를 해야 한단다. 왜 우리가 할 수 있는 일이 없다고 단정하지? 청소년 시기에 성관계를 자제한다는 가족 규칙을 지켜서 스스로를 보호할 수도 있고, 또 성관계를 가질 때에는 항상 피임기구를 사용할 수도 있고 말이야. 그리고 감염된 사람들에 대해서 측은히 여기는 것도 잊어서는 안 돼."

AIDS가 특정 집단에서만 일어난다고 가정하는 것

십대의 발언 : "난 걱정할 게 없어요. 우리 학교에는 동성연애자도 없고 마약을 하는 애도 없거든요."

여러분의 반응 : "사람들은 일반적으로 동성연애자나 쓰레기 같은

인간들만 에이즈에 걸린다고 생각해. 하지만 그게 사실이 아니라는 것은 우리 모두 알고 있는 현실이지. 나이, 성, 인종 혹은 거주 지역과 상관 없이 누구나 에이즈에 걸릴 수 있단다. 에이즈에 더 많이 노출된 집단이란 있을 수가 없지만 하이브를 다른 사람에게 빨리 전파하는 위험한 행동들은 있지. 소독되지 않은 바늘을 함께 사용하거나 완전 멸균시키지 않은 바늘로 귀를 뚫는 행위, 서로 문신을 새겨주거나 보호장치를 이용하지 않는 성행위들이 모두 바로 이런 위험한 행동에 포함된단다."

일상적인 접촉을 통해서 HIV가 전염되는 것에 대한 걱정

십대의 발언 : '내 친구가 그러는데 자기네 학교 애 한 명이 에이즈에 걸렸대요. 그래서 애들이 걔 옆에는 아무도 가지 않는다고 하더라구요."

여러분의 반응 : "친구들이 조심스러워지는 것도 당연하지. 하지만 아예 그 친구를 외면할 필요는 없단다. 감염이 걱정스러워서 피하고 있는 모양이지만 그 학생한테서 하이브를 전달받을 수 있는 유일한 방법은 바늘을 함께 사용한다던가 그와 함께 성관계를 가지는 경우뿐이니까. 하지만 그런 일은 없을 테니 걱정할 필요가 전혀 없어. 사실은 에이즈에 감염된 친구가 더 위험하지. 만약 다른 사람에게서 감기라도 옮게 되면 그가 굉장히, 굉장히 많이 아플 수도 있거든. 에이즈에 감염된 그 친구가 너무 안됐구나."

안전한 성관계를 실천하는 것에 대한 불편한 기분

십대의 발언 : "에이즈를 피하기 위해서는 모두들 성관계를 피하는 것이 최고라고 말하지만, 그리 쉬운 문제는 아닌 것 같아요."

여러분의 반응 : "자기의 삶을 지키기 위해서 해야 하는 많은 일들이 쉽진 않지. 하지만 때론 그런 어려운 일들이 필요할 때가 있어. 네가 소중한 사람이라는 것을 항상 명심하거라. 그리고 다른 어떤 것보다도 스스로를 돌보는 것이 최우선이라는 것도 명심하고 말이야. 보호장치를 이용하지 않은 성관계는 스스로를 소중하게 여기지 않는 행동이고, 너를 사랑한다고 하면서 평생 너의 삶에 안 좋은 영향을 미칠 수도 있는 일을 강요한다면 그 사람은 분명히 거짓말을 하는 거야. 누군가를 사랑한다는 것은 그 사람에게 어떤 일이 일어날 수 있는지에 대해서 걱정해 주는 것이란다."

약물 남용과 HIV의 관계

십대의 발언 : "술을 마시면 에이즈에 걸릴 확률이 더 높대요. 술 때문에 에이즈에 걸리는 것도 아닌데 말예요."

여러분의 반응 : "물론 술을 마신다고 에이즈에 걸리는 건 아니지. 하지만 술이 에이즈에 걸릴 확률을 높여주는 건 사실이란다. 술을 마시거나 약물을 복용하게 되면 보통 때처럼 판단을 할 수가 없게 되는데, 그 때문에 사람들은 만약 자신이 마약이나 술에 취해 있지 않았다면 하지 않았을 엉뚱한 일을 하기도 한단다. 예를 들면, 바늘을 함께 사용하거나 보호장치가 없이 성관계를 하는 것 등 말야. 또, 술과 약물

은 질병과 감염에 대한 면역성을 떨어뜨리기 때문에, 만약 신체가 하이브와 접촉할 수 있는 기회가 생길 경우, 훨씬 쉽게 하이브를 받아들이게 되는 거지."

HIV가 스포츠를 통해서 전염될 수 있다는 걱정

십대의 발언 : "이번 해에 농구부에 들어야 할지 잘 모르겠어요. 우리 반 애가 그러는데 하이브는 땀을 통해서도 전염된대요."

여러분의 반응 : "왜 걱정하는지 알겠구나. 그 문제와 관련해서 내가 읽은 내용을 가르쳐 줄게. 하이브 감염자의 땀에서 하이브가 발견되는 것은 사실이야. 하지만 그 분야의 전문가들에 의하면 아주 극소량이 발견되기 때문에 그것만 가지고는 타인에게 영향을 주지 않는다더구나. 우리가 너에게 절대로 해로운 것은 권하지 않는다는 것은 너도 알지? 솔직하게 말하면, 나는 네가 어떤 종류의 운동도 별 걱정 없이 할 수 있다고 생각한다. 세상의 모든 에이즈 관련 이야기들 중에 운동으로 전염되었다는 이야기는 들어본 적이 없단다."

키스하는 것에 대한 걱정

십대의 발언 : "어제 어떤 영화를 보니까 에이즈에 걸린 사람과 키스를 하던데, 그럼 감염되지 않아요?"

여러분의 반응: "하이브는 침 속에서 발견되기는 해. 하지만 그 양이 극히 적어서 연구가들에 의하면 하이브에 감염되기 위해서는 엄청난 양의 침을 들이마셔야 한다는구나. 안전을 위해서, 만약 입 안에 교

정기나 상처 혹은 염증이 있을 경우에는 그런 키스를 삼가해야겠지만 말이야."

AIDS에 대해 이야기하는 방법

여러분은 자녀와 대화를 하다가 자녀가 대화의 문을 마구잡이로 닫아버리는 것을 경험할 수도 있다. 아래 제시된 것처럼 HIV/AIDS에 관해서 대화를 나눌 때, 부모가 저지를 수 있는 실수에 대해서 살펴보자. 여러분이 자녀와 대화할 때에는 이런 실수를 미리 생각한 다음, 말을 시작하자.

〈실수1〉 여러분의 자녀가 대화에 참여할 수 없도록 1분 이상 혼자서 말하는 경우

"에이즈가 어떻게 시작되었는지에 대해서는 아무도 확실히 몰라. 하지만 어떤 연구자들은 이 바이러스가 아프리카 대륙에서 시작되었다고 보고했어. 아프리카에는 에이즈에 걸린 사람들이 많고, 이론에 의하면…"

〈실수2〉 감정의 이해 이전에 사실들만을 늘어놓는 경우

"바보 같은 얘기야. 마약 안 하고, 성관계를 맺지만 않으면 에이즈에 대해서는 걱정할 필요가 없어."

〈실수3〉 대화에 별로 핵심적이지 않은 사실과 관련해 아이들

이 실수를 지적하고 가로막는 경우

"원래 단어는 '후천성 면역 바이러스'가 아니라, '후천성 면역결핍 바이러스'야. 여기서 결핍이라는 말이 그 질병의 명칭에 굉장히 중요한 부분인데, 왜냐하면…"

〈실수4〉 자녀에게 의견을 얘기할 수 있는 기회를 주지 않고 여러분의 견해를 마치 기정사실인 것처럼 이야기하는 경우

"다른 사람이 뭐라고 하든 상관없어. 에이즈에 걸린 사람들은 다 자신들 책임이야."

〈실수5〉 자녀들의 의견과 일치하지 않는다고 자녀들을 무시하고 가로막는 경우

"어떻게 그런 바보 같은 말을 할 수 있니. 좀더 배워야겠구나."

〈실수6〉 자녀가 바로 알 수 있는 잘못된 정보로 충고하는 경우

"학교 음료수대에서 물을 마시거나 학교 난간을 잡지 말아라. 하이브 보균자가 그것을 사용했을지도 모르잖니."

답을 모를 때 청소년들과 대화하는 방법

HIV/AIDS와 관련해서 여러분의 자녀가 여러분에게 물어오는 수많은 질문들에 대해 여러분이 모두 답하기란 거의 불가능한 일이다. 하지만 아이들이 도움을 필요로 할 때 즉각적으로 대처하고 정보를 유용

하게 사용하기 위해서는 최대한 많은 양의 지식으로 스스로를 무장할 필요가 있다. 만약 이 장에서 여러분이 가질 수 있는 질문들에 대해 충분한 해답을 얻지 못했다면 가까운 약국에 가서 약사에게 도움을 받거나 도서관에 가서 관련 자료를 찾아보는 열의를 갖도록 하자.

성행위, 피임, 그리고 임신
Sex, Contaception, and Pregnancy

'이러한 얘기를 할 적절한 시간을 찾지 못하겠어' 라는
부모들의 변명은 더 이상 통하지 않는다.
그것을 포착해서 잘 활용하는 것은
이제 부모의 몫이다.

대형 마트 계산대에 다가가면서, 15세의 소녀가 쇼핑 바구니에
잡지 한 권을 던져 넣으며 '엄마, 나 이거 살래' 라고 말했다.

엄마는 잡지를 살펴보았다. 머릿기사로 '실패 없는 사랑 비밀!',
'남자 친구를 사로잡는 섹시한 향기', '남자의 머리를 돌게 하는
옷차림' 등등의 활자들이 눈에 들어왔다.

세상에나! 이런 내용의 기사를 딸에게 보게 해도 될까?

다른 15세짜리 소녀들도 이런 주제에 관심을 가지고 있나?

딸과 이 주제에 대해 마트에서 논쟁하고 싶지 않았기 때문에 잡
지를 구입하긴 했지만, 기분이 썩 좋지 않았다.

그날 저녁, 남편에게 낮에 마트에서 일어났던 일에 대해 얘기했
다.

"TV에서부터 영화, 음악, 잡지, 요즘의 문화는 우리 애들을 성적

메시지로 난도질하고 있어요. 끊임없는 그런 메시지에 애들이 어
떤 생각을 하겠어요. 나는 또 애들에게 뭐라고 얘기해야 하죠?"

청소년들은 항상 성행위에 관해 호기심을 가진다. 이것은 지극히 자
연스럽고 정상적인 것이다. 하지만 문제는 십대들이 타인과 안정적인
성관계를 형성할 수 있을 정도로 정신적으로 성숙하기 이전에, 이미
신체적인 부분들이 성관계를 맺을 수 있고 임신을 할 수 있도록 성장
한다는 것이다. 또래 집단의 압력이 있고, 복잡한 메시지가 난무하고,
호르몬들이 증폭되는 이 혼란의 시기에 자녀들은 여러분의 도움이 필
요하다.

대화를 해야 하는 이유

여러분은 '우리 부모님은 나에게 성행위에 대해서 얘기해 주지 않
았지만, 난 잘 자랐어. 누가 쑥스럽게 그런 걸 일일이 설명해 주나?' 라
고 생각할지도 모른다.

여러분이 자녀들과 대화를 해야 하는 이유는 크게 4가지이다.

첫째 - TV, 영화, 음악, 잡지, 친구들로부터 접하는 성적 언어와 영
상들에는 진정한 성적 즐거움과 책임이 결여되어 있다. 우리는 그런
아이들의 균형감각을 잡아주어야 한다.

둘째 - 오늘날 청소년들 사이에서의 성관계는 한 세대 전보다 훨씬
빠른 시기에 시작되며 훨씬 광범위하고 보편화되어 있다. 미국 청소년

의 경우, 여학생들의 56%와 남학생들의 73%가 18세가 되기 전에 성적인 경험을 했다는 사실이 설문을 통해 밝혀졌다.

셋째 - 성관계에 의해 전이되는 성병, AIDS에 감염될 위험이 급격하게 증가했다.

넷째 - 지난 20년 동안 청소년 임신률이 거의 두 배로 증가했다. 미국에서는 한 해에 약 100만 명의 소녀들이 임신을 한다. 계산하면 하루에 무려 3,000명의 소녀들이 임신을 한다는 뜻이다. 청소년 시기를 보내기 전에 10명 중 4명의 여학생들이 임신을 경험하며, 그중 대부분이 원치 않은 임신이다.

이러한 수치를 볼 때 성행위, 피임, 그리고 임신에 관해서 우리가 왜 자녀들과 이야기해야 하는지 알 수 있을 것이다. 여러분의 목표는 여러분의 자녀가 자발적으로 여러분과 이야기할 수 있도록 돕는 것이다.

대화의 시기

이상적으로 보면, 여러분은 자녀들과 유아기부터 인간의 성과 관련해서 끊임없이 대화를 해오고 있다. 7세가 되면 아이들은 신체의 성적 기관을 나타내는 용어에 익숙해진다. 8세~10세가 되면 음부, 질, 유방, 음경, 고환 등의 생물학적인 용어들을 정확하게 사용할 수 있다. 11세~13세가 되면 아기가 어떻게 태어나는지 알아야 하며, 생식기관이 어떻게 작용하는지 알아야 한다. 이러한 사전 지식을 가지고 있으면, 십대들과 성과 관련된 이야기를 할 때 훨씬 수월하다. 그러나 만약 여러분이 이런 주제와 관련해서 아이들과 단 한 번도 대화를 한 적이 없다고 하더라도 이제는 스스로, 이야기를 하겠다고 다짐해야 할 때이다.

여러분의 자녀가 심각한 이성 교제를 하기 전에 미리 이런 대화를 해두는 것이 좋다. 그래야만 대화를 객관적으로 이끌어나갈 수 있으며, 주고받는 대화를 할 수 있다. 이런 대화를 통해, 여러분의 자녀가 지속적으로 교제하는 이성 친구가 생길 경우, 서로간의 이해의 토대를 만들 수 있다. 그것이 이상적인 방법이다.

여전히, 자녀가 사랑에 **빠졌다**는 사실을 알고 난 후에 이런 이야기들을 시작하는 것이 보통이다. 일단 대화가 시작되면, 물론 성행위, 피임, 그리고 임신에 대해서 모두 이야기해야 하지만, 대화가 힘들어질 수 있다. 여러분이 말하는 모든 것들은 자녀의 새로운 사랑의 감정과 비교되면서 여러분의 모든 의견이 개인적인 공격으로 보일지도 모른다. 감정은 아주 새롭고 신선한 것이기 때문에 자녀의 이런 상태를 존중하면서도 여러분의 메시지를 정확하게 전달하는 방법은 그 주제에 관해서 어느 정도 객관성을 줄 수 있는 순간을 잘 선택하느냐에 달려 있다.

가르칠 수 있는 순간을 찾자

최근 몇 년 뉴스에서 연인들의 비극적인 이야기로 공공 화장실, 쓰레기장, 호텔방에서 아이를 낳아 버리는 끔찍한 여고생의 이야기들이 다뤄졌다. 슬프게도 이것은 대화의 부재로 인한 결과이기도 하다. 이러한 종류의 기사들은 대화를 열 수 있는 계기로 활용할 수 있다.

“이 여학생은 정말 무서웠겠다. 너는 이 아이가 왜 임신한 것을 부모와 얘기할 수 없었다고 생각하니?”

“남자 친구는 여자 친구가 임신했다는 사실조차 모르고 있었는데, 그 이유는 뭐라고 생각하니?”

“그런 처지에 있는 학생들을 도와주기 위한 여러 기관들이 있다는 사실을 그 학생이 미리 알고 있지 못했다는 것이 정말 안타깝구나.”

여러분은 또한 이러한 비극적인 내용들을 이용하여 여러분이 아이에게 전하고자 하는 내용을 확실히 전할 수 있다.

“이런 비극은 일어나선 안 되지만 그래도 다짐해 둘 것은, 너의 삶에서 그 어떤 일이 일어난다고 해도 부모에게 얘기 못 할 정도로 끔찍한 일은 없다는 것이다. 혼자 감당 못 할 일이 생기거든 망설이지 말고 나에게 이야기해야 한다. 알았지?”

아이에게 이야기를 전달할 수 있는 이런 종류의 순간들은 항상 어디든지 있다.

• TV에 매번 다른 상대와 염문을 뿌리며 배우가 나올 때 : “왜 저 사람들은 임신도 안 하고 성병도 안 걸리지?”

• 백화점에 쇼핑하러 가는 길에 남녀가 공공 의자를 마치 자신들의 침실처럼 사용하는 모습을 볼 때 : “사랑이 무슨 대중 스포츠같이 될

수 있다고 생각하니?"

·자유분방하고도 난폭한 성관계를 지향하는 노래의 가사가 들릴 때 : "저 노래 가사는 공감할 수 없는 부분이 많은 것 같은데. 넌 어떠니?"

·'키스를 잘하는 사람이 되려면?' 등과 같은 머릿기사가 실린 잡지를 볼 때 : "정말 잡지 기사가 키스를 잘하는 법에 대해서 가르쳐 줄 수 있을까?"

가르칠 수 있는 순간들은 여러분의 주변에 항상 널려 있다. '이러한 얘기를 할 적절한 시간을 찾지 못하겠어'라는 부모들의 변명은 더 이상 통하지 않는다. 그것을 포착해서 잘 활용하는 것은 이제 부모의 몫이다.

대화의 내용

자녀와 성행위에 관해서 이야기할 때, 그들 머리 속에 이미지를 만들지도 모른다거나, 지금 그들에게 당장 필요하지 않은 정보를 제공하고 있을지도 모른다는 걱정은 하지 말자. 그들 머리에는 벌써 여러 가지 상상이 자리잡고 있다.

이제 그것들을 정리하고 자신의 삶에 적절하게 적용하는 데 도움이 필요할 뿐이다. 그리고 지금 당장은 그런 정보가 필요로 하지 않다고 해도, 결국에는 필요하게 되어 있다. 그들이 집을 나가서 독립하게 되면 여러분은 정보를 제공하고 가치관을 정립하는 데 더 이상 아무런 도움이 될 수가 없다. 지금이 바로 적절한 시기이다.

다뤄야 할 문제는 너무나 많다. 만약 자녀가 학교에서 성에 관한 내용을 배운다면, 선생님들과 연락해서 가정에서 이런 이야기를 하고 싶은데 수업에서 언제 이런 주제들을 다루게 될 것인지를 물어보는 것이 좋다. 선생님을 귀찮게 할지도 모른다는 걱정은 하지 말자. 교사들은 이러한 교실 토론을 가정에까지 연장하고자 하는 부모들을 언제나 환영한다.

사실들

만약 교육 과정에 성이라는 주제가 포함되어 있지 않다면, 자녀들에게 재생산과 피임에 관한 가장 기본적인 상식부터 알려줄 필요가 있다. 만약 여러분이나 여러분의 자녀에게 있어서 앉아서 하는 정식 대화가 너무 불편하다면, 청소년들을 위해서 쓰여진 좋은 책을 통해서 이야기하자.

"네 나이 또래 친구들은 성관계에 대해 궁금한 게 많지? 이 책을 한 번 보겠니? 그런 의문에 대한 해답이 실린 책인데, 여기 나오는 내용들은 내가 너와 이야기하고 싶은 것이기도 해. 이렇게 책으로나마 성과 관련된 너의 궁금증에 대해서 대답해 주고 싶구나."

만약 여러분의 자녀가 저항하고 창피해하면서 책을 다시 여러분에게 돌려주더라도, 반드시 자녀가 책을 소지하도록 유도하자. 1년쯤 후에는 분명히 그 책이 너덜너덜해질 것이다.

피임

피임에 대해서 이야기하기 전에, 여러분이 말하고자 하는 것이 무엇인지를 생각해 봐야 한다. 만약 여러분이 개인적으로나 혹은 종교적인 믿음에 따라 임신을 예방하기 위해서 피임이라는 방법을 사용할 수 있다면 차분하게 앉아서 그것에 대해 여러분의 자녀에게 설명하자. 여러분이 어떻게 느끼는지, 그리고 왜 그런 신념들을 갖게 되었는지에 대해 얘기하자. 여러분이 자녀를 진정으로 생각하는 마음을 전하면서, 청소년 시기에 절제가 중요한 이유에 대해서도 설명하자. 피임을 하는 것이 안전하고 진정으로 효과적인 방법임을 말해 주고, 그것이 그리 드문 일이 아님을 말해 주자. 여러분의 가정에서 이런 이야기를 하는 것에 대해서 두려워하지 말자.

여러분의 자녀가 성적으로 왕성해질 때 피임 사용법에 대해서 질문을 할 때 놀라지 말고 성실히 대답해야 한다. 여러분의 자녀는 여러분의 마음을 읽을 수 없기 때문에 여러분이 대답할 준비가 되어 있는지 어떤지 모른다. 때문에 먼저 질문할 가능성은 거의 없다. 만약 여러분이 이런 주제들에 관해 편안하게 객관성을 유지할 수 있다면, 뉴스를 읽으면서 여러분의 입장과 열린 모습을 보여주자.

"왜 이 청소년들이 피임약을 사용하지 않는지 항상 이해가 안 가. 만약 이 아이들이 성관계를 가질 정도로 스스로를 성숙하다고 생각한다면 스스로의 건강도 돌볼 수 있어야 하지 않을까?"

이러한 여러분의 발언이 대화를 끌어나갈 수 있는 초석으로 작용한다. 피임에 대해서 얘기할 수 있는 적절한 시기는 피임이 필요하다고 생각되는 시기 훨씬 이전부터다. 이런 안전한 성관계에 관한 대화는 여러분이 자녀를 성적으로 성숙한 존재로 이해하며 언젠가는 다른 사람과 사랑하는 관계 속에서 안전한 관계를 가져야 하는 인격체로 보고 있다는 인상을 줄 뿐이지, 성행위 자체를 조장하는 것으로 보이지는 않는다. 그리고 그 언젠가가 찾아오면, 여러분도 자녀가 제대로 알고 있기를 바랄 것이다.

"너 스스로는 이런 문제를 받아들일 준비가 되어 있지 않다고 느낄 수도 있어. 물론 청소년기에 성관계를 갖는 것을 내가 원하는 것은 아냐. 하지만 언젠가 너도 이런 정보가 필요하게 될 테니까, 제대로 알고 있길 바라는 마음에서 지금 이런 얘기를 하는 거란다."

여러분의 자녀가 벌써 성적으로 왕성해 보이면 피임에 대해서 이야기하고, 안전한 피임 방법을 택하고 있는지 확인하는 일이 매우 중요하다—임신, 성병, AIDS에 대한 책임을 질 수 있는 존재가 되기 이전에 성관계를 갖는 것에 대해서 여러분이 어떻게 느끼는지 자녀에게 정확하게 말할 필요가 있다. 여러분의 자녀는 여러분과 생각하고 느끼는 것이 다르기 때문에, 최소한 스스로의 건강을 지키는 것에 대한 책임은 져야 하는 것이다. 일단 청소년이 성적으로 왕성해지면, 이런 종류의 대화는 더 이상 미룰 수 없다. 청소년 임신 중 절반이 성관계를 시작한 지 6개월 이내, 약 10%가 10개월 이내라고 한다.

남학생들의 경우, 피임 방법은 콘돔을 사용하는 것이다. 콘돔은 정확하게 사용하는 방법을 알아야 한다—남학생들은 성을 다룬 거의 모든 책들에서 콘돔 사용법을 배운다. 어떤 추궁도 받지 않고 가까운 약국에서 콘돔을 구입할 수 있다는 사실을 아들에게 가르쳐 주자.

여학생들에게 있어서 피임의 방법은 남학생들의 그것보다 훨씬 복잡하다. 왜냐하면 선택의 여지가 다양하기 때문이다. 딸이 약, 피임기구, 크림 등과 같은 피임제들에 대해서 정확한 정보를 얻기 위해서는 전문가의 도움이 필요하다. 여러분의 역할은 그저 아이들이 임신을 예방할 수 있는 방법들이 있다는 사실을 알려주는 것이다.

여러분의 개인적인 감정 문제를 떠나, 성적으로 왕성한 아이들에게는 '만약 네가 성행위를 할 정도로 성숙하다면 적어도 피임을 어떻게 해야 되는지는 알아야 한다'고 주의를 줄 필요가 있다.

가족의 가치관에 대해서 이야기하기

자녀의 학교에서 성교육 프로그램을 제공하고 있든 그렇지 않든 간에, 자녀들은 생명의 요소들이 가정의 가치관과 어떻게 조화를 이루는지 알 필요가 있다. 학교에선 아이가 생기기 위해서는 정자와 난자가 만나야 한다는 것에 대해서는 배우지만, 혼전 성행위로 인한 평생의 여파들에 대해서는 알려주지 않는다. 바로 그것을 알려주는 것이 여러분의 의무이다.

여러분이 가진 가치관에 대해 대화하라. 이를 통해 자녀들이 가치 있는 것이 무엇이며 어떻게 행동해야 하는지에 고민할 때, 그들에게 정신적인 토대를 마련해 줄 수 있다. 만약 자녀가 성적 관계를 갖기에는 너무 어리다고 생각한다면 그대로 이야기하자. 자녀는 자신이 힘들다고 느끼는 부분을 여러분이 지지한다고 생각할 때 안도의 한숨을 내쉰다. 아이들은 꼭 성행위를 하지 않아도 된다는 메시지를 잘 이해하지 못하고 있는 듯하다.

네브라스카대학(University of Nebraska)이 연구를 위해 인터뷰한 성적으로 왕성한 아이들 중 54%가 자신들이 원하지 않음에도 불구하고 성적인 관계를 가졌다고 보고하고 있다. 만약 여러분이 말해 주지 않으면, 자녀들은 세상이 자신들을 성행위를 강요하지 않는다는 사실을 어떻게 알겠는가? TV, 영화, 음악, 그리고 친구들 모두, 청소년 성행위가 정상이라고 얘기한다. 여러분으로부터 약간은 다른 측면의 이야기를 들음으로써 자녀들은 훨씬 편안해질 수 있다. 하지만 여러분의 자녀가 이런 사실을 인정할 것이라고는 기대하지 말자.

대화 방법

여기에서는 자녀와 성행위에 관해서 대화할 수 있는 방법을 몇 가지 소개한다.

· 항상 문을 열어두자. 만약 여러분의 자녀가 성과 관련된 모든 대

화에 대해 입을 다물어도 포기하지 말자.

"성적인 느낌, 문제, 혹은 생각에 관해서 언제나 나와 조용하게 얘기할 수 있어. 너의 의견에 항상 동의할 수는 없겠지만, 내가 너와 이런 이야기를 하고 싶어한다는 걸 기억해 두렴."

• 성행위에 관한 여러분의 대화 초점을 부정적인 내용, 경고, 두려움, 금기사항에 맞추지 말자. 대화의 일정 부분을 긍정적으로 유지한다. 성행위라는 것이 언제나 성교를 의미하지는 않는다는 점을 기억하자. 이성과 이야기하고, 장난치고, 데이트하고, 키스하고, 배려하면서 로맨틱한 기분을 즐기는 것도 거기에 포함된다는 사실을 기억하자. 하지만 TV나 영화에서 처음 만난 사람들이 밥을 먹고 잠자리를 같이하는 내용이 나올 때, 앞서 말한 성행위의 의미는 상실되고 만다. 현실 세계에서는 서로를 탐색하는 시간이 존재한다는 것을 아이들에게 알려주자. 손잡고, 볼링 치러 가고, 영화를 함께 보고 대화를 나누는 시간도 존재함을 아이들이 알도록 하자. 서로를 배려하는 관계에서 이런 시간들은 너무나도 중요하고 재미있는 부분이라는 점을 알려주자.

• 여러분의 청소년 시절 이야기를 이용하자. 여러분의 실수담이나 좋은 추억을 함께 나누며, 성과 관련된 자연적이고, 정상적이고, 건강하고, 재미있는 부분들을 아이들에게 알려주자.

• 여러분 자녀의 로맨틱한 혹은 성적인 감정을 하찮게 여기지 말자. 대신에 감정, 태도, 로맨틱한 관심, 그리고 관계에 대해서 마음을 열 수 있도록 자녀들을 응원하자.

• 성급한 결론을 내지 말자. 아이의 옷에서 콘돔을 발견하면 침착하

게 행동하고, 말하기 전에 한 번 더 생각할 시간을 갖자.

"네가 성적인 관계를 가졌는지 내가 꼭 알아야겠다."

이런 식의 폭발적인 반응은 자녀의 삶에 어떤 일이 벌어지고 있는지를 알 수 있는 좋은 기회를 날려버릴 수도 있다. 청소년들에게는 옷속에 콘돔을 넣어두거나, 침대 밑에 성행위 지침서를 보관하며, 지갑에 피임약을 가지고 다녀야 할 여러 가지 이유가 있다. 자녀에게 설명할 기회를 주고, 부모 자신도 자녀의 이야기를 들을 수 있는 기회를 마련하자. 침착하게 경청함으로써 솔직한 이야기를 나눌 수 있는 안전한 기회를 만들자. 자녀의 솔직한 대답이 여러분의 기분을 상하게 만들 수도 있지만, 적어도 앞으로의 대화의 창은 열린 셈이다.

단호하게 말하자

자녀와 민감하면서도 부끄러운 주제를 가지고 대화해야 할 경우, 말보다는 여러분의 행동이 더 많은 것을 말하게 되는 경우가 있다.

"어떤 문제이든 간에 나는 네 얘기를 들어줄 생각이 있다."

위와 같은 이야기를 할 때 부모가 자녀와 서로 얼굴을 맞대고 직접적인 눈 접촉을 하면서 몸을 앞으로 끌어당겨 말하는 것과 아이를 세워두고 신문을 보면서 말하는 것에는 큰 차이가 있다. 전자와 같은 행동으로 말함으로써 아이들에게 깊은 애정을 전달할 수 있도록 하자.

성행위, 피임, 그리고 임신에 관해서 아이들과 얘기하게 될 경우, 다음 신체적인 언어를 염두에 두자.

 • 거리 : 자녀와 1미터 이내의 거리를 유지하자.

 • 위치 : 자녀를 향해 몸을 끌어당겨 앉자.

 • 자세 : 팔과 다리를 꼬지 말자.

 • 눈 마주치기 : 여러분의 자녀를 똑바로 보고 여러분의 자녀 또한
그렇게 하도록 유도하자.

 • 얼굴 표정 : 여러분의 말에 맞는 표정을 짓자. 얼굴을 찡그리거나
인상을 구기는 것은 부정적인 의미로 작용한다. 반면에 미소를 머금거
나 머리를 끄덕이는 것은 주의 집중 표시이며 긍정적인 신호로 작용한
다.

개인적인 문제와 사회적 논쟁

청소년 성행위, 피임 그리고 임신에 관련된 몇몇 문제들은 대단히
개인적이면서도 논쟁의 여지가 있어 가족마다 전혀 다른 견해를 보이
기도 한다. 따라서 여러분이 어떤 결정을 내리든 간에 여러분의 감정과
믿음을 열린 마음으로 솔직하게 얘기하는 노력을 해야 한다. 자녀에게
여러분의 위치를 알려주고, 여러분의 메시지를 강화할 수 있는 순간을
활용해서 항상 그들이 여러분에게 올 수 있도록 문을 열어두자.

성행위 감염 STD:Sexually Transmitted Diseases

만약 여러분의 아이가 성적으로 왕성하다고 추측된다면,
지금 바로 성병에 대해서 이야기해야 한다.
성적으로 왕성한 여러분의 아이가 성병에 걸리지 않을 이유는 아무것도 없다.

18세의 소년은 안심했다. 요 며칠 음경에서 계속 고름이 나오고 소변을 볼 때 화끈거리는 느낌이 들어 미칠 지경이었는데, 부모님께 말하려고 결심한 순간 그런 증상들이 싹 없어져 버린 것이다. 얼마나 안심인가? 그러나 안됐지만, 급성 증후군이 사라졌어도 남학생은 여전히 성병에 감염된 상태이다. 치료를 받지 않으면, 이 병은 계속해서 그의 몸에 남아서 다음 성행위 상대자를 전염시키게 돼 있다. 만약 그가 검사나 치료를 받지 않으면 그의 생식기는 영구적으로 손상될 수도 있다. 소년은 다른 수많은 청소년들처럼 자신이 건강하다고 생각하고 있지만, 사실 그는 성병에 감염되어 있는 상태이고, 그의 무지는 그의 건강을 위험에 빠뜨리고 있으며 전염병을 확산시키는 데 일조하고 있는 것이다.

성병에 관해서 십대들과 대화하는 것은 쉬운 일이 아니다. 성병이라는 것은 부모나 자녀들 모두 수줍어할 수밖에 없는 주제이기도 하다. 위의 남학생과 같은 아이들이 너무나 많기 때문에 이런 대화는 선택의 문제가 아니라 반드시 해야만 하는 필수 과제이다.

성병에 대해 대화하는 방법

개인적이고도 약간은 민망한 어떤 주제에 대해서 얘기하는 방식 그대로 성병에 관해서도 자녀들과 대화를 해야만 한다. 이런 문제들은 민감하면서도 인내심을 가지고 다루어야 한다. 자녀의 감정과 편안함을 위해 여러분은 민감해야 하며, 자녀가 이야기하기를 원치 않을 경우에도 원하는 대화를 끌어내기 위해서 인내심도 갖춰야 한다.

"이런 이야기를 부끄럽게 생각하지 말고 들어줬음 좋겠다. *헤르페스나 매독과 같은 흔한 성병들에 대해서는 얘기해야 될 것 같아. 그래

---

*헤르페스 : 외음부가 헐어 병원을 찾는 환자의 약 50%가 헤르페스 감염자. 주로 피부나 점막의 접촉을 통해 전염된다. 처음 접촉 후 4~7일 정도 후에 증상이 나타난다. 초기 증상으로는 전신 무력감, 열, 두통이 있다가 점점 피부와 점막 부위에 작은 수포들이 생기기 시작하는데, 이 수포들이 빠른 속도로 커지면서 통증이 심해진다. 소변 보기가 불편해지고, 가려우며, 냉대하가 흐르는 경우도 있다. 시간이 지나면 수포들이 터져 궤양을 형성하며 회색 빛 진물이 그 위를 덮게 되는데, 그러면서 서서히 아물기 시작해 완전히 아물기까지는 약 2~3주가 걸린다. 1년에 5~8회나 재발하는데, 감염은 1차 감염보다 경미하고 아무는 기간도 짧다. 재발률은 매우 다양하여 제2형 헤르페스의 경우 80% 정도가 1차 감염 후 1년 이내에 재발된다. 재발 빈도 또한 다양하지만 대부분의 경우 1년에 5~8회 정도 재발. 한동안은 재발이 없다가 어느 시기가 되면 재발이 잦게 나타나기도 한다. 이 바이러스의 심각성은 거의 평생 동안 재발한다는 데 있다.

야 네가 필요할 때 적절한 정보를 얻을 수 있을 테니까 말이야."

  일방적인 대화가 되더라도 상심하지 말자. 자녀에게 정보를 제공하고, 이야기를 나누고자 해도 자녀가 따르지 않을 수 있는 것이다. 사실을 똑바로 알려주고 대부분의 말을 여러분이 해야 할 것임을 미리 예상하자.

성병에 대해서 대화해야 하는 이유

  매년 미국의 3백만 청소년들에게 감염되는 20여 종 이상의 다양한 질환을 포함하는 이 성병에 대해서 우리 모두는 자녀들과 대화를 나눌 필요가 있다. 그들이 우리에게 먼저 와서 얘기할 가능성은 희박하기 때문에 우리가 먼저 이야기를 해야 한다. 이것은 민감하고 개인적인 주제이면서 공개적으로 드러내기 쑥스러운 주제이지만, 여러분은 여러분의 침묵으로 인해 한순간의 창피를 감수하면 끝낼 수 있는 문제를 자녀의 긴 인생에 엄청난 충격을 가할 수 있는 문제로까지 몰고 갈 수도 있다. 수백만의 사람들이 청소년 시기에 병을 얻어, 후에 배우자에게 영향을 미치는 경우가 지금도 계속되고 있다.

  클라미디아(chlamydia:미국에서 가장 흔한 성병. 매년 300만에서 1,000만 정도의 사람들을 감염시키는 것으로 알려져 있다) 한 가지만을 생각해 보자. 감염된 남성의 20%와 여성의 75%는 이 성병의 어떤 증상도 경험하지 못한다. 하지만 만약 이 병을 치료하지 않으면 고환과 임파선이 감염되며, 골반의 염증성 질환, 불임, 그리고 생식기에 영구적 손상 등이 유발된다.

감염된 여자에게서 태어난 아이 역시 감염될 수 있으며 안질환(Eye infections)이나 폐렴을 앓게 될 가능성도 있다. 자녀의 건강에 그런 손실을 가져올 위험을 간과해서는 안 된다.

성병에 대해서 대화할 수 있는 시기

대부분의 말을 여러분이 할 것이기 때문에, 여러분의 자녀가 들을 준비가 되어 있는 시간을 선택해야 하고 다른 일들이 없는 한가로운 시간을 선택해야 한다. 여러분과 자녀가 함께 앉아 적어도 20여 분 동안 아무 방해 없이 이야기할 수 있는 시간을 찾도록 하자(이 시간은 여러분의 자녀가 편하게 질문할 수 있는 시간적 여유까지 포함한다). 여러분의 자녀가 수용적인 태도를 보이는 시간을 선택하자(학교나 친구 문제가 없는 시간을 의미한다). 집 안이 어수선하지 않은 시기를 고르고 전화선을 뽑아둘 수 있는 시간대를 고르자. 차를 함께 타고 가면서 얘기할 수 있는 기회를 찾을 수도 있을 것이다—문 밖으로 뛰어나가고 싶은 마음을 일으키는 그런 대화 주제는 이런 방법을 통해 아이의 주의를 집중시킬 수 있다.

이런 대화를 꺼낼 수 있는 완벽한 시간은 없다. 하지만 먼저 다음 개념을 고려하자.

즉각적으로

만약 여러분의 아이가 성적으로 왕성하다고 추측된다면, 지금 바로 성병에 대해서 이야기해야 한다. 성적으로 왕성한 여러분의 아이가 성병에 걸리지 않을 이유는 아무것도 없다. 운(運)은 이것과 아무 상관이 없다. 성적으로 왕성한 사람들은 성숙한 선택을 할 수 있는 정보를 가지고 있을 때에만 건강한 삶을 누릴 수 있다.

방과 후

미국의 경우, 대부분의 학교에서는 성병에 관련된 토론 과정을 체육 교육 과정에 포함하고 있다. 학교에서 이런 문제를 다루고 있는지 물어보자. 만약 성병을 학교에서 다룬다면, 학교 수업과 가정에서의 대화가 시기적으로 일치할 수 있도록 시간을 조정할 수 있다. 만약 학교에서 이미 다룬 문제라면, '학교에서 성병에 대해서 무슨 얘기를 하니? 가장 심한 병은 뭐라고 생각해? 친구들 중에 성병에 걸린 친구는 없는 것 같니?'라고 자연스럽게 물어볼 수 있다. 가정에서 지식을 보강함으로써 이런 문제의 심각성을 아이에게 인식시켜 줄 수 있다. 이런 주제에 대해서 얘기하게 되면 여러분이 직접 알려줄 수도 있고(그리 믿음직한 방법은 아니라는 것을 염두에 두자), 학급에서 언제 이런 주제를 다루는지 교사에게 물어볼 수도 있다.

부모의 말에 귀를 기울일 만큼 어릴 때

만약 여러분의 자녀가 성적 활동이 중학교와 고등학교 때 왕성하지 않았다면, 성병에 관한 여러분의 대화를 잠시 연기해 두어도 괜찮을 것이다. 하지만 언젠가는 여러분의 자녀가 성적으로 활발한 사람이 될 것이며, 정보를 간절하게 필요로 할 때가 올 것이라는 사실을 명심하자. 여러분의 자녀는 나이를 먹을수록 여러분의 말을 제대로 듣지 않으므로, 이런 대화는 가급적 빨리 해야 한다. 전문가의 말에 따르면 만 12세~13세가 되면 성병에 관한 위험은 어느 정도 인지할 수 있다고 한다.

대화해야 할 내용

자녀와 함께 앉아서 성병의 종류를 열거하고 증상과 합병증, 그리고 각각에 대한 치료법을 마치 수업을 하듯이 아이에게 전달하는 방법은 효과적이지 않다. 지나치게 강의처럼 들리기 때문에 대화 같은 느낌이 들지 않을 수도 있다. 그보다는 여러분의 자녀가 알고 있어야 하는 일반적인 지식, 경고, 그리고 안전에 대한 것들을 제공하자. 자녀들이 이미 알고 있는 것들에 대해서 얘기할 수 있는 기회를 주는 것도 좋다.

"'매독(psy)', '성병(VD:venereald)', '임질(clap)' 등에 대해서 얘기하는 친구를 본 적 있니?"

만약 여러분의 자녀가 그렇다고 대답한다면 얘기를 이어가라.

"학생들이 성병에 대해서 알고 있다는 사실이 참 다행이구나. 저번에 많은 수의 학생들이 성병에 감염된다는 말을 듣고 얼마나 놀랐는지 모른다!"

만약 여러분의 자녀가 아니라고 대답하더라도 대화를 포기하지 말자.

"너무 놀랍구나. 청소년들 사이에서 아주 흔히 발견되는 성병의 이름인데. 최근 소식에 의하면 굉장히 많은 수의 청소년들이 이런 병들에 감염되었다고 하더구나."

여기서 대화를 이어가자.

"이런 질병들은 많이 있어. 한꺼번에 한 가지 이상의 병에 걸릴 수도 있지. 어쩌면 의학 용어로 알고 있을 수도 있겠다. 예를 들면, 클라미디아, 임질, 헤르페스, 하이브 등등."

만약 이런 주제에 관해서 자녀가 관심을 가지지 않는다면, 왜 이런 얘기를 하는지에 대해서 말하자.

"성병은 매년 수백만의 사람들에게 감염된단다. 내가 널 사랑하기 때문에 네가 이런 질병들에 대해서 알고 있고, 그것들로부터 스스로를 보호하는 법을 알고 있기를 바란다. 이미 알고 있는 것도 있겠고, 처음 듣는 것도 있겠지. 너는 그냥 듣고 필요할 때까지 기억해 두면 돼."

이러한 열린 대화에 자녀가 참여한다면 자녀의 말을 조심스럽게 경청하며 호응해 주고, 필요하다고 느낄 땐 감염 경로, 증상, 치료, 그리고 예방 등과 같은 정보를 채워주며 가르치자.

감염 경로

자녀들에게 말할 때 : "성행위만이 성병을 옮기는 것은 아냐(많은 사람들이 그렇게 생각하지만). 성기뿐만 아니라 구강 등의 성적인 관계로도 감염되는 거란다."

증상들

자녀들에게 말할 때 : "성적으로 무분별한 사람이라면 누구든지 한 번쯤 성병을 의심해 보아야 하고, 일정 증상들이 보이면 즉시 병원에 가봐야 해."

〈자녀에게 주지시켜야 할 증상〉

- 질, 음경 혹은 직장에서 분비물이 나오는 경우
- 성교 시나 배변 시에 아픔이나 쓰라림이 있는 경우
- 여자의 경우 하복부의 통증, 남자의 경우 고환의 통증, 남녀 모두 엉덩이와 다리에 통증이 있을 경우
- 성기 근처, 생식기 혹은 입 주위에 물집, 생채기 혹은 염증이 있는 경우
- 감기 증상, 열, 두통, 근육통, 혹은 편도선이 붓는 경우

"이런 것들을 기억하렴. 하지만 어떤 성병들은 증상조차 없다는 것을 명심해라. 치료 없이도 증상들이 없어지는 병들이 있기는 하지만,

그렇다고 해서 질병이 없어진 것은 아니야."

강조하는 것을 잊지 말자 : "성병을 가지고 있는 사람들 대개가 자신이 그런 병에 걸렸다는 사실조차 모르고 있어. 성적으로 무분별한 사람은 한 가지 혹은 그 이상의 감염된 질병을 가지고 있을지도 모른단다."

치료

자녀들에게 말할 때 : "성병은 반드시 치료받아야 하는 심각한 질병이야. 치료는 성병의 종류에 따라 달라. 세균 감염으로 인한 경우에는 항생제를 사용하는 경우가 있고, 어떤 것들은 항생제로도 치료를 못 하는 경우도 있지. 하지만 증상들 대부분은 약물로도 치료가 가능하단다. 하이브의 경우에는, 너도 물론 알고 있겠지만 치료도 할 수 없을 뿐만 아니라 아주 치명적이란다."

성병의 징후가 보임에도 불구하고 많은 청소년들이 의사의 도움을 받으려 하지 않기 때문에 아이들에게 말해야 한다.

"치료받지 않으면 심각한 문제를 일으킬 수 있어."

- 자궁 외 임신:산모에게도 위험할 뿐만 아니라 거의 모든 태아에게는 치명적

- 감염된 여성에게서 태어난 아기는 사산되거나 치명적인 손상
을 입음
- 수정이 안 됨
- 불임
- 여성들의 경우 자궁암 유발
- 심장, 신장, 그리고 뇌를 포함한 다른 신체 기관 손상
- 사망, 실명, 관절염, 심각한 정신적 장애를 경험

무서운 이야기다. 하지만 아이들의 마음을 열고 도움을 요청하게 만들 정도는 아니다. 감염됐을지도 모른다고 추측하는 많은 청소년들은 이러한 정보에 어떤 대응을 하기보다는 걱정을 하는 것으로 반응한다. 이럴 경우에는 청소년들의 성적 프라이버시를 존중해야 할 필요가 있다. 만약 여러분의 자녀가 여러분에게 고백하는 것을 내키지 않아 하면 개인적인 자존심보다 건강을 우선하라고 가르친다.

"모든 보건소에서 부모의 동의 없이 미성년자들이 성병 검사 및 진단, 치료까지 받을 수 있단다. 만약 의학적인 도움이 필요한데 나에게 애기하기 곤란하면 가까운 곳에 있는 청소년 상담단체나 위생시설을 찾아가서 무기명으로 의학적 도움을 받을 수 있단다. 물론 나에게 먼저 말해 주기를 바라지만, 그건 그리 중요한 것이 아냐. 그것보다는 너의 건강이 우선이란다."

이러한 사실들을 청소년들에게 알릴 때의 문제는 청소년들이 성행위를 더럽고 위험한 것으로 생각하게 만든다는 것이다. 대화의 목표는 여러분의 자녀가 성행위를 사랑하는 두 사람 사이의, 서로에게 성병을 감염시키는 것을 바라지 않는 두 사람 사이의 안전하고 자연스러운 인간적 표현 방법으로 생각하게끔 도와주는 것이다.

만약 여러분의 자녀가 성적으로 활발하지 않다고 믿는다면 청소년 시절의 절제를 강조하도록 하고 여러분이 어떻게 느끼는지에 대해서 이렇게 얘기해 주자.

"성병을 피해 갈 수 있는 책임 있고 안전한 방법은 성행위를 절제하는 거야. 성행위를 절제하는 아이들은 임신이나 병에 대해서 단 일초도 고민할 필요가 없지."

하지만 만약 여러분의 자녀가 성적으로 활발하다는 생각이 든다면, 혹은 나중에 성적으로 활발하게 되면 필요할지도 모를 정보를 여러분의 자녀에게 전하고 싶다면, 여러분은 절제만을 말할 게 아니라 예방까지도 언급해야 한다.

"알지 못하는 사람과 일시적인 성관계를 맺어서는 안 된다. 일시적인 관계는 자기 자신을 파괴하는 지름길이야. 상대방이 관계를 가졌던 모든 사람과 관계를 가지는 거나 마찬가지지. 다시 말해서, 네가 알지 못하는 다른 무수한 사람들과 관계를 맺는 것과 마찬가지라고 할 수 있지. 일시적인 성관계를 즐기는 사람들의 대다수는 성병을 가지고 있을 가능성이 높아."

"한 사람만을 만나거라. 상대가 많으면 많을수록 성병을 가지고 있을 확률이 높단다."

"성행위를 할 때는 항상 콘돔을 사용해라. 콘돔은 혈액, 정액, 질에서 나오는 점액이 성교 도중 다른 사람 몸으로 들어가는 것을 막는 방패 같은 역할을 한단다. 콘돔을 사용하지 않는다면, 감염된 사람의 몸에서 감염되지 않은 사람의 몸으로 병균이 옮아갈 수 있단다."

강조하는 것을 잊지 말자 : "콘돔이 성병을 완전하게 차단한다는 보장은 없어. 하지만 대부분의 전문가들은 콘돔을 적절하게 사용만 한다면 에이즈와 다른 성병에 걸릴 확률이 급격하게 떨어질 것이라고 믿고 있지. 다시 말해서, 콘돔을 이용한 성행위는 완벽하게 안전한 성행위는 아니지만, 위험한 성행위도 아니라는 얘기지."

기본적인 것들에 대해서 여러분의 자녀가 어느 정도 알고 있는지 확인해 보도록 하자.

· 콘돔은 재활용 제품이 아니다. 새것을 사용해야 한다.
· 낡거나 열에 손상된 콘돔은 효과가 없다(차의 수납함이나 지갑은 콘돔

을 보관할 적절한 장소가 아니다).

· 만약 상대방이 항문 성교를 한 다음에 질 성교를 하려고 하면 반드시 새로운 콘돔을 사용한다.

· 발기된 음경에 콘돔을 착용할 경우 올바르게 사용해야 한다.

· 처방전 없이도 콘돔은 약국에서 언제든지 구입할 수 있다.

예방에 대해서 얘기할 때, 여러분은 실은 책임에 대해서 얘기하고 있는 것이다. 여러분의 자녀가 알고 있는지 확인해 보도록 하자.

"성적으로 활발한 남녀는 스스로를 성병으로부터 보호해야 되며 정기적인 건강진단을 받을 필요가 있단다. 만약 네가 콘돔을 사용해야 된다고 느끼는데 상대가 거절한다면 그 상대와의 성행위를 강력하게 거부할 수 있어야 한단다."

신화들

자녀들은 아마 여러분에게 성병을 예방할 수 있는 수백 가지의 대안들을 제시할 것이다. 어떤 세대든지 과거로부터 내려오는 민간요법부터 새로운 치료법까지 모두 혼합하는 경향이 있다. 다음과 같은 유명한 민간요법을 포함한 '민간요법'의 대부분은 성병을 예방하지도 치료하지도 못한다는 것을 아이들에게 알려주자.

 - 알약, 피임기구, 스펀지, 그리고 크림 등과 같은 피임 방법들

- 관주법(관을 삽입하여 흐르는 액체로 질을 세척하는 방법. 이 방법은 감염균을 질 안쪽으로 밀어 넣을 수도 있다)

- 목욕(남성 성기를 씻는 것은 간혹 성병을 씻어내 주는 효과가 있을지는 모르지만 항상 그런 것은 아니다. 여자의 경우에는 목욕이 전혀 효과가 없다)

- 약품 상자 안에 남아 있던, 과거에 몸이 아플 때 복용했던 항생제의 사용(다른 질병을 위해 처방된 항생제를 성병 치료 목적으로 사용해서는 안 된다)

- 구강 혹은 항문 성교를 하는 경우—두 경우 모두 성병을 옮길 수 있다

만약 여러분의 자녀가 성병에 관한 기본적인 사실을 알고 있다면, 감염의 위험을 줄일 수 있다. 여러분이 이 문제에 대해서 알고 있고 또 대화 대상이 될 수도 있다는 것을 아이들이 아는 것만으로도 자신의 고민과 걱정을 덜 수 있다.

문신과 바디 피어싱_{Tattoos and Body Piercing}

문신과 바디 피어싱. 많은 부모들은 이 유행을 찢어진 청바지나 머리에 갖가지 물을 들이는 것보다 심각하게 느끼는데, 그 이유는 아이들의 몸에 영원한 상처를 남기고 건강상의 문제들을 초래할 수 있기 때문이다.

여학생은 몇 주째 계속 새로운 남자 친구에 대해서 얘기하고 있었다. 그 남자 친구는 모든 것이 완벽해 보였다. 친절했고, 이해심이 많았으며, 재미있고, 사랑스러웠다.

"집에 한번 데리고 오지 않으련? 엄마도 그 친구가 보고 싶구나."

"음… 그애가 수줍음을 많이 타서요."

엄마의 말에 여학생은 얼버무렸다. 그러자 옆에 있던 동생이 대뜸 끼어들면서 큰 소리로 말했다.

"실은 그게 아닐걸? 얼굴에 고리가 12개는 넘게 걸려 있으니까 엄마에게 남자 친구를 소개하기 꺼려하는 거 아냐?"

문제는 간단했다. 여학생은 부모님이 남자 친구의 코, 눈썹, 혀, 귀,

턱, 입술 등을 장식한 고리를 보고 나쁜 인상을 받을까 봐 염려했던 것이다. 남자 친구에 대해 알게 되면 부모님이 걱정하실 게 뻔했다. 만약 여학생의 눈에 피어싱이 매력적으로 보이면, 분명히 자기도 피어싱을 하려고 할 것이기 때문이다. 이제 대화할 때가 되었다.

이제는 특정 집단의 유행이 아니다

바디 피어싱과 문신은 더 이상 길거리 폭력배나 미친 듯한 록 가수들의 전유물이 아니다. 이젠 세계적으로 청소년들의 주류 문화가 되어 버렸다. 뮤직 비디오와 음악 스타들, 그리고 모델들에 의해서 음성적인 이미지를 벗고 유행에 민감한 청소년들에게 크게 홍보되었다.

뭐가 문제야?

많은 부모들은 이 유행을 찢어진 청바지나 머리에 갖가지 물을 들이는 것보다 훨씬 심각하게 느끼는데, 그 이유는 아이들의 몸에 영원한 상처를 남기고 건강상의 문제들을 초래할 수 있기 때문이다. 이런 유행에 관해서 여러분의 자녀와 이야기하려고 한다면 제일 먼저 해야 할 것이 문신과 바디 피어싱에 관한 현실을 제대로 아는 일이다. 그래야만 여러분은 막다른 골목으로 몰리지 않고 자신의 입장을 유지할 수 있으며, 자녀와 대화할 때 보다 깊은 대화를 유도할 수 있다.

문신

문신은 바늘이나 다른 예리한 도구를 이용하여 피부 아래로 유색

잉크나 염료를 주입하여 영구적으로 피부를 장식하는 방법이다. 여기까지는 여러분의 자녀들도 안다. 그러나 문신을 그리는 과정에 대한 자세한 내용이나 통증, 감염을 예방하기 위한 사후 조치, 문신 제거 과정, 혹은 이러한 종류의 신체 장식을 하는 것이 위법이라는 사실은 모른다. 음주나 불법 약물 복용과 마찬가지로 문신도 법을 위반하는 행위다. '우리 아이는 그런 건 안 해' 하고 안일하게 생각하지 말고 기회가 오면 이 얘기도 꼭 짚고 넘어가자.

문신 과정

가장 간단한 문신도 완성하려면 최소한 한 시간 정도 걸리며, 크거나 화려한 것들은 훨씬 더 많은 시간이 소요된다. 디자인이나 크기와는 상관없이 그 과정은 굉장히 고통스러우며, 시술 내내 고통은 지속된다. 실제로 문신을 하다가 구토를 하거나 심지어는 기절하는 경우도 종종 있다(목뼈나 발목뼈 등이 있는 피부에 문신을 새기는 작업은 다른 위치에 문신을 하는 것보다 훨씬 고통스럽다고 한다). 힘든 훈련을 하는 사람들도 견디기 어려운 통증이기 때문에, 책임감 있는 문신 예술가들은 한 번 작업할 때마다 3~4시간 이상은 하지 않는다고 한다.

이러한 모든 과정에도 불구하고 처음에 화려했던 문신의 색상은 끝까지 보존되지 않는다. 시간이 지날수록 탈색되어 낡은 느낌을 준다. 선명한 형태를 유지하기 위해서 어떤 문신 예술가들은 먹물('India ink'로 동양의 먹을 뜻한다)을 사용하기도 하는데, 대단히 검고 탈색되지 않는 장점이 있다. 그러나 먹물은 독성을 포함하고 있다. 물론 그 독성이 사람을 죽일 정도는 아니지만 꽤나 고통스럽다고 한다. 뿐만 아니라, 불임의 원인이 되기도 하고 기형아 출생률을 높이는 원인이 되기도 한다. 그러므로 이 문제는 반드시 짚고 넘어가야 할 사항이다.

문신 후의 관리

문신의 관리는 시간과 인내를 요구한다. 감염이나 상처, 형태의 보존 등을 위해서 문신을 하고 난 후 처음 24시간 동안은 반드시 붕대를 감고 있어야 한다. 붕대를 풀고 난 후에는 상처 부위를 2~3주 동안 하루에 3회씩 소독해 주어야 한다. 문신 딱지가 떨어지고 나면, 상처 부위가 극도로 건조해지기 때문에 1~2달 정도는 수분을 계속 공급해 줄 수 있는 보습제를 매일 발라주어야 한다. 문신을 하고 난 후에는 적어도 2달 동안 수영을 할 수 없으며, 2~3주 동안은 직사광선을 피해야 하는데, 이는 직사광선이 색깔을 탈색시키기 때문이다(그렇기 때문에 여름은 문신을 하기에 적절한 계절이 아니다). 여름은 아이들이 문신을 가장 하고 싶어하는 계절이기도 하다.

문신 제거

여러분의 자녀들은 문신 제거 과정도 알아야 한다. 당연한 소린지 몰라도 청소년기에는 5년 후를 예상하기 힘들다. 자녀들은 문신을 새기고 싶어하기 전에, 유행이 지나가면 문신이 싫어질 수도 있다는 점을 정확하게 알아야 한다. 문신을 없애고자 하는 사람들에게는 두 가지 선택권이 있다. 첫번째는 없애고 싶은 문신 위에 다른 문신을 새기는 것이다. 이 방법은 옛날에 교제하던 사람의 이름을 문신으로 남겼다가 이제는 과거의 사랑을 뒤로하고 새로운 사람을 만난 사람들에게 아주 인기 있는 선택 방법이다. 이러한 변심은 굉장히 고통스러우면서도 비싼 변심이라고 할 수 있겠다. 또 다른 방법은 의사들이 레이저를 가지고 염색된 색깔을 제거하는 레이저 수술 방법이다. 불행하게도, 레이저 수술로는 잉크를 몸에서 제거할 수 없기 때문에, 잉크는 평생 몸 안에 남는다. 또한 레이저 수술로는 문신을 완전히 없앨 수 없다. 전에 했던 문신에 상처를 내서 살색의 새로운 문신을 남기는 것이다. 문신 1 평방 인치를 제거하는 데 드는 비용은 미국의 경우, 500~1,000달러 사이이다(문신 가격 및 제거 비용은 세계적으로 비슷한 수준).

이런 고통과 비용에도 불구하고, 문신 제거하는 사업은 번창하고 있다. 1994년 5월, 캘리포니아주 산호세 시청에서는 일주일 동안 무료로 과거 폭력배였던 사람들의 문신을 제거해 주는 프로그램을 후원했다. 이 프로그램에 대한 반응은 거의 폭발적이었다. 1,000개가 넘는 문신들이 제거되었다. 많은 사람들이 영구적인 신체 장식을 선택한 것에 대해서 후회하고 있다는 사실은 분명하다.

법

문신은 충동적으로 혹은 객기로 해서는 안 된다. 문신은 아주 심각한 행위이다. 실은 너무 심각해서 미국의 경우에도 많은 지역에서 문신을 법으로 금지하고 있다. 허용이 되는 지역에서도 18세 이하의 미성년자에게는 문신이 허용되지 않으며, 부모나 보호자의 동의가 있는 경우에만 가능하다.

바디 피어싱

최근 전세계적으로 청소년들 사이에서 바디 피어싱은 대단한 인기를 얻고 있지만, 새로운 것은 아니다. 역사적으로 볼 때 영적인 의식 혹은 원주민 의식의 일부분으로 사용되었을 뿐만 아니라, 귀를 뚫는 행위는 20세기에 들어서면서부터 여성들 사이에 상당한 인기를 누려왔다. 1980년대에는 남성과 여성들 모두에게 귀에 한 개 이상의 구멍을 뚫는 것이 상당한 인기를 누렸었다. 1990년대에 들어와서는 코, 눈썹, 입술, 혓바닥, 턱, 유두, 그리고 심지어는 성기에 이르기까지 신체의 각 부위들이 링을 포함한 다양한 액세서리의 표적이 되어 왔다.

피어싱 과정

바디 피어싱은 그리 행복한 경험이 아니다—정말 아프다! 대부분의 사람들은 피어싱을 하는 것을 귀를 뚫는 정도로 아주 간단하고 고통 없는 것이라고 생각한다. 하지만 귀를 뚫는 것과 바디 피어싱에는 엄청난 차이가 있다. 몸에 있는 조직과 근육들, 그리고 코, 입술, 구강, 유두와 같은 기관의 끝에 붙어 있는 신경들은 귓볼의 조직과는 다른 종류의 조직들이기 때문에 통증에도 훨씬 민감할 뿐 아니라 감염이나 영구적인 손상에도 훨씬 민감하다.

구멍을 내기 위해서 피부에 바늘이 뚫고 지나갈 두 개의 점을 찍은 다음, 피어싱을 하기 위해서 피부를 힘껏 잡아당긴다. 대부분의 경우,

마취를 하지 않는다. 왜냐하면 마취약은 국가에 등록된 의술 자격증이 있는 사람만이 사용할 수 있기 때문이다. 따라서 피어싱을 할 때 강력한 고통은 수분간 지속된다. 그런 후에는 쓰라림이 수주 동안 계속된다.

피어싱이 치료되는 평균 시간은 문신의 그것보다 훨씬 길다. 코 피어싱의 경우, 4주에서 6주가 걸리는데, 이 기간 동안, 피어싱을 한 주변 피부는 약하고 민감해진다. 혀 피어싱은 특히 쓰라리며, 혀에는 염증이 잘 발생하기 때문에 수일 동안 먹거나 말하기가 불가능할 수도 있다.

피어싱 후 관리

문신과 마찬가지로, 피어싱에 의한 상처는 쉽게 감염에 노출된다. 그렇기 때문에 피어싱은 어떠한 상황에서도 청결을 유지해야 한다. 피어싱을 한 부위는 상처가 완전하게 아물 때까지 하루에 적어도 3번 이상씩은 소독해야 한다. 새 살이 돋아나서 장식물을 덮을 수 있기 때문에, 장식물은 하루에 적어도 3~4번씩 돌려주어야 한다(이때, 손을 먼저 씻어야 한다). 문신과 마찬가지로 '피어싱을 한 사람'은 피어싱을 하고 난 후 2주 동안은 수영을 피해야 한다.

피어싱에 대한 거부반응이 생기는 경우도 있다. 피어싱 후 세심하게 관리되었더라도 아물지 않는 경우를 말한다(구강에 하는 피어싱의 경우 50%가 이런 반응을 보이는 것으로 추정된다). 만약 이런 일이 발생하면, 반드시 장신구를 제거하고 상처를 치료해야 한다. 그래도 흉터는 남는다. 하지만 이것은 그 사람이 영원히 바디 피어싱을 할 수 없다는 사실을 의미하지는 않는다. 왜냐하면, 한 곳에서 피어싱 거부반응이 일어난다 하더라도 신체의 다른 부분에서는 거부반응이 일어나지 않을 수 있기 때문이다. 피어싱의 결과는 예측 불가능하고 비싼 놀음이 될 수도 있다. 처음부터 이런 정보를 청소년들이 알고 있다면 무슨 문제가 있겠는가.

법

현재로서는 바디 피어싱을 제한하는 정부 차원의 법규가 아주 미비한 상태다. 피어싱 '예술가'의 훈련이나 자격증 제도를 요구하는 곳도 그리 많지 않다(미용사도 꼭 자격증이 필요한 현대에 말이다). 이러한 이유에서, 여러분의 자녀가 바디 피어싱에 대해서 생각하고 있는 순간에도 여러분의 관심이 필요하다.

바디 피어싱 제거

여러분의 자녀가 바디 피어싱은 '제거'할 수 없다는 것을 아는지 확인하자. 만약 피어싱으로부터 장신구를 제거해도 열려 있던 상처는 닫히거나 아물지 않는다. 피어싱은 몸에 구멍을 내는 행위이다. 한번 제대로 아물면 그 구멍은 장신구의 유무를 떠나서 계속해서 몸에 남게 된다. 피어싱을 한 청소년들은 장신구가 지겨워지면 장신구를 착용하지 않으면 되지만, 눈에 확실히 보이는 그리 매력적이지 않은 구멍을 몸에 지닌 채 평생을 살아야 한다.

안 된다고 말하는 경우

사실들을 종합해 보고 난 후, 여러분은 문신이나 바디 피어싱을 금지한다고 말할 수 있다. 그냥 목록에 추가시키기만 하면 된다.

"네가 불법적인 약물을 복용하거나 술을 마시고 외박하고 문신이나 바디 피어싱으로 몸에 영구적인 상처를 내는 것을 나는 절대 허락할 수 없다."

바로 이것이다. 그게 한계선인 것이다. 쉬운 선택은 아니지만 반드시 선택해야 한다.

책임은 누가 지는가?

청소년들은 자신이 자신의 삶에 대해서 완벽한 통제력을 가지고 있다고 생각한다(그것은 독립적인 인간으로 성장하는 과정의 자연스러운 한 부분이다). 자신들의 몸에 대해서 그들이 어떤 결정을 내리든 여러분이 뭐라고 할 권리가 없다고 얘기할 것이다. 여러분은 단지 그들을 지배하고 싶어할 뿐이고 그들이 하는 것을 원치 않는 것뿐이라고 얘기할 것이다. 하지만 여러분이 자녀의 삶에 어느 정도의 통제를 하는 것은 부모로서의 의무이다. 그리고 법도 여러분 편을 들고 있다. 19세 이하의 아이들이 미성년자라고 불리는 것도 바로 이 까닭이다. 그렇기 때문에 만약 아이들이 법에 위배되는 행위를 할 경우, 여러분이 책임을 지게 되는 것이다. 음주 가능한 나이, 운전 가능한 나이, 복권과 도박을 할 수 있는 나이 등등의 법을 만드는 것도 십대들의 과장된 자만심으로부터 그들을 보호하기 위함이다. 그것이 바로 우리가 살고 있는 세상이다. 19세 이하의 아이들에게는 책임이 없다.

강경론은 비열한 것이 아니다. 어려운 문제에 직면했을 때 부모가 포기하지 않고 진심으로 믿는 것에 대해서 강경하게 밀고 나가는 것은 아이들을 지도하는 데 좋은 방법인 동시에 올바른 부모의 역할이기도 하다. 여러분의 자녀가 여러분이 절대 물러서지 않을 것임을 알게 되면 여러분의 확고함을 이용해서 자신의 체면을 살리려고 할지도 모른다. 많은 청소년들이 열성적으로 반항하지만 뒤돌아서 방에 돌아오면 안도의 한숨을 내쉰다. 여러분의 자녀는 이제, 별로 하고 싶지는 않았지만 또래 집단의 압력 때문에 어쩔 수 없이 해야 했던 일들을 허락하지 않는, 꽉 막히고 구식인 부모를 마음 놓고 원망할 수 있게 된 것이다.

대화를 시작하자

자녀들에게 문신이나 피어싱을 허락하지 않을 것이라는 결심이나 마음의 결정을 내리면, 아이가 여러분에게 물어볼 때까지 기다리지 말자. 바로 이야기를 시작해야 한다. 어느 날 밤 생각지도 못한 시간에 아이들이 영구적인 문신이나 피어싱을 하고 집에 돌아오는 경우가 너무도 많기 때문이다. 불법적인 문신 혹은 피어싱 가게가 곳곳에서 성행하고 있다. 머리끝에서부터 발끝까지 피어싱을 하는 문화는 아이가 다니는 다양한 사회적 환경에서 벌어지고 있다. 젊은 사람들은 스스로, 그리고 서로에게 문신을 새겨주고 피어싱을 해준다. 부모들은 피부에 바늘로 구멍을 내서 구멍에 옷핀을 걸고 다니는 자녀들의 모습을 발견하고 경악한다.

자녀와 함께 있을 때 혹은 문신이나 피어싱을 한 사람을 함께 보았을 때, 이 주제에 관해서 이야기해 보자. 그 사람을 비난하거나 우습게 여기지 말고 여러분의 생각을 또렷하게 밝히고 직선적으로 얘기하자.

"나는 네가 몸에 어떤 종류의 문신이나 바디 피어싱을 한다고 한다면 절대 허락하지 않을 거다. 어느 날 갑자기 문신을 새겨서 날 깜짝 놀라게 할 생각일랑은 아예 하지도 말아라. 우리 집에서는 절대 용납할 수 없으니까."

만약 여러분의 자녀가 대화를 원하면(혹은 항의를 하려고 하면), 대화의 통로를 열어두도록 하자. 아이들에게 자신의 의견을 피력할 기회를 주고, 문신 과정에 대해서 아이들이 어느 정도까지 알고 있는지 들어보자. 이미 문신을 한 친구가 있다면 그 친구들에 대해서 얘기할 수 있도록 도와주자. 여러분은 이제 운전석에 앉은 것이나 다름이 없다. 여러분은 들을 수도 말할 수도, 그리고 여러분의 선택에 대해서 설명할 수도 있지만, 여러분의 의지가 어떤 상황에서도 변하지 않을 것이라는 사실만큼은 아이에게 인지시킨다.

개방적인 사고방식을 가진 부모의 경우

여러분은 어쩌면 여러분의 자녀가 문신이나 바디 피어싱을 통해서 스스로를 표현할 필요가 있고, 그것에 대해서 아이들과 함께 의논하기를 원하는 개방적인 사고방식을 가진 부모일 수도 있다. 이런 경우에 여러분의 역할은 여러분의 자녀가 내린 결정에 대해서 다시 한 번 생각할 수 있도록 도와주는 것이다. 그들은 또래와 어울리기를 원하거나 혹은 어중간한 가치관들에 대해서 거부하거나 용감함을 표현하고 싶어하는지도 모른다. 이런 모든 것들은 당사자가 모든 과정에 대한 정확한 정보와 문신 및 바디 피어싱에 대한 비현실적인 기대만 없다면 아무래도 상관없다.

행동하기 전에 생각하자

여러분은 아이들에게 시간이 흐르면 변하는 유행에 대해 얘기함으로써 순간의 충동을 극복하도록 도와줄 수 있다. 다른 패션 경향들과 마찬가지로 피어싱도 결국에는 뒤떨어진 유행이 되고 말 것이다. 그러나 문제는, 유행이 지난 찢어진 청바지는 안 입으면 그만이지만, 바디 피어싱의 결과로 난 구멍은 평생 복구할 수가 없다는 점이다. 바디 피어싱은 육체의 영원한 일부가 되는 것이다. 때문에 여러분은 그런 사태가 벌어지기 전에 자녀들에게 말해야 한다.

"문신이나 피어싱을 하기 전에, 이것만은 생각해 봤으면 한다. 시간이 지나면 너의 취향이 얼마나 많이 바뀔지, 그리고 유행 또한 얼마나 많이 바뀔지에 대해서 말이야. 10년 후에도 네가 그것을 원할지에 대해서, 그리고 10년이 흐른 뒤에도 똑같은 문신과 바디 피어싱에 지겨워하지 않을 자신이 있는지에 대해서도 생각해 봤으면 좋겠다(그런 다음 여러분의 자녀가 7살 때 원했던 장난감을 상기시켜 주자)."

여러분의 자녀에게 알릴 또 한 가지는 오늘날 특이한 것이 내일의 일상이 될 수 있다는 사실이다.

"너무 많은 사람들이 문신과 피어싱을 해서, 이젠 덜떨어진 애들이나 하는 게 되고 말았어."

언젠가 자녀들이 이런 말을 하게 될지도 모른다. 그럼 유행이 지난 10년 후에는 어떻게 해야 하는가?

지금까지의 얘기들이 모두 여러분의 아이를 문신과 바디 피어싱으로부터 보호하려는 의도로만 보일 수도 있겠으나, 최신 유행을 따라가기에 급급한 아이들이 미처 생각하지 못한 앞으로의 영향들에 대해서 다시 한 번 생각해 볼 수 있는 기회를 주는 게 부모로서의 도리라는 사실을 잊지 말기로 하자. 또한 아이로 하여금 최소한 이런 문제를 생각할 기회를 주지 않는다면, 2년 후에 자신의 모습에 싫증이 난 자녀로부터 '왜 날 막지 않았어요?' 라는 말을 듣게 될 것이다.

여러분의 자녀는 또한 직장에서의 변동도 고려해야 한다. 특정 일터에서는 문신이나 바디 피어싱이 허용되지 않는다. 왜냐하면 대부분의 사람들은 그런 것들을 이상하게 여기기 때문이다. 솔직하게 자신의 생각을 자녀들에게 얘기하자.

"외모로 사람의 직무 수행 능력을 평가하는 것은 옳지 못한 일이지만, 아직까지는 그런 일들이 사회에서 벌어지고 있고, 만약 네가 문신이나 피어싱을 하게 되면 어떤 일과 어떤 직무에 관한 기회조차 얻지 못할 수도 있다는 사실을 알아야 해."

마지막으로, 자녀가 문신과 바디 피어싱을 한 후 올바른 처치에 대한 책임에 대해서 알고 있는지를 확인한다. 한번 피부에 상처를 내면 인내심과 노력을 가지고 지속적인 의학적 치료를 해야 한다는 사실도 알려준다.

만약 여러분의 아이가 이를 닦거나 콘택트렌즈를 세척하는 것 등과 같은 것도 잘 잊어버리는 성격의 아이라면 문신이나 바디 피어싱에 대해 다시 한 번 생각해 볼 수 있도록 도와주어야 한다.

대안을 강구하자

여러분과 여러분의 자녀가 영구적인 신체 장식을 하기로 결론을 내리기 전에, 자녀에게 '문신'과 '피어싱'만큼 여파가 크지 않은 방법들에 대해서 반드시 살펴볼 기회를 준다.

일회용 문신 일회용 문신에는 3가지가 있다. 개인이 생각하는 모양이나 문신의 위치, 그것을 했을 때의 기분, 그리고 가장 중요한 자신감을 고려하여 3가지 중에서 선택한다.

첫째 – 가장 흔한 것이 물을 사용해서 일시적인 문신을 만드는 것이다. 대부분의 팬시점에서 싼 가격에 구입할 수 있으며, 한번 문신을 새기면 떨어지기까지 하루 내지 이틀이 걸린다. 우리 지역에 사는 한 문신 예술가는 자기 아들에게 영구적인 문신을 새기기 이전에 이런 것들로 한번 실험해 보라고 권유했다고 한다. 하지만 청소년들은 이런 대안을 '유치한 것'으로 치부하며 불평을 할 것이다.

둘째 – 인도 문화에 인접해 있는 곳에서부터 시작해 이제는 세계 곳곳의 문신 가게로 번져 들어오고 있는 새로운 형태의 일시적인 이 문신은 훨씬 더 매력적으로 느껴질 것이다. 이것은 '인도 문신'—'멘디(mehandi)'라고도 하는데, 흔히 '헤너' 문신으로 많이 통한다—이라고 부른다. 진짜 문신처럼 보이고 느껴지기도 하면서 약 한 달 동안 지속된다. 헤너 문신은 벗겨지는 천연 염색제로, 수작업을 통해서 이루어지게 되는데, 그 염색제가 떨어져 나가면 굉장히 아름답고 진한 색상의 그림 자국이 남게 된다(주로 손이나 발에 많이 한다). 20불에서 40불이면 여러분의 자녀가 고통이나 영구적인 피부의 손상 없이도 문신의 경험을 할 수 있는 것이다.

셋째 – 쌀 종이를 이용해서 문신을 새기는 경우는 영화 〈케이프 피어〉에서 로버트 드 니로가, 〈데드 맨 워킹〉에서 숀 팬이, 〈투웰브 멍키즈〉에서 브루스 윌리스가 사용했던 방법이다. 이 과정은 '문신'을 새기기 위해서 담배처럼 생긴 원형의 종이 위에 그림을 새겨 그 위에다가 화장용 잉크를 사용한다. 결과는 매우 양호하며, 물에 강하고 2주일 정도 지속된다고 한다.

만약 문신 예술가가 피부 조직 바로 밑에 얇게 염색약을 집어넣게 되면 일시적인 문신의 효과를 볼 수 있다는 말에 조심하자. 피부의 두 번째 조직층에 바늘이 들어가지 않게 하는 기술이라는 것은 세상에 존재하지 않는다.

실제 피어싱을 하지 않는 피어싱 여러분의 자녀가 실제로 몸에 구멍을 뚫지 않고도 피어싱의 느낌을 그대로 느낄 수 있는 두 가지 종류의 장신구를 구입할 수 있다. 옛날 귀걸이처럼 그냥 걸기만 하는 것이다. 다양한 종류의 장신구들이 귀, 코, 그리고 입술에 맞게 특별 제작된다. 또한, 시중에는 자석으로 구멍이 생겨야 하는 부위를 연결해 주는 종류의 자석 고리들도 등장하고 있다. 그런 고리들을 찾기에 가장 좋은 장소는 나이 어린 신세대를 대상으로 하는 작은 가게들이다.

중대한 결정 내리기

여러분의 자녀가 모든 정보를 알고 난 후에도 문신과 피어싱을 감행하길 원한다면, 끝까지 함께 간다. 자녀가 여러분과 함께 가기를 원하지는 않겠지만, 그래도 자녀와 함께 문신이나 피어싱을 안전하면서도 청결한 분위기에서 할 수 있는 가게들을 물색한다.

"이게 얼마나 멋있게 보일지 네가 상상하는 모습이 있을 거야. 내가 원하는 것도 마찬가지란다. 그래서 난 네가 이걸 하는 데 편하고 청결한 장소를 찾을 수 있도록 도와주고 싶단다. 안전한 환경에서, 어떤 병균에도 감염되지 않고 문신과 피어싱을 할 수 있는 그런 곳 말이야."

자녀에게 여러 가게에 전화를 하거나 직접 방문하도록 격려한다. 혹은 여러분이 아이들 대신 해줄 수 있다고 제안하라. 만약 마음에 드는 곳을 발견하면 이런 질문들을 하자.

"문신하고 바디 피어싱을 하는 사람의 경력은 어떻게 되나요?"

모든 종류의 문신과 바디 피어싱은 전문가가 수행해야 한다—전문 교육을 받지 않는 사람은 절대 이러한 작업을 해서는 안 된다. 중요한 신경조직, 근육조직, 그리고 신체기관들은 올바르지 못한 과정으로 인해 영구적인 손상을 입을 수도 있다.

"손님마다 다른 바늘을 사용합니까? 장비들은 어떻게 소독합니까?"

꼭 확인하자! 장비의 소독은 대단히 중요하다. 왜냐하면 소독하지 않은 바늘로 문신이나 바디 피어싱을 하다가 자칫 HIV, 간염, 다른 종류의 혈관 질병들에 감염될 수 있기 때문이다. 오토클레이브라고 하는 소독기계는 모든 문신과 바디 피어싱 가게에서 의무적으로 사용하게 되어 있다. 그리고 손님은 시술자에게 새 바늘을 사용해 달라고 주장할 권리가 있다. 어떤 곳에서는 그것이 일반적인 관례이고, 어떤 곳에서는 손님이 요구해야 하는 경우도 있다. 반드시 바늘의 포장을 보여 달라고 요청하자.

현재는 문신과 바디 피어싱이 유행이다. 내년의 유행은 어쩌면 현재보다 더 '쇼킹' 하거나 더 '무모' 하며, 어쩌면 더 '정상' 적일 수도 있다. 누가 내년의 유행을 알겠는가? 여러분에게는 여러분의 자녀에게 무엇이 최상의 것인지 탐색하고 결정할 권리가 있다. 여러분의 결정이 무엇이든지, 그것에 대한 대화를 이끌어 내고, 자녀들에게 여러분이 그들을 많이 사랑하고 아낀다는 느낌을 주도록 하자.

제2부

중대한 위기

이혼 Divorce

십대들은 지나치게 감정적인 경향이 있어서 부모가 금전적인 불평을 많이 하면
자신이 노숙자가 된 기분이 들거나 기아에 허덕이는 상상을 할 수도 있다.

올해 16세인 한 소년의 집에서는 이미 오래 전에 웃음소리가 사
라졌다. 소년은 엄마가 마지막으로 웃은 때가 언제인지조차 기
억나지 않았다. 아직도 부모님이 이혼했다는 사실을 믿을 수가
없었고, 늘 그랬듯이 금방 화해할 사소한 싸움일 거라는 생각과
함께 한동안 집에 들어오지 않고 있는 아빠가 이번 주말엔 들어
오실 거라는 기대도 해본다. 하지만 아빠는 그의 기대를 저버렸
고, 엄마는 한술 더 떠 이사까지 하자고 했다. 그는 이제 대학에
갈 형편이 안 될 수도 있다. 그런 데까지 생각이 미치자 불안과
함께 부모님에 대한 원망마저 들었다.

"둘 다 정말 꼴도 보기 싫어! 어떻게 나한테 이럴 수가 있지?"

소년은 많은 가정이 이혼을 경험하며, 전세계적으로 매년 수백
만여 명의 아이들이 부모의 이혼을 지켜본다는 사실을 알고 있

다. 소년의 부모가 남긴 상처는 바로 그의 수많은 질문에 대답하
지 않았다는 데 있다.

부모들은 대개 이혼이 어린아이에게 미치는 영향에 대해 아주 민감
하다. 하지만 가정불화가 십대에게 미치는 영향은 쉽게 잊는 경우가
많다. 십대들은 그들 자신의 세계에 푹 빠져 있고, 집에 있는 때가 드
물기 때문에 부모의 이혼에 큰 영향을 받지 않을 거라고 종종 오인되
고 있는데, 실제로는 어린아이만큼이나 사춘기의 청소년들도 이런 가
정불화가 있는 동안 감정적 지도뿐만 아니라 행동의 지도를 필요로 한
다.

이 기간 동안 십대들에게 특별히 도움이 필요한 이유는 두 가지이
다. 첫째, 십대들은 이제 막 남녀 관계에 대한 자신들만의 이미지를 구
성하기 시작하는 시기이므로 부모의 이혼에 의해 그들의 남녀 관계 상
이 크게 흔들릴 수 있다. 둘째, 십대들이 분노와 슬픔을 표현하는 방법
으로써 위험하고 인생을 크게 바꿀 수 있는 것, 즉 음주나 마약, 섹스,
학업 중단 등을 선택할 수 있다.

십대들이 자신들의 부모가 갈라선다는 사실을 알았을 때 머리에는
온통 질문을, 가슴에는 온갖 복잡한 감정을 가지는 것은 당연한 사실
이다. 그들은 자신들의 입장을 객관적으로 차분하게 들어줄 누군가가,
또 그 대화를 이끌어줄 수 있는 누군가가 필요하다. 우리의 바램은 그
누군가가 바로 부모였으면 하는 것이다.

십대 자녀와 이혼에 대해 대화하는 이유

십대 자녀와 이혼에 대해 대화해야 할 이유는 너무나 많다. 그중 다음 몇 가지는 가장 보편적인 이유들이다.

· 십대의 성숙도 십대들이 새로 보여주는 독립적인 태도는 부모로 하여금 그들이 어린아이보다 이혼을 더 잘 감당할 수 있다는 착각에 빠져들게 한다. 하지만 대개는 그 반대이다. 십대는 어느 정도 성숙했기 때문에 사탕발림 가지고는 침체된 감정에서 쉽게 헤어나지 못한다. 부모의 미소로도 속일 수 없다. 십대들은 진행 중인 모든 일을 잘 알고 있으므로 가족 회의에 동참시킴으로써 그들의 역할을 존중한다는 사실을 보여줄 필요가 있다.

· 평범한 고민거리 십대 시절에는 가장 행복한 순간에도 불안 요소나 걱정거리, 또 고민할 일이 끊이질 않는다. 이런 것들이 이혼으로 인하여 더 고조될 수 있기 때문에 감당할 수 없는 상태에 이르기 전에 미리 대화할 필요가 있다.

· 깨져 버린 기대 십대는 처음으로 이성에게 감정적인 관심을 보이는 시기이며, 자신의 반려자와 영원히 행복하게 사는 단꿈을 꾸는 나이이기도 하다. 이 때문에 부모의 이혼은 특히 십대들을 혼란스럽게 만드는 것이다. 대화를 통해 상황을 차분하게 이해할 수 있도록 한다.

· 숨겨진 감정 어떤 십대들은 관심이 없는 듯 연극을 하며 자신의 진짜 감정을 숨기려고 한다. 이런 아이들은 정말로 알고 싶은 의문점도 묻지 않는다. 또, 부모가 예민하게 반응할 만한 주제는 꺼내지도 않는다. 그리고 아주 과묵해지는 경향이 있다. 이혼이라는 위기 상황에서 이런 태도는 오래 유지할 수가 없다. 숨겨진 감정들은 학업이나 다른 자녀와의 문제로 표출될 수 있다. 이런 감정으로 인해 십대들은 약물 복용이나 무분별한 이성 관계 같은 위험한 행동을 할 수 있다. 개방적이고 솔직한 대화는 십대들이 자신의 가면을 던져 버리고 마음속에 담아두었던 아팠던 감정들을 표출할 수 있는 계기가 된다.

· 혼란스러운 감정 많은 십대들은 그들의 부모가 이혼하는 이유를 알고 있다. 같은 집에 살면서 부모의 언쟁을 듣고 냉랭한 분위기를 겪기 때문이다. 이들은 이혼이라는 소식에 처음에는 안도하는 반응을 보일 수도 있다. 하지만 이러한 반응을 보고 더 이상 할 이야기가 없다고 생각하면 큰 오산이다. 이혼의 필요성을 이해하는 자녀일지라도 배신감이나 분노, 환멸감, 슬픔 등의 감정에 맞서기 위해서는 도움이 필요하다.

· 감정적인 건강 어떤 십대들은 자신의 모든 감정을 무시해 버림으로써 고통으로부터 자신을 보호하려고 한다. 따라서 이혼에 대한 고통은 느끼지 않게 되지만, 기쁨이나 삶의 행복조차도 느끼지 못하게 된다. 감정적으로 산송장이나 다름없게 되는 것이다. 감정에 대해 대화

를 나눌 기회도 없이 정신적인 상처가 오래 지속되면, 위기가 지난 후에도 오래도록 자녀의 삶에 영향을 끼칠 수 있다.

자녀에게 이혼 결정을 알리는 시기

최종적으로 돌이킬 수 없는 결단을 내렸을 때 자녀들에게 별거나 이혼 결정을 알려야 한다. 결혼 생활이 확실히 끝났다고 결론이 났다면, 아래의 지침들이 자녀들에게 그 결정을 알릴 시간을 선택하는 데 도움을 줄 것이다.

부모가 함께 있을 때 이야기하자

부모가 함께 앉아 이혼 소식을 전할 때 자녀들은 그 결정을 돌이킬 수 없는 사실로 받아들일 확률이 더 크다. 만약에 한쪽 부모가 이혼 결정을 알리게 되면 자녀들은 틀림없이 한 바탕의 언쟁이 있었고, 곧 다른 쪽의 부모가 화해를 시도할 것이라고 생각할 수 있다. 하지만 부모가 함께 있으면 자녀들이 두 개의 서로 다른 이야기를 들어 혼란에 빠질 위험을 줄일 수 있다.

만약에 어느 한쪽 부모가 그 소식을 전할 때 곁에 있을 수 없다면, 대화 후에 곧 자녀들에게 전화를 하거나 편지를 써서 알리도록 한다. 가능하면 자녀들은 이 소식을 부모 모두로부터 들을 필요가 있다. 하지만 실종이나 정신질환 등 기타 피치 못할 사정으로 인해 한쪽 부모가 참석할 수 없으면 혼자서 소식을 전해야 한다. 이런 경우에는—분노나 편견 없이—배우자의 침묵을 설명할 수 있어야 한다.

"너희 아빠—엄마—는 지금 너희와 이야기를 나눌 수가 없단다. 그러니 원한다면 언제라도 나랑 이야기하자꾸나."

집에서 이야기하자 공원과 같은 공공장소에서 이혼 사실을 알리지 말라. 또, 여러분이나 아이들이 학교나 일을 나가야 할 때 이야기하지 않도록 한다. 여러분의 이혼 선언을 받아들이고, 질문도 하고, 원하면 울기도 하며, 포옹으로 마음을 달랠 수 있도록 시간적 여유를 주자.

마음이 차분히 진정된 후에 이야기하자 자신의 이혼 사실에 대해서 스스로 화가 나고 흥분이 되더라도 자신의 감정적 무게를 자녀들에게 떠넘기지 않도록 한다. 물론 슬픔이나 격앙된 감정을 함께 나누는 것은 좋다. 하지만 차분하고 진정된 상태를 유지하자.

가족이 모두 모였을 때 얘기하자 형제자매는 충격을 완충해 주고 지속적인 가족적 감정을 제공한다. 또, 자녀들이 서로에게 도움을 구할 수 있는 계기를 부여한다. 더 나이가 많은 자녀에게 따로 상세한 설명을 하고 싶을 수도 있지만, 처음에 이혼 결정을 알릴 때는 온 가족이 모인 자리에서 하자.

시간을 두고 얘기하자 이혼 계획에 대한 십대 자녀의 초기 반응은 각별한 주의를 요한다. 하지만 시간이 지남에 따라 그들의 반응 또

한 변한다. 그 변화에 따라 대화의 내용에도 변화를 주는 것이 바람직
하다. 이혼 이후, 자녀들은 흔히 사랑하는 사람의 죽음을 맞았을 때와
같은 감정의 변화를 겪는다. 다음과 같은 감정의 변화 단계를 살펴보
고 각각의 단계에 있는 자녀들의 감정들을 주의 깊게 살펴보자.

　　부정 : "다시 화해하실 거야."
　　분노 : "엄마 아빠가 내 인생을 망쳤어."
　　타협 : "엄마랑 아빠가 다시 노력하면 이제부터 반항하지 않을
　　게요."
　　침체 : "사는 게 다 그렇고 그렇지."
　　수용 : "최선의 길이었을 거야."
　　　　　　　〈 '엘리자베스 퀴블러—로즈' 의 감정 연구에 기초〉

　이 단계들이 꼭 순서대로 일어나지는 않는다. 십대 자녀는 이 단계
에서 저 단계로 왔다갔다할 수 있다. 수용 단계에 다다르기까지 수년
이 걸리는 경우도 있다(대개 십대 후반에). 자녀의 시시각각 변화하는 감
정을 체크하기란 어려운 일이다(특히 부모 자신도 감정적으로 힘겨울 때에는).
하지만 주의를 기울이면서 이해하고 공감하려는 노력이 절실하다. 십
대 자녀가 '정말 꼴도 보기 싫어!' 라고 소리친다면 '분노' 단계에 있
다는 것을 짐작할 수 있다. 이런 사실을 알고 나면 사랑으로 감싸주기
가 좀더 쉬울 수 있다.

대화할 내용

이혼 결정을 전할 때 어떻게 이야기할까 하는 것은, 현실로 다가온 여러분의 이혼을 둘러싼 여러 가지 요인들에 달려 있다. 대다수의 부모들은 그런 요인들로 자신들의 괴로움에 사로잡혀 있거나 아이들의 역량을 과대평가해 간단하게 통보만 하고 마는 우를 범한다. 하지만 앞에서 미리 언급한 바 있듯이, 이혼 문제도 대충 넘길 문제가 아니다. 자, 그럼 아이들과 대화할 내용을 살펴보자.

"너희들도 엄마랑 아빠가 함께 살면 행복하지 않다는 건 잘 알고 있을 거야. 우리는 이혼해서 따로 사는 게 최선책이라는 결정을 내렸다. 여러 가지 수속을 밟으면 앞으로 점차 주위의 것들이 바뀌기 시작하게 될 테니까, 너희들도 무슨 일인지 알 수 있도록 지금 이야기하는 거야. 누가 언제 어디로 이사가는가 하는 결정들은 너희들에게도 알려줄게. 혹시 우리가 대답하지 않은 질문이 있다면 물어보도록 해라."

처음 이혼 결정을 알린 후에, 자녀들은 아주 조용해지고 감정을 정리하기 위해서 혼자 있고 싶어할 수 있다. 혹은 그 자리에서 바로 수많은 질문 공세를 퍼부을 수도 있다. 또는 화를 낼 수도 있다. 어떤 반응을 보이든지 차분하고 수용적인 태도를 보여야 한다. 예절을 가르치거나 공손함을 바랄 때가 아니다.

정보

이혼 수속 동안에 부모는 자신의 일에 신경 쓰느라 자녀들에게 사건의 정황을 알리는 것을 잊어버릴 수도 있다. 혼란스러운 것은 이해하지만, 십대 자녀가 어떤 일이 벌어지고 있는지 그때그때 알게 되면 이혼을 좀더 쉽게 받아들일 수 있다는 점도 알아두어야 한다. 이혼 결정을 알릴 때에는 솔직해야 한다. 별거 또한 자녀들에게 솔직하고 직접적인 방법으로 알려야 한다. 거짓말 혹은 변명을 하거나 거짓된 약속을 해서는 안 된다. 상황을 망설이지 않고 확고하게 말해야만 그 결정이 번복될 수 없음을 납득시킬 수 있다. 자녀들은 부모가 책임감 있는 어른으로서 문제를 해결하기를 기대한다. 만약에 부모가 솔직하지 않거나 정확하게 말하지 않으면 부모들이 화해할 것이라는 일말의 기대감을 가진다. 또는 더 노력해 보지 않은 것에 대해 화를 낼 수도 있다. 이런 것들을 염두에 두고 자녀와 대화하자.

"다른 방법을 모두 고려해 봤지만 이 방법 외에는 해결책이 없구나."

십대들은 진실을 알고 싶어하는 정열을 갖고 있고 그것을 알아내는 능력 또한 갖추었다. 따라서 오랫동안 그들을 속일 수 없다. 부모가 이혼을 결정한 이유를 자녀들은 이미 알고 있을지도 모른다. 물론 그 이유를 설명해야 할 때도 있다. 하지만 부정, 그릇된 습관, 도박, 약물 복용, 애정이 소원해짐 등의 난잡한 세부사항까지 세세히 설명할 필요는

없다. 아이들이 알기에 부적합하다고 생각되는 내용까지 자세히 설명
해 주기를 요구하면 이렇게 말하는 것도 효과적이다.

"그건 개인적이고 사적인 거야. 엄마와 아빠 사이의 일이란다."

대화의 초점을 이혼의 이유에서 자녀들에게로 전환하는 것도 좋은
방법이다. 그럴 때는 이렇게 이야기하자.

"우리가 내린 결정은 너한테도 영향을 줄 거야. 그래서 우리는 앞으
로 어떤 일이 일어날지 너에게 얘기하고 싶구나."

결국, 이 부분이 자녀들의 최대 관심사인 것이다. 십대들은 양육권
이나 양육비, 재산 분할 같은 개념을 알고 있다. 따라서 부모는 앞으로
벌어질 일들에 대해 솔직해야 한다. 그들은 다음과 같은 것들을 알고
싶어한다.

"나는 누구랑 살게 되나요?"

많은 부모들이 자신들의 십대 자녀가 누구와 살지 결정할 수 있을
만큼 컸다고 착각하고 아이에게 선택권을 맡긴다. 이 때문에 자녀들은
아주 난처한 입장에 놓인다. 폭행과 같은 상황을 벗어나기 위한 경우
가 아니라면 어떤 아이들에게도 부모 중 한 사람을 고르도록 강요해서

는 안 된다. 그렇게 된다면 어떤 선택을 하더라도 다른 쪽을 택하지 않았다는 가책을 느끼며 살아가게 될 것이다(이것은 십대 자녀가 한 쪽 부모를 확연히 더 좋아하더라도 자주 나타나는 현상이다). 만약에 부모가 결정을 내릴 수 없다면—자녀와 부모의 친밀도를 감안하여—중재자나 판사가 결정해야 한다. 가능한 한 자녀의 선호도를 존중해야 한다. 자녀가 마지막 결정을 하는 사람이 되어서는 안 된다.

"같이 살지 않는 부모님을 볼 수 있어요? 언제 볼 수 있죠? 그건 또 누가 정하나요?"

십대 자녀가 양육권이 없는 부모를 다시 볼 수 있다는 사실을 안다고 단정하지 말라. 자세히 설명해 주어야 한다. 계속해서 만날 수 있다는 확신을 심어줘야 하는 것이다. 또한 세부사항을 결정할 때 십대의 의견을 묻는 것도 잊지 말자. 십대들은 굉장히 활동적인 생활을 한다. 일요일 오후에 못 보던 부모를 만나는 일보다 친구들과 놀러 다니는 게 더 중요할 수도 있다. 스케줄을 짜기 전에 자녀의 의견을 수렴하자.

"저는 전학 가야 하나요?"

이것은 십대들에게 상당히 중요한 문제이다. 이사를 가야 한다면 결정을 내리자마자 솔직하게 알려야 한다. 물론, 결정을 맘에 들어하지 않을 수도 있다. 그렇다고 마지막 순간까지 알리지 않다가 자녀를 놀라게 해서는 안 된다. 누구나 이런 삶의 변화에 적응하는 데는 시간이 필요하기 마련이다. 반대로, 불확실한 이사 계획으로 아이들을 걱정시켜서도 안 된다. 매일 바뀌는 계획에 이리저리 끌려 다니는 것은 감정적으로 불안정하게 될 뿐이다.

"돈은 충분한가요?"

십대들은 이혼이 가정에 금전적인 타격을 준다는 것을 알고 있다. 자녀들에게 솔직하게 어떤 것이 변하고 어떤 것이 변하지 않을지 말해 주자. 한동안 금전적으로 어려울 듯싶으면 자녀들에게 알리고 이해를 구하자. 하지만 그 정도까지만 얘기한다. 매일 저녁 식탁에 앉아 금전적인 문제로 불평을 하는 것은 바람직하지 못하다. 많은 십대들은 지나치게 감정적인 경향이 있어서 부모가 금전적인 불평을 많이 하면 자신이 노숙자가 된 기분이 들거나 기아에 허덕이는 상상을 할 수도 있다.

이 문제와 해답들은 이혼이 십대 자녀에게 직접적으로 어떤 영향을 끼치는지에 초점을 맞췄다. 이것은 자녀들이 알고 싶어하고 또 알아야 하는 내용이다. 자녀들이 이혼의 법적 문제나 금전적인 문제의 세부사항 때문에 고통을 받아서는 안 되므로 그들이 수용할 수 있는 것보다 많은 양의 정보를 주지 않도록 각별히 주의하자.

감정적 안정

이런 정보들 이외에도 십대들에게 새로운 가정에서 그들의 위치는 어디인지 확인시켜 줄 필요가 있다. 십대들의 큰 고민거리 중 하나는 계속해서 바뀌는 자신의 역할이다. 흔히 이혼한 부모들은 십대 자녀에게서 그들이 준비하지 않았거나 불가능한 것들을 원한다. 갑자기 십대들은 중재자나 터놓고 말할 수 있는 친구가 되어야 하거나 화해를 시키고 말을 전하는 중개자 역할을 해야 한다. 이혼 후에 자녀와의 관계를 이혼 전과 같은 수준으로 유지하려고 노력한다면 그들이 감정적으로 안정을 찾는 데 도움을 줄 수 있다.

익숙하지 않은 역할을 강요해서는 안 된다. 여러분의 고민을 들어주길 바라지 말라. 다른 쪽 부모에게 메시지를 전하는 일도 시켜서는 안 된다. 아이들 앞에서 상대방을 헐뜯는 일도 피하자. 만약에 서로가 적의를 품은 상태에서 결심한 이혼이라면, 자녀에게 부모가 서로 화가 많이 난 상태이기 때문에 한동안은 집안 분위기가 안 좋을 것이라고 말하자.

"네 아빠—엄마—때문에 화가 나는구나. 하지만 너한테 화난 건 아냐. 그 때문에 기분이 나쁘지만 그렇다고 너를 사랑하지 않는 것도 아냐. 네 아빠—엄마—도 너를 사랑하고 있단다. 이건 우리 둘 사이의 문제일 뿐이야."

십대 자녀에게 이혼에 관련된 문제들은 절대적으로 부모간의 갈등이라는 사실을 주지시켜야 한다.

"너 때문에 이혼을 결심한 게 아니다. 네 잘못은 없어. 그리고 어느 한 쪽 편을 들기를 바라지도 않는단다. 알겠지?"

이혼으로 좀더 나은 생활을 할 수 있을 것이라는 사실이 분명해도—가정 폭력 같은 경우—자녀는 분노를 느낄 수 있다. 이런 감정들을 이해하려고 노력해야 한다.

해서는 안 될 말 : "왜 이혼해야 하는지 너도 알고 있잖아! 왜 화를 내는 거니?"
권장하는 말 : "이혼이 최선책이라도 고통스럽다는 것, 나도 잘 알고 있단다."

안전

이혼으로 인해 십대들은 가정이라는 기반을 상실한 기분을 느끼고 밖으로 나돌게 된다. 이것을 조절하기 위하여 부모는 십대들에게 그들을 사랑한다는 사실을 반복해서 말해야 한다.

"네 아빠—엄마—랑 나는 널 아주 많이 사랑해. 그래서 이혼이 더 힘들단다. 네가 힘들어할 걸 잘 알기 때문에 말이야. 하지만 너에겐 항상 안전하게 살 곳이 있고, 우리가 항상 널 사랑한다는 걸 알았으면 좋겠다."

어떤 십대들은 이혼에 대한 자신의 감정을 솔직하게 표현하지 못한
다. 이럴 때는 다음과 같은 말로 대화를 시도해 보자.

"가끔 나는 이혼했다는 사실에 마음이 상한단다. 너도 그러니?"
"네 아빠가 떠난 이후로 주위가 많이 바뀌어 여러 가지로 힘들었단
다… 넌 어땠니?"
"여기랑 엄마 집을 왔다갔다하니까 어떠니?"

대답을 듣기 위해 자녀를 너무 몰아세워서는 안 된다. 하지만 자녀
가 기댈 수 있도록 계속해서 노력하자. 계속해서 기회를 주면 대부분
의 아이들은 자신의 마음속에 있는 이야기를 털어놓게 될 것이다.
자녀가 말을 하기 시작하면 먼저 듣는 데 전념해야 한다. 잘못 알고
있는 사실들을 고치려 들지 말자. 여러분의 의견도 잠시 접어두자. 말
을 끊지 말고 자녀가 말을 끝낼 수 있도록 해주자. 또, 자녀가 자신의
관점에서 말하는 이야기를 이해하도록 노력하자. 자녀가 어떤 느낌인
지 혹은 어떤 생각을 하는지 알고 있다고 단정하지 말자. 가슴속 모든
생각을 다 끄집어낼 수 있게 해주자. 자녀가 느끼기에 여러분이 자신
의 견해를 귀담아 듣는다고 생각하면, 이혼에 대해 대화하기가 훨씬
수월할 것이다.

주의해야 할 반응들

만약 여러분의 십대 자녀가 이혼으로 인해 마음이 많이 상했다면 그 상처를 여러 가지 방법으로 표출할 것이다. 다음과 같은 반응들이 있는지 살펴보자. 또, 각기 다른 반응들은 모두 관심을 끌고 도움을 요청하기 위한 외침이라는 사실을 잊지 말자.

슬픔

슬픔을 표출하는 방법은 요란할 수도 있고 아주 조용할 수도 있다. 여러분의 십대 자녀는 많이 울 수도 있고 혹은 무기력해지거나 소극적으로 변할 수도 있다. '무슨 일이니?' 하고 물으면 '아무것도 아니에요 (한숨)' 하며 여러분을 피하거나 슬픔에 잠길 것이다. 이런 정신적 부재는 아이의 집중력과 의지력을 해칠 수 있으며 학교 생활에도 큰 영향을 미친다. 십대 자녀의 행동에 변화가 있다면 선생님들께 이혼에 대해서 말하는 것이 좋다. 선생님들이 아이의 갑작스러운 태도 변화와 감정 변화의 이유를 안다면 좋은 지원세력이 될 수 있다.

분노

분노는 여러 가지 얼굴을 지니고 있다. 나이가 많은 자녀들은 옳고 그른 것에 대한 확고한 기준을 확립해 가고 있기 때문에 이혼을 그릇된 것으로 판단하기도 한다.

어떤 아이들은 엄마가 하는 말에는 모두 짜증 섞인 말투로 대답함으로써 자신의 분노를 표현한다.

"아침으로 뭐 먹을래?"

"됐어! 안 먹어. 엄마나 많이 먹어!"

수동적 공격

수동적 공격은 십대로 하여금 소리 없이 화를 낼 수 있게 해주는 하나의 표현이다.

어느 여학생의 아빠가 집을 나갔다. 그 여학생은 아빠가 집을 나간 후 그에게 험한 말을 하지는 않았다. 대신에 아빠의 존재를 무시하기로 마음을 먹었다. 아빠가 한 말은 모두 못 들은 체하고 아빠가 오는 날을 의도적으로 잊어버렸다. 전화벨이 울려 전화를 받았을 때 아빠 목소리가 나면 슬쩍 수화기를 내려놓기도 했다.

십대들의 이런 행동은 버릇없이 구는 것이 아닌 자신의 분노를 표현하는 소리 없는 외침이다.

일탈

이혼 과정이 특별히 요란하고, 마음에 심한 상처를 입게 되면 모든 것에서 벗나나려는 십대들도 생긴다. 일탈은 여러 가지 형태로 나타난다. 집 밖으로 나돌거나 감정을 억제하며 학교 생활에 불성실해지기도 한다. 또, 술에 빠지거나 무분별한 이성관계에 빠지기도 한다.

부모의 대응

십대들의 반응에는 이해와 격려로 대응하는 것이 가장 바람직하다. 별거 전에 지켜왔던 규율들을 유지하는 것도 중요하지만, 새로운 가정환경에 적응할 수 있는 시간을 주어야 한다. 십대들이 자신의 감정을 솔직하게 표현할 수 있도록 도와주어야 한다(대부분의 감정과 행동들은 고통과 슬픔을 이기기 위한 방어이기 때문이다). 여러분이 할 일은 그 감정의 원인을 인지하고, 나아가 자녀가 여러분을 찾을 수 있도록 마음의 문을 열어놓는 것이다. 십대들이 약물 남용이나 불성실한 학교생활, 무분별한 이성 관계 등의 위험한 행동을 보이면 즉시 정신과 상담을 받아야 한다.

다음의 '할 일'과 '하지 말아야 일'들은 십대 자녀와 이혼에 대해 대화하는 데 도움을 줄 것이다.

〈해야 할 일〉

· 십대들이 자신의 감정을 표현하도록 도와주자(고통스럽고 화가 나는 것들마저도). 그리고 질문할 기회를 주자.

· 그들의 고민에 귀를 기울이자.

· 모든 일이 다 정리되고 다시 부모 모두와 행복하게 살게 될 것이라는 생각을 접게 하자(이것이 여러분의 소망일지라도).

· 이혼의 세부사항에 대한 대화는 한 번으로는 부족하다. 반복된 대화는 십대들이 상황을 납득하고 현실로 받아들이는 데 도움을 준다.

· 이혼은 그들의 잘못이 아니라는 사실을 반복적으로 상기시켜 주
자.

· 자녀들에게 부모 모두 그들을 사랑하며 항상 변함이 없을 것이라
고 말하자.

· 자녀들에게 영향을 끼치는 일들과 이혼에 관련된 결정들을 계속
해서 알려주자.

〈하지 말아야 할 일〉

· 단호하라(다른 상상을 할 여지를 남겨서는 안 된다). 이혼이 피할 수 없
는 현실이라면 그렇다고 확고하게 말해야 한다.

· 이혼에 대해 자신의 배우자를 비난해서는 안 된다(이혼에 대한 잘못
이 확연하게 드러나더라도).

· 자녀들 앞에서 배우자의 험담을 하지 말자.

· 자녀들에게 편 들기를 요청하지 말자.

· 자녀들에게서 감정적인 도움을 얻으려고 하지 말자.

· 자녀들의 감정 표현을 억누르지 말자. '울지 마. 이럴 때일수록 강
해져야 해'라는 말은 하지 말자.

· 이혼이 가져온 상실감을 경시하지 말자. '어차피 아빠 얼굴도 자
주 못 봤었잖아' 라고 말하는 것은 좋지 않다.

도움을 얻는 법

여러분 스스로의 고통이 너무 커서 십대들에게 필요한 관심을 보이

지 못할 수도 있다. 하지만, 특히 이혼 수속 과정 동안에는 자녀의 고민을 해소할 수 있는 돌파구를 마련해야 한다. 중재자는 이혼의 고통을 이겨내기 위한 좋은 수단이다. 양쪽 부모 모두 훈련받은 제3자와 만나 법정에서처럼 대응하는 관계가 아닌 문제점이나 고민, 또 성격 차이 등에 관해 토론할 수 있다. 중재를 통해 부모간의 적대감을 줄이고 자녀에게 좀더 나은 결과를 가져오려는 시도를 할 수 있다. 이혼 중재를 받을 수 있는 기회가 된다면, 반드시 이용할 것을 권장하는 바이다.

문제가 일어나기 전에 예방 차원에서 정신과 상담을 받아보는 것도 효과적일 수 있다. 훈련받은 가족상담원은 부모와 자녀 모두에게 스스로의 감정을 이해하고 삶의 현실을 수용하는 데 도움을 줄 것이다.

사랑하는 이의 죽음 Death of a Loved One

17세의 한 소녀는 일요일 이른 아침 거실에서 전화를 받았다. 소녀의 부모는 그녀가 명랑한 목소리로 친구에게 인사하는 소리를 들었다. 그리고 나서 비명 소리가 들렸고, 놀라 달려온 부모 앞에 딸애가 바닥에 쓰러져 흐느끼고 있었다.

"안 돼! 말도 안 돼! 아니야!"

딸애는 계속해서 소리쳤다.

"아니야! 아니야! 그럴 리 없어!"

그녀는 어젯밤 교통사고로 친구가 목숨을 잃었다는 비극적인 소식을 들었다. 이 고통을 덜기 위해 부모님은 어떤 말을 해야 할까? 과연 어떤 일을 할 수 있는 걸까?

죽음에 대해 느끼는 십대들의 중압감 이해하기

십대들과 죽음에 대해 이야기하는 것은 그들이 죽음을 머리로 이해하는 것과 가슴으로 느끼는 것에 크게 차이가 나기 때문에 특히 어렵다. 십대들은 머리로는 죽음이 어떤 것인지 알고 있다. 죽음은 만물에게 공통으로 존재하며, 피하거나 돌이킬 수 없는 것임을 알고 있다. 불행하게도 어른들은 이 지식이 사랑하는 이의 죽음을 극복하는 데 필요한 모든 것이라고 생각하고 있다. 하지만 이론적으로 죽음을 이해하고 있다고 해서 상실의 아픔을 극복할 수 있을 만큼 십대들은 감정적으로 성숙한 존재가 아니다.

십대들은 감정적으로 인생의 과도기를 겪고 있다. 독립된 존재와 의존적인 존재 사이를 계속 왔다갔다하고 있는 것이다. 죽음은 이렇게 불확실한 시기를 더욱 힘들게 만든다. 독립적인 존재로서 울지도 말고 도움을 청하지도 않고 강하게 행동해야 하는가? 아니면 가족의 품에 안겨 슬픔을 달래야 하는가? 십대들은 자신의 상태가 어떤지 정확히 알지 못한다. 십대들에게는 스스로의 감정을 이해할 수 있도록, 슬픔을 극복할 수 있게 도와주고, 자신이 겪는 혼란에 공감할 수 있는 어른이 필요하다.

죽음은 십대의 삶에 여러 형태로 찾아온다. 사랑하는 조부모일 수도 있고 예기치 않게 부모님이나 형제자매 혹은 친구일 수도 있다. 자살이나 폭력으로 인해 일어날 수도 있고 사고나 오랜 지병으로 인해 일어날 수도 있다. 각각의 다양한 사건들은 각기 다른 고통을 동반하기 때문에 그에 따른 대화들을 일일이 열거할 수는 없다. 하지만 십대들의 상실감을 덜어주는 일반적인 조언은 할 수 있도록 살펴보기로 하자.

예를 들어 설명하자

십대 자녀는 죽음에 대처하는 법을 여러분에게 물어올 수 있다. 여러분도 그 죽음을 애도한다면 자신의 슬픔을 표현하고 자녀와 함께 나누도록 하자. 울고 싶다면 울어도 좋다. 아이들을 위해서 강한 척하는 것은 스스로의 감정을 숨기는 법만을 가르치게 될 뿐이다.

여러분의 감정에 대해서 이야기하자. 십대와 그 감정을 공유하자. 그들의 입을 막아서는 안 된다. 정직하고 솔직하게 또 사랑하는 마음으로 행동하면 여러분의 자녀도 본받고 같은 마음으로 대할 것이다.

만약에 자신 스스로가 슬픔에 겨워 자녀에게 충분한 관심을 기울일 수 없다고 판단되면 도움을 요청하자. 친척이나 가까운 친구 혹은 아는 목사님이나 신부님, 아니면 법사께 자녀와 대화를 나눠달라고 도움을 청하자. 십대 자녀에게 주위 사람들이 그를 염려하고 그의 고민을 이해한다는 사실을 일깨워 주어야 한다.

침묵을 활용하는 법과
죽음에 대해 이야기하기 위해 알아두어야 할 것

많은 십대들은 고인에 대한 애도를 표현하는 한 방식으로 이성적이지 않거나 비현실적인 말과 행동을 하곤 한다. 그렇다고 억지로 '현실'만을 일깨워 줄 필요는 없다. 사랑하는 이가 죽은 직후에 여러분이 취할 수 있는 최선의 대화 전략은 자녀가 하는 말을 듣고 그에 답하는 것이다. 자녀의 감정을 전환시키기 위해 대답하는 것이 아니라 다음

설명된 슬픔의 단계에 따라 그 감정을 확인하고 이해심을 보여주는 것
이다.

　1단계 : 부정
　여러분의 자녀는 무감각하게 반응하며 이렇게 주장할 수도 있다.

　"죽었을 리 없어."
　"이건 꿈일 거야."
　"믿어지지가 않아."

　삼가해야 할 말 : "살다 보면 다 겪게 되는 일이다. 받아들여야 해."
　바람직한 말 : "사실이기에는 너무나 끔찍한 일이야. 나도 믿을 수
가 없구나."

　2단계 : 적의
　여러분의 자녀는 다음과 같이 신경질적으로 반응할 수도 있다.

　"하나님은 존재하지 않아."
　"누구도 내가 어떤 기분인지 이해 못 해."
　"착하게 살아도 돌아오는 건 아무것도 없어."

　삼가해야 할 말 : "그런 식으로 말하지 말아라."

바람직한 말 : "대상 없이 화를 내는 기분을 조금은 이해할 수 있을 것 같구나. 충분히 그럴 수 있다고 생각한다."

3단계 : 침체
여러분의 자녀는 슬픔을 극복할 수 없다고 느낄 수도 있다.

"그 친구 없이는 살 수 없어."
"혼자서는 살고 싶지도 않아."
"너무 허전하고 외로워."

삼가해야 할 말 : "무슨 소리니. 산 사람은 살아야지. 그런 식으로 말하지 말아라. 너 때문에 걱정돼 죽겠다."
바람직한 말 : "죽음을 받아들이기는 참으로 어려운 일이지. 그럴 땐 더 이상 살고 싶지 않을 수도 있어. 하지만 그런 감정에만 빠져 있지 말자꾸나. 언젠간 네 스스로 네 삶을 행복하게 만들 수도 있을 거야."

4단계 : 수용
결국 십대들은 죽음을 사실로 받아들이게 될 것이다. 고통 없이 고인을 기억할 수 있게 되고, 그를 기억하지만 여전히 행복할 수 있다는 사실을 깨닫게 된다. 삶은 계속된다는 사실 또한 배운다. 하지만 이렇게 되기까지는 시간이 걸린다. 대개 그런 일을 극복하는 데엔 6개월에서 1년의 기간이 걸린다. 따라서 고통을 느끼며 죽음을 이해하려는 십대를 인내심을 가지고 기다려야 한다. 자녀의 말을 들으면서 침묵할 때, 그리고 이해하며 답해줄 때 십대들은 다소나마 안정을 되찾을 수 있다.

슬픔에 대한 일반적 반응

여러분의 자녀가 슬픔의 단계를 거쳐갈 때 주의를 요하는 몇몇 행동들을 발견할 수도 있다.

피로

슬픔을 달래느라 모든 에너지를 소비하고 나면 계단을 올라가는 것조차 힘겨운 일로 다가선다. 여러분의 자녀는 대부분의 시간을 자는 데 소비할 수도 있고(자는 것은 또한 고통을 덜어주기도 한다) 하는 일도 없이 앉아만 있기도 하며, 숙제나 저녁 식사 때 나누는 담소와 같은 일상적인 일들마저도 힘겨워할 수 있다.

삼가해야 할 말 : "네 그런 모습을 보는 것도 이젠 지긋지긋하다. 이제 네 생활로 돌아올 때도 되지 않았니? 오늘 내로 기운 차리고 방에서 나와라."

바람직한 말 : "요즘 조용히 혼자 있고 싶어하는 것 같더구나. 그러는 게 감정을 정리하고 상실감을 극복하는 데 도움이 되기도 하지. 좀 정리가 돼서 나와 얘기할 수 있게 되면 친구의 죽음에 어떤 생각을 하

고 있는지 알고 싶구나. 그 아이가 너에게 어떤 의미였는지 나와도 이
야기할 수 있으면 좋겠다."

극도의 활동성

어떤 아이들은 극도로 활동적인 면을 보이기도 한다. 이 일에서 저
일로 옮겨 다니며 생각하거나 돌아볼 시간도 없이 바쁘게 지냄으로써
고인의 죽음을 애도한다. 주제도 없이 끊임없이 이야기하고 흥분한 에
너지 덩어리처럼 보이기도 한다. 이런 십대들은 내면에서 떠오르는 죽
음에 대한 고통을 피하는 중이다. 또한 바쁘게 움직이며 강한 면모를
과시함으로써 겉으로 감정이 드러나는 것을 감추고 있는 것일 수도 있
다. 이렇게 극도로 활동적인 모습을 보이는 자녀를 붙잡아 고인에 대
해 이야기함으로써 자녀가 무엇으로부터 달아나려고 하는지 알아보아
야 한다.

"오늘따라 먼저 간 네 친구 생각이 자꾸 나는구나. 내가 이럴 정돈
데 넌 오죽할까… 내가 모르는 너희들만의 재미난 추억이 있다면 얘기
좀 해주지 않을래?"

만약 자녀가 말하기를 거부한다면 아이의 감정을 최대한 존중하며
가볍게 충고하는 것이 좋다.

"혹시 친구의 죽음에 대해서 솔직한 감정을 표현하기가 두려운 건

아니니? 그렇게 용감하지 않아도 돼. 슬픔은 표현하지 않으면 사라지지 않는단다. 다 털어놓고 극복해야 하는 거야. 엄마랑 친한 친구가 이런 말을 했단다. '슬픔은 피할 수 없다'고, '싸워서 이겨내야 한다'고. 앞으로 네 친구에 대한 이야기가 하고 싶거든 나에게 말하려무나."

두려움

어떤 십대들은 두려움에 떨기도 한다. 인간의 한계성을 자각하게 하는 구체적인 사건을 겪으면서 자신들에게도 위험이 닥칠까 근심하기 시작한다. 밤에 혼자 있기를 두려워하기도 하고 설명할 수 없는 긴장감에 사로잡힌 생활을 하기도 한다. 스스로를 무적이라고 생각하던 아이들이 그제야 비로소 죽음의 실체를 실감한다.

삼가해야 할 말 : "친구가 죽었다고 해서 너까지 죽은 건 아니잖니. 바보같이 굴지 말고 어서 툭 털고 일어나거라."

바람직한 말 : "사랑하는 사람이 죽은 후에 두려운 마음이 드는 건 당연한 일이야. 죽음은 우리 인간이 유한한 존재라는 걸 깨닫게 해주지. 하지만 내가 항상 곁에 있다는 사실을 잊지 않았으면 좋겠다. 이런 감정들이 사라질 때까지 곁에서 힘이 되어줄게. 시간이 지나면 차츰 잊혀질 거야."

분노

사랑하는 이가 죽은 후에는 화를 내기가 쉽다. 생명을 구하지 못한 의사에게 화를 낼 수도 있고, 죽음을 쉽게 말하는 친구들에게 화를 낼 수도 있으며, 이 비극적인 사건을 이해하지 못하는 가족들에게 화를 낼 수도 있다. 또한 죽은 이에게 화를 낼 수도 있고, 스스로를 주체하지 못하는 자신에게 화를 낼 수도 있다. 사이 좋던 형제자매와 다툼을 하기도 하고 학교에서 감정을 터뜨릴 수도 있으며, 여러분과 심한 말다툼을 할 수도 있다. 아무리 이해심이 깊은 부모라 하더라도 이런 잘못된 분노를 감당하기는 쉽지 않다.

삼가해야 할 말 : "너한테는 두 손 두 발 다 들었다. 친구가 죽어서 화가 나는 건 이해하지만, 엄마한테 그런 식으로 소리를 지르다니! 내가 그앨 죽였니? 왜 나한테 그런 식으로 말하는 거냐."

바람직한 말 : "화가 나는 마음 이해한다. 나한테 화가 난 게 아니라 친구의 죽음 때문에 그런 것 같구나. 내가 그 분노를 조금 삭혀줄 수 있을까? 운동을 하면 흥분된 감정을 가라앉히는 데 도움이 된다고 하더구나. 감정이 폭발할 것 같거든 배게로 침대를 힘껏 내리쳐 보렴. 방을 정돈해 보는 것도 좋을 거야. 사랑하는 사람들을 아프게 하지 않고 분노를 표현할 줄 알아야지. 먼저 간 친구에 대해서 대화를 나누면 도움이 될지도 모르겠다. 이야기를 하다 보면 왜 그렇게 화가 났는지 알 수 있지 않을까?"

죄책감

죄책감은 내부를 향한 감정이다. 이로 인해 십대 자녀는 사랑하는 이의 죽음을 애도하고 그 고통을 이겨내는 일에 더 힘겨워할 수 있다. 십대는 자신이 사고를 막을 수도 있었다는 생각을 할 때 죄책감을 느낀다. '아빠가 담배를 끊도록 내가 권했더라면', '내가 그 모임에 갔더라면 음주운전을 하도록 놔두지 않았을 텐데', '할머니와 좀더 많은 이야기를 나눴더라면' 등등. 실제로 그러한 죄책감에 근거가 있을 수도 있고, 비합리적일 수도 있다. 하지만 어떤 경우든 여러분의 자녀는 이 시기를 극복해야만 한다.

삼가해야 할 말 : "바보같이 굴지 마. 네 친구가 죽은 것은 너와 아무 상관도 없어. 그런 식으로 생각하면 안 돼."

바람직한 말 : "가까운 사람이 죽으면, 우리가 할 수 있었지만 하지 않은 일들이나 하고 싶었던 일들을 생각하게 되지. 하지만 우리가 신은 아니잖아? 사람이 언제 죽을지는 아무도 모르는 거야. 우리가 하지 않았던 행동이나 말들 때문에 스스로를 비난하는 건 좋지 않은 일이야."

장례식에 대한 대화

자녀가 장례식에 참석하도록 권고하자. 장례식은 다른 사람과 자신의 슬픔을 나누고, 현실을 받아들이는 데 좋은 경험이 될 수 있다.

여러분의 자녀가 장례식에 참석하거나 영안실에 조문을 가본 일이 없다면 그들이 목격하고 경험할 일들에 대해 준비를 시키는 것이 좋다. 고인 가족의 관습이나 종교에 맞춰 설명해 주도록 하자. 예를 들어,

병원의 영안실에서 장례가 있다면 그 환경을 설명해 주자. 여러분이 고인을 개인적으로 알지 못해도 함께 가자고 제안하자. 십대들은 인정하지 않겠지만 여러분의 도움이 절실하다.

자녀가 이미 장례식에 가본 경험이 있더라도 궁금한 것이 많을 수 있다.

십대의 질문 : "사람이 죽으면 썩잖아요. 근데 왜 빨리 매장하지 않죠?"

여러분의 대답 : "죽은 즉시—대개 장례식을 위해 가족들이 원하기 때문에—장의사에서 방부제 처리를 한단다. 한동안은 썩지 않도록 화학약품을 투여하는 거야."

십대의 질문 : "화장은 어떻게 해요?"

여러분의 대답 : "화장은 사람들이 생각하는 것처럼 시체를 불로 태우는 것이 아니라 강한 열을 가해서 시체를 재로 만드는 거야. 그 재를 유골 단지에 넣어서 땅에 묻거나 보관할 수도 있고, 바다나 산으로 가서 뿌리기도 한단다."

십대의 질문 : "사람들은 왜 조문을 가는 거죠?"

여러분의 대답 : "사람들은 사랑하는 사람을 잃은 가족에게 감정적으로 도움이 되기 위해서란다."

십대의 질문 : "조문을 가면 대체적으로 어떻게 행동해야 하죠?"

여러분의 대답 : "울음으로 감정을 표현하기도 하고, 혹은 기도를 하거나 좋은 시절을 회상하며 고인에 대해 이야기를 나누기도 해. 그렇게 해서 서로 슬픔을 나누는 거지."

전문적인 도움 받기

어떤 십대들은 사랑하는 이의 죽음을 극복하는 데 상당한 어려움을 겪는다. 슬픔에 잠겨서 헤어나지 못하는 경우도 있다. 만약 자녀가 6개월이 지난 후에도 슬픔을 극복하지 못하여 정상적인 생활이 불가능하면 반드시 전문적인 상담을 받아야 한다. 정신상담은 학교상담원이나 정신건강센터, 또는 청소년시설에서도 찾을 수 있고, 직접 정신과 의사나 임상심리의사 혹은 전문상담원 등을 찾을 수도 있다.

데이트 강간 _{Date Rape}

국립강간규제 및 방지센터가 사춘기의 피해자들을 대상으로 조사한 바에 따르면,
십대 강간 피해자의 92%가 가해자와 알고 있던 사이라고 대답했다.

남녀공학을 다니는 한 고등학교의 2학년 여학생은 3개월 전부터 3학년 선배와 사귀기 시작했다. 선배는 같이 놀러 다니기에 재미있는 상대였고, 그녀에게 예쁜 선물도 자주 했다. 매너 좋고 똑똑한 선배가 자기의 남자 친구가 됐다는 사실이 너무 기분 좋았다. 그런 그가 학교 축제 때 함께 놀러 다니자는 제안을 했다. 학교에 자신들이 만나는 일을 알리지 못했던 게 못내 아쉬웠던 그녀는 축제날만을 고대했다. 한 달 내내 그녀는 그날을 위해 준비했고 갖가지 계획을 세웠다. 뭘 입고 갈지, 그와 무슨 게임에 참여할지, 친구들이 그들을 보고 어떤 말을 할 것인가까지도 모두 신경 쓰였다. 그런데 계획하지 않았던 일이 그날 밤 벌어졌다. 그녀 일생에 있어서 가장 완벽했던 날의 기억은 선배가 으슥한 뒷산으로 잠깐 바람 쐬러 가자고 한 데서부터 산산조각 나고 말았

다. 잠깐의 키스 후에 선배는 그녀를 밀쳐서 바닥에 눕혔다. 저항했지만 불과 몇 초 만에 그녀의 옷과 스타킹이 찢어지고, 그녀는 강간을 당하고 말았다.

대부분의 사람들이 상상하는 것처럼 십대들은 강간이 뒷골목에서 미치광이가 칼을 들고 뛰어나와 벌이는 일이라고 생각한다. 그러나 실제로 대부분의 강간은 낯선 사람이 아니라 이전에 사귀었거나 친구로 지내던 사람들에 의해 범행된다. 이런 현상을 '친지 강간' 혹은 '데이트 강간'이라고 한다. 국립강간규제 및 방지센터(National Center for the Prevention and Control of Rape)가 사춘기의 피해자들을 대상으로 조사한 바에 따르면, 십대 강간 피해자의 92%가 가해자와 알고 있던 사이라고 대답했다. 이것은 십대에게 알려야 할 중요한 사실이다.

아들과 데이트 강간에 대해 대화하기

십대들의 성관계가 증가하면서 데이트 강간의 발생 빈도는 더욱 높아지고 있다. 아들이 성적으로 건전하다고 판단되더라도 이런 문제에 대한 대화를 나누는 것은 중요한 일이다. 십대는 여성을 존중하고, 그렇지 않은 경우 법이 어떤 제재를 가하는지를 배워야 할 시기이다.

위험한 '남자다운' 태도에 대해 말하기

10대를 대상으로, 데이트할 때 용인할 수 있는 태도를 조사했던 UCLA의 조사 결과를 어떻게 생각하는지 물어보자.

"십대 소년 상당수가 여성이 좋다고 했다가 마음을 바꾼 경우 섹스를 강요해도 좋다고 생각한다고 답했단다(54%). 또 상대에게 돈을 많이 쓴 경우나(39%), 너무 흥분해서 참을 수가 없다고 생각되면 괜찮다고 (36%) 대답했다는구나. 너는 이런 통계를 어떻게 생각하니?"

이런 질문으로 대화를 시작하여, 강요에 의한 섹스는 절대 용납되지 않는다는 사실을 강조할 수 있다. 어떤 경우에도 강간은 폭력범죄이고 법의 처벌을 받는다는 사실을 자녀에게 주지시켜야 한다.

넘지 않아야 할 선에 대해 말하기

"거절은 어떤 상황에서도 거절이야. 많은 남자들은 강간에 대해서 '야한 옷을 입고 있었으니 당연했다' 혹은 '비싼 저녁 사줬더니 나를 유혹했잖아' 혹은 '날 유혹해 놓고 마지막에 가서 비싸게 보이려고 거절했다니까' 등의 변명을 하지. 하지만 이런 것은 다 소용이 없어. 중요한 것은 여성이 거절을 하면 절대 강요해서는 안 된다는 것이야."

술이나 약물의 역할에 대해 말하기

"많은 데이트 강간은 남자나 여자 혹은 둘 다 술이나 약물에 취한 상태에서 일어난단다. 취했었다는 것은 법적으로 인정되지 않아. 취했건 안 취했건 자신의 행동에 대해서는 책임을 져야 돼. 만약 여성이 술을 너무 많이 마셔서 몸을 가눌 수 없더라도 그녀와 섹스를 하는 것은 강간이야."

책임감에 대해 말하기
"욕구를 억제하기 힘들 수도 있겠지만, 네 행동은 스스로 통제할 수 있어야 돼. 흥분된다고 해서 섹스를 강요하는 건 합당한 이유가 못 돼."

남성다움에 대해 말하기
"흔히 말하는 '딱지'를 떼지 못했다고 해서 진정한 남자가 못 되는 건 아니란다. 잘못된 일을 강요하는 친구들 때문에 고민하지 말아라. 진정한 남자란 여성을 존중하고 평등하게 대우할 줄 아는 남자를 말하는 것이란다."

분명한 의사소통에 대해 말하기
"정말로 어떤 일이 일어나고 있는지 아는 것은 중요한 일이야. 여자아이가 네가 듣고 싶어하는 말이 아니라 정말로 스스로 하고 싶은 말을 하고 있는지 생각해 보거라. 여성이 바라는 것에 대해서 궁금한 게 있으면 행동을 멈추고 분명하게 물어봐야 한단다."

딸과 데이트 강간에 대해 대화하기
딸이 남자들과 원만한 이성 관계를 유지하는 법을 배우고 또 사귀기도 하는 것을 원하는 만큼이나 여러분은 딸이 안전하기를 원할 것이다. 그래서 데이트 강간에 대해 대화해야 한다. 전문가들은 여자아이가 데이트 강간에 대해 더 많이 알수록 강간이 일어날 수 있는 상황을 피할 확률이 높다고 한다. 데이트 강간에 대해, 또 좋지 않은 상황에 처했을 때 대처하는 법을 생각하고 대화함으로써, 자녀가 강간을 피하는데 도움이 된다. 이 대화에서 여러분이 주의해야 할 점은 자녀에게 두려움을 주지 않고 상황을 이해시켜야 한다는 것이다. 자녀에게 다음과 같은 정의들을 설명해 줌으로써 대화를 시작해 보자.

"면식 강간은 네가 아는 사람이 원치 않는 성행위를 강요하는 것을 말한단다. 네 몸과 마음에 대한 배신이라고도 할 수 있지. 폭행이라고 보면 돼. 방금 만난 사람일 수도 있고 몇 번 데이트해 본 사람일 수도 있어. 네 남자 친구일 수도 있단다."

그리고 나서 데이트 강간을 피하기 위해 자녀가 해야 할 일들을 생각하게 하자. 워싱턴에 위치한 여성정책연구소가 발표한 정보에 근거하여 다음과 같은 주의점을 살펴보자.

혼란스러운 암시에 대해 말하기

"데이트를 할 때에는 네가 좋아하는 것과 싫어하는 것을 분명히 해야 돼. 네 데이트 상대가 영화를 보거나 식사를 하자고 하더라도 상대가 결정을 내리도록 양보하면 안 된다. 상대방이 더블 데이트를 하자고 할 때, 좋다고 생각하면 승낙하고 아니면 싫다고 말해야 돼. 그 친구가 무릎에 손을 얹었을 때, 싫으면 그냥 가만히 있지 말고 싫다고 딱

부러지게 말해라. 데이트 상대에게 항상 네 마음을 말로 명확하게 전달해야 한단다."

성적인 경계선에 대해 말하기

"네 몸이니까 어느 누구도 싫은 걸 강요할 수 없어. 누가 너를 만지거나 키스하는 게 싫으면 '그 손 치워'라든가 '만지지 마' 혹은 '내 의사를 존중해 주지 않으면 집에 갈 거야'라고 말하렴. 성행위를 막는 것은 잘못된 일도, 네가 진정한 여자가 아니라는 뜻도 아냐. 그것은 네가 자기 의사를 밝힐 줄 아는 사람이란 것을 보여주는 거야."

짓궂은 장난에 대해 말하기

"짓궂은 장난을 치는 건 자연스럽고 재미있는 일이지. 하지만 가끔은 성행위를 허락하는 무언의 표시로 보일 수도 있어. 네가 혹시 자세나 옷, 목소리의 톤이나 몸짓 혹은 눈빛 등으로 어떤 신호를 보내고 있는지 계속 신경 써야 돼. 네가 준비되지 않았을 때, 상대가 반대로 생각하게 해서는 안 되거든."

육감에 대해 말하기

"상대가 압력을 가한다고 느끼면 그에 대한 대처를 재빨리 해야 한다. 기분 나쁜 상황이 되거나 데이트 상대가 하는 행동이 거북하면 즉시 말을 하거나 가능한 한 빨리 그곳을 떠나도록 해라."

데이트 동안 독립적인 주체가 되는 것에 대해 말하기

"데이트 상대에게 네가 수동적이거나 의존적인 사람이 아니라는 것을 보여줘야 돼. 특히 처음에는 더욱 그렇지. 네 교통수단은 네가 챙기고, 가능하면 네 것은 네가 지불하거나 또 하고 싶은 일을 제안함으로써 독립적인 사람이라는 인식을 심어줘야 한다."

술이나 약물의 역할에 대해 말하기

"술과 약물은 데이트 강간에서 중요한 요소야. 많은 피해자들이 과음을 하거나 약물을 복용해서 무슨 일이 일어났는지도 잘 몰랐다고 하지. 술이나 약물은 너나 네 데이트 상대로 하여금 이성적인 판단을 흐리게 할 수 있어."

상투적인 말에 넘어가는 것에 대해 말하기

"상대방이 '날 사랑한다면 넌 그렇게 할 거야'라고 하는 말에 넘어가지 마라. 그애가 진정 널 사랑한다면 네 감정을 존중할 거다."

신체적 취약점에 대해 말하기

"데이트 강간을 피하기 위해서는 너에게 불리한 인적이 드문 곳을 피해야 한단다. 특히 상대를 잘 모를 때는 말이야. 그의 집에 가거나 집에 아무도 없을 때 초대하면 안 돼. 산책을 하거나 목적지에서 벗어난 곳에도 가지 않는 게 좋아. 사람이 있는 안전하고 편안한 곳에서 데이트하도록 해라."

친구 및 도덕성에 대해 말하기

"친구를 사귈 때는 잘 생각하고 사귀거라. 성에 대해 자유분방한 애들하고 어울리면 같은 부류로 취급받을 수 있으니까."

대처할 수 없는 상황에서 해야 할 일에 대해 말하기

"상대가 섹스에 대해서 압력을 가하거나 성행위를 강요하기 시작하면 큰 소리로 저항하고 도망치거나 도움을 청해야 한다. 누가 구해주거나 더 나은 상황으로 발전하기만을 기대하고 있으면 안 돼. 불편한 느낌이 들면 그 즉시 자리를 피하도록 해라."

강간을 당했을 때에 대해 이야기하기

"강간은 절대 피해자의 책임이 아니란다. 어느 누구도 네가 원하지 않는 방향으로 네 몸을 이용할 수는 없어. 만약 그런 일이 너에게 일어나면 망설이지 말고 즉시 내게 말하렴. 이런 문제는 어린 네가 혼자 감당할 일이 아냐. 함께 헤쳐 나가야 할 문제란다."

데이트 강간은 남성들이 그것이 강간이 아니라고 믿고 여성들이 이런 상황을 피하는 법을 모르는 한 계속될 것이다. 지금 바로 자녀들과 이야기하도록 하자.

제3부
십대만의 문제

사춘기 Puberty

사춘기의 초기 징후는 십대 초반 자녀들의 침실에서 먼저 나타난다. 딸이 스포츠 브라나 화장품, 장신구 등을 사용하거나 스타 사진을 지니는 것을 보인다. 아들은 항상 운동용 향수, 남성용 스킨, 빗, 플레이보이 잡지를 가지고 다닌다. 이러한 소지품들은 자녀들의 체내에서 어떤 일이 발생하고 있는지를 외적으로 보여준다. 이 시기에는 세상이 변하고 감정이 변하며 심지어는 몸을 바라보는 방법조차 변한다. 정확히 말해서, 어린 자녀가 대화를 필요로 하는 시기이다.

사춘기란?

사춘기는 아이가 성적으로 성숙하고 아이를 낳을 수 있게 되는 시기이다. 사춘기는 특정한 나이가 아닌 신체적, 감정적 변화에 의해 인지되는데, 이러한 변화는 수년간에 걸쳐 진행된다. 그 과정은 아이마다 독특하다. 소녀의 첫 번째 신체적 징후는 만9세~13세 사이에 나타난다. 소년의 경우에는 만10세~14세 사이가 일반적이다. 그렇지만 예를 들어, 모든 소녀들이 만14세에 겨드랑이에 체모가 난다거나 모든 소년들이 만16세에 수염이 난다고 말할 수는 없다. 일부 십대는 일찌감치 성적 특징이 발달하지만 그렇지 않은 십대들도 있다. 두 과정 모두 정상이다.

사춘기에 대한 이야기는 누가 하는가?

전통적으로 엄마가 딸에게, 아빠가 아들에게 이야기한다. 그러나 반드시 그래야 하는 것은 아니며 오히려 탈피할 필요도 있다. 부모가 다 있는 가족의 경우, 아이가 좀더 편안하게 사람의 성장과 발전에 대해 말할 수 있는 부모가 있다. 그러면 성에 관계 없이 그 부모가 이야기한다. 편부모 가족의 경우, 그 책임은 남아 있는 부모 또는 조부모, 친한 삼촌이나 숙모에게 있다. 누가 정보를 주느냐는 어떻게 정보를 주는가 하는 것만큼 중요한 문제가 아니다. 십대가 성장하는 자신의 몸을 긍정적으로 받아들이기 위해서는 정직하고 주의 깊으며 공감을 가진 성인으로부터 정보를 얻어야 한다.

대화를 해야 할 시기

부모들은 이미 십대 자녀에게(아마도 그러한 변화가 수년 전에 시작했기 때문에) 사춘기 동안 경험한 변화를 말했을 것이다. 그렇다면 이러한 대화는 새로운 감정과 신체적 변화가 일어나는 십대 내내 계속되어야 한다. 자녀가 만16세 이상이고 사춘기에 대해 아무것도 이야기한 적이 없다면, 대화를 시작하기엔 너무 늦다. 자녀가 만16세 이하라면 늦지 않다. 부모가 설명하고 지원해야 할 일이 여전히 지속되고 있는 것이다.

엄밀히 말해 사춘기에 대해 이야기할 시간은 정해진 것이 아니다. 하지만 무게 잡고 앉아서 중요한 회담을 만들어서는 안 된다. 사춘기의 변화와 관심사는 수년에 걸쳐 변한다. 자녀들에게는 십대 초반에 발생하는 많은 사건을 통해 요점을 말한다.

부모는 이 시기에 발생하는 신체적 변화를 대화의 시발점으로 이용할 수 있다. 자녀에게 남들보다 성숙한 친구가 있다면 그것에 대해 이야기하자.

"뒷집 큰애를 오랜만에 보았는데, 놀랄 정도로 성숙해졌더구나. 수염이 났던데 너도 봤니?"

"슈퍼에 가는 길에 네 친구를 보았는데, 브래지어를 하고 있더라. 너도 곧 필요하겠지?"

단순하고 편안한 질문을 통해 여러분이 자녀의 변화가 일어나는 시기임을 알고 있다는 것을 알리자.

사춘기에 대해 대화하는 방법

자녀와 사춘기에 대해 대화할 때, 몇 가지 요점을 기억하자.

정직하게 말하라

사춘기에 대해 대화하는 일이 어렵거나 당혹스럽게 느껴져도 괜찮다. 그냥 그렇다고 말한다.

"이런 얘기를 하려니까 당혹스럽구나. 하지만 이건 중요한 문제야."

사실을 말하라

자녀에게 사춘기가 정상적이고 건강한 발달 과정이라는 메시지를 전하고 이 시기에 일어나는 신체적, 감정적 변화를 되도록 자주, 사실대로 이야기한다.

"오늘 네가 쓸 방취제를 샀단다. 이제 너도 어른이니까, 땀도 더 많이 흘리고 방취제도 필요할 거야."

긍정적으로 말하라

사춘기에 대한 긍정적인 인상을 심어준다. 자녀들에게 이런 성장 단계에 다다랐다는 사실이 기쁘고 자랑스러운 것이라고 알려준다.
"너에겐 정말 멋진 일이야. 네가 보고 느끼는 방식에 정말 많은 변화가 생길 거다."

진지하게 말하라

자녀의 신체적, 감정적 변화를 희화화해서 이야기하고 싶을 수도 있다. 그러나 대개는 도움이 되지 않을 뿐 아니라 상처를 줄 수도 있다. 사춘기의 십대들은 대단히 민감하고 악의 없는 농담에도 상처를 받는다.

공감을 느끼며 말하라

가장 좋은 방법은 자녀들에게 '궁금한 점은 없니?'라고 묻는 것이다. 안 된다고 딱 잘라 말하지 않도록 하자. 그보다는 부모 자신이 예전에 했던 경험이나 당혹스럽고 무서웠던 순간 등 힘들었던 일화를 이야기하는 것이 보다 나은 대답이다.

개인적인 경험을 감정적으로 공유할 필요는 없다. 그러나 딸에게 대화의 문이 열려 있다는 사실을 알려주기 위해, 예전에 자신이 창피해서 '질(vagina)'이란 단어를 말하지 못한 결과 질 감염을 수개월이나 앓았던 경험을 이야기해도 괜찮다. 또는 아버지가 아들에게 최초로 몽정을 경험했을 때의 놀라움과 혼란을 이야기해도 좋다. 여러분이 이런 일을 알고 있다는 사실을 알려줌으로써 자녀들의 마음을 열게 할 수 있다.

인내심을 가지고 말하라

사춘기의 변화에 대하여 대화할 때, 수줍어하거나 의미가 연결되지 않는 말을 웅얼거리거나 도망치는 것을 볼 수도 있다. 그렇다고 도움을 철회하거나 포기해선 안 된다.

"성에 관련된 문제를 이야기하는 것이 창피할 수도 있어. 하지만 나역시 사춘기를 지나왔고 혼란스러운 때가 많았었다는 사실을 네가 알아주었으면 좋겠다. 나도 내가 정상인지 아닌지 알 수 없었거든. 하지만그게 두렵고 피해야 할 이야기가 아니라는 걸 함께 이야기하고 싶구나."

무엇을 이야기하는가

사춘기를 주제로 대화를 시작할 때, 사춘기와 성을 혼동하지 않아야한다. 사춘기에 대한 토론의 초점은 자녀가 성인이 되면서 겪는 신체적, 감정적 변화에 있다. 성교와 피임에 대한 토론으로 넘어가기 전에,십대의 신체와 감정의 변화에 대해 이해할 필요가 있다. 십대는 음경이나 질이란 단어를 당황하지 않고 말할 수 있다는 사실을 알아야 부모와 성교, 난교, 피임 등등에 대해 대화할 수 있게 된다.

남자아이와 대화하기

소년의 사춘기는 느리지만 신장이나 외모의 확실한 신체적 변화와함께 시작한다. 부모는 그가 확실하게 알아야 할 변화에 대해 먼저 이야기해야 한다. 다음과 같은 것들이 있다.

- 피부 : 사춘기에는 얼굴이나 등에도 여드름이 생긴다. 화농성

  여드름은 십대 중 거의 70%(특히 남자)에 해당하는 문제이다

- 가슴 : 소년의 가슴은 좀더 커지고 일시적으로 통증을 느낄

  수도 있다. 그런 일이 발생하는 것은 정상적이며 곧 지나간다고

알려준다

- 목소리 : 남자의 목소리는 사춘기 때 더욱 굵어지지만, 일시적
으로 갈라질 수도 있다

- 체모 : 생식기 주위, 겨드랑이, 얼굴 등에 체모가 자란다

- 한선(땀샘) : 이 부분에서는 깨끗한 위생을 강조하고 방취제를
소개한다. 소년들은 이제 더 많은 땀을 흘리기 시작한다

- 신장 : 사춘기에는 키가 빠르게 자라고 체중이 증가하므로 신
체적 조화를 잃고 어색함을 느끼게 된다. 또 어떤 소년들은 일찍
키가 크지만, 다른 소년들은 뒤늦게, 천천히 자라는 경우도 있는
데 양쪽 모두 정상이다

- 생식기 : 남성의 신체가 성적으로 발달하면서, 먼저 음낭과 고
환이 커진다. 나중에는 음경의 크기도 커진다

변화가 시작되고 1년 정도가 되면, 소년들은 정액을 생산하고 사정
할 수 있게 된다. 이러한 사실은 대개 자위나 몽정을 통해 경험한다.
아들이 사춘기의 신체적 변화를 긍정적으로 받아들이기 위해서는 자
신이 곧 정액을 생산하고 사정할 수 있게 된다는 사실을 알아야 한다.

사정에 대해 토론하면서 당황할 수도 있지만, 이때 일어난 변화를
부모에게 마음 놓고 이야기할 수 있어야 한다. 다음은 부모가 받을 수
있는 질문이다.

십대의 질문 : "발기는 어떻게 일어나요?"

여러분의 대답 : "발기란 음경이 커지고 단단해지면서 똑바로 서는 것을 말한다. 하품을 하는 것처럼 발기도 정상적이고, 대개는 무의식적인 현상이란다. 그것은 자연적인 남성의 일부이고, 십대에는 음경이 더 민감해지기 때문에 발기도 더 자주 되는데, 이유 없이 그럴 때도 있어 당혹스럽기도 하겠지만 그것은 정상이란다. 일반적으로 발기가 되는 경우는 세 가지가 있다. 첫째, 남성이 성적으로 자극받으면 혈액이 음경에 퍼져 있는 스펀지 같은 조직으로 흘러들게 되어 발기가 된다. 둘째, 잠든 상태에서 남성은 정자가 형성되는 것을 경험하는데, 그로 인해 발기가 된다. 셋째, 방광이 소변으로 가득 차면 생식기관을 압박하는데 그로 인해 음경이 발기한다. 그게 남성들이 영아기부터 성인이 될 때까지 아침에는 발기가 되어서 잠을 깨는 이유란다."

십대의 질문 : "'온다(come)'는 것이 무슨 의미예요?"

여러분의 대답 : "남자가 성적으로 자극받으면, 극도로 흥분한 상태에 도달했다가 오르가즘을 느끼면서 끝이 난단다. 오르가즘을 느끼는 것을 '온다'고 하는데, 남자가 오르가즘에 도달하면, 음경 근육이 수축되고 그 끝에서 정액이라고 하는 유백색의 점액을 내뿜는다. 이것을 사정이라고 하지. 사정은 자위나 성교와 같은 성적 자극에 의해 일어난다. 사정이 끝나면 음경은 원래 크기로 돌아가지."

십대의 질문 : "어째서 어떤 애들 음경은 크고 어떤 애들 것은 작아요?"

여러분의 대답 : "성 기관의 외부 크기나 모양은 사람들의 외모만큼이나 가지각색이지. 그러나 크기나 형태는 성적 기쁨과는 아무 상관이 없단다."

십대의 질문 : "발기했을 때 '온다'는 느낌이 없으면 아프거나 음경이 잘못된 건가요?"

여러분의 대답 : "그렇지 않다. 발기가 됐다 할지라도 어느 정도 시간이 지나면 음경은 원래의 부드러운 상태로 돌아오는데, 때로 둔탁하고 부푼 느낌을(특히 고환에서) 경험할 수도 있다. 그런 느낌은 오래가지 않고 해롭지도 않으니까 잘못되었다고 생각할 필요 없어."

십대의 질문 : "몽정은 무엇이죠?"

여러분의 대답 : "몽정은 네가 자는 동안에 사정하는 것을 말한다. 이건 남성의 체내에서 여분의 정액을 없애는 방법 중 하나로 작용하는 거란다. 아침에 일어나서 몽정했다는 걸 알면, 그냥 이부자리 시트랑 잠옷을 세탁기에 넣어 놓으렴. 당황할 필요 없다. 너와 같은 시기를 보내는 아이들이라면 누구나 경험하는 것이란다."

여자아이와 대화하기

여성의 생식 기관은 기본적으로 체내에 숨겨져 있기 때문에 일부 외부적 신체 변화만을 사춘기에 관찰할 수 있다.

- 먼저 엉덩이가 넓어지고 가슴이 발달한다(가슴이 다른 애들보다 더 빠르게 발달하는 것도 정상이라는 것을 알려준다)

- 겨드랑이, 생식기 부위에서 체모가 자라난다

- 신장이 3인치 정도 자라고 손과 발이 불균형적으로 커지는데, 이는 신체의 다른 부분보다 빨리 자라기 때문이다(이때는 딸이 소심해지고 소년보다 더 키가 크다는 사실을 감추려고도 한다)

- 피부는 두터워지고 지방층이 증가하며 여드름이 나고 발한 작용이 활발해지기도 한다(개인 위생을 다시 한 번 강조할 수 있는 기회이다)

- 마지막으로 가슴이 발달한 후 2년 내지 2년 반 정도가 지나면, 생리를 시작한다

생리에 대해 대화하기

딸이 생리를 시작하기 전에 여성의 몸 안에서 무슨 일이, 왜 일어나는지 알려준다. 딸과 둘이 있고 방해받지 않는 시간에 그 주제를 끌어낸다. 그러나 강의하는 투가 아닌 즐겁고 실용적인 대화가 되어야 한다.

생리를 긍정적이고 포용적인 태도로 맞이하는 좋은 방법은 미리 딸에게 준비시키는 것이다. 엉덩이나 가슴이 발달하기 시작하면, 매달 찾아오는 기간에 대한 대화를 해야 한다.

난소나 난자에 대해 설명하기에 앞서, 딸에게 가장 영향을 미칠 매월의 출혈, 생리 부분을 이야기한다. 소녀들 중에는 달거리에 대해 친

구나 학교 수업에서 미리 알고 있는 아이도 있겠지만, 부모는 자신의 아이가 정상이라는 사실을 확인해 주어야 한다.

딸에게 생리대를 보여주고 설명하자.

"이것은 매월 여성의 자궁과 질을 통해 나오는 혈액을 흡수하는 물건이란다. 매달 있는 출혈을 생리라고 하는데, 네가 좀더 자라면 생리를 시작할 거야. 그때, 네가 피를 보고 놀라지 않았으면 한다. 그것은 완전히 정상적이고 네가 건강한 여성이 되어간다는 좋은 표시란다."

엄마는 자신을 본보기로 이용한다—아빠인 경우, 일반적인 여성에 대해 이야기한다.

"네가 앞으로 일어날 생리 기간에 대해 어느 정도 이해한다면, 어째서 여성이 생리를 하는지도 알아야 할 것 같은데."

이때, 딸에게 사실대로 말한다. 딸에게 책을 소개시켜 줄 수도 있고, 엄마가 알고 있는 것을 말해 줄 수도 있다. 간단히 말해서, 다음 내용을 염두에 두자.

여성은 태어나면서부터 난자가 들어 있는 난소를 갖춘다. 사춘기가 되면, 한 번에 하나의 난자가 약 28일마다 한쪽 난소를 통해 방출된다. 이 난자는 난소에서 자궁으로 이어지는 관을 통해 움직이는데, 자궁은 그것을 받아들이고 혈액과 기타 액체 및 물질로 구성된 내층을 만든다. 난자가 성교의 결과로 수정되면, 난자는 이 내층에 안착하고 아기가 만들어진다. 난자가 수정되지 않으면, 내층은 해체되고 생리 혈이 되어 질을 통해 배출된다.

가장 중요한 것은, 딸에게 초경을 맞이하면 어떻게 해야 하는지 가르쳐 주는 것이다. 처음에 피를 보고 걱정하지 말라고 일러둔다. 집이 아닌 경우 학교 양호실이나 가장 가까운 약국에 가서 생리대나 화장지를 준비해야 한다.

생리가 정상적이라는 사실을 강조하고 딸에게 속옷에 혈흔이 있거나 소변 후 피를 발견하면 즉시 알려달라고 한다.

다음은 부모가 받을 수 있는 질문과 그에 대한 답이다.

십대의 질문 : "피가 얼마나 나요?"

여러분의 대답 : "생리 분비물은 처음 2~3일이 가장 많단다. 전부 다 하면 반 컵 정도 되지만, 티스푼으로 대여섯 스푼 정도인 때도 있지. 그 나머지는 대부분 자궁 내층인데, 그게 분비물을 갈색을 띠게 한단다."

십대의 질문 : "체육 시간이나 운동 경기에 참여할 수 있어요?"

여러분의 대답 : "생리는 모든 여성의 일반적인 생활 중 일부란다. 생리 중에도 일상적인 일을 모두 할 수 있지. 샤워, 댄스, 달리기, 운동, 수영, 운동경기 모두 걱정 없이 할 수 있단다."

십대의 질문 : "아픈가요?"

여러분의 대답 : "대부분은 아무렇지도 않아. 그중 일부는 복통을 경험하는데, 가벼운 운동이나 온열 찜질을 하면 괜찮아진단다. 생리가 시작하기 전에 기분 저하나 긴장을 경험하는 사람들도 있는데, 이유는 단순해. 여성 호르몬, 에스트로겐과 프로테스테론이 자궁 내층을 두텁게 만들기 위해 분비되는데, 이는 기분을 고조시키는 작용을 한단다. 생리 직전에는 이 호르몬 생산이 감소되는데, 그로 인해 기분이 저하되기도 하지. 이런 기분은 일시적이고 생리가 시작하면 사라진단다. 어떤 사람들은 이 시기를 PMS(Premenstrual Syndrome)라고 하는데, 월경 전 증후군이란 뜻이야."

십대의 질문 : "일생 동안 계속하나요?"

여러분의 대답 : "임신 중에는 생리가 멈춘단다. 그때가 아니면 50대가 될 때까지 매월 한단다. 생리가 끝나는 것을 폐경기라고 하는데, 45세~55세 사이에 일어나지. 극단적인 스트레스, 과도한 다이어트나 운동에 의해 정상적인 생리 주기가 멈출 수도 있어. 만약 생리가 끊기면, 바로 나에게 알려주고 원인을 찾도록 해야 해."

사춘기의 감정적 측면

호르몬 증가는 사춘기 동안의 신체적 변화와 함께 정상적인 감정 상태의 변화를 유발하기 때문에 청소년을 혼란스럽게 하고 부모를 심

란하게 만들기도 한다. 자녀가 지나치게 자신의 외모를 의식하고 머리
형과 복장에 신경을 쏟을 때에는 이 점을 기억해야 한다. 친구들의 의
견을 부모의 의견보다 더 중요하게 여겨도 진정하자. 이성의 친구가
집으로 전화를 하기 시작해도 마음을 편안히 하자. 자녀가 비밀스런
행동을 하고 큰 소리로 불평을 해도 이해하도록 하자. 이 모든 상황에
서 자녀와 대화할 기회를 찾자. 망설이지 않고 이렇게 말하자.

"네가 어떻게 생각하는지 안다. 우리가 너에게 동의하지 않을 때에
도, 너를 사랑한다는 사실은 알고 있으면 좋겠다."

그리고 정말로 중요한 것은 이 변화의 시기에 그들이 느끼는 감정
을 이해하고 편안하게 느끼도록 해주는 일이다.

경쟁 Compertition

실수하는 것과 굴욕감을 느끼는 것을 두려워하는 아이들은 운동을 하지 않으려고 한다.
만약 여러분의 아이가 경쟁하는 것을 두려워한다면,
거기에는 그에 합당한 이유가 있다고 생각해야 한다.

"난 우리 팀이 정말 싫어."

15세의 소년이 축구화를 집어던지며 소리쳤다.

"정말이지 너무 엉망이야. 그러니까 한 번도 이긴 적이 없지. 경기를 할 줄 아는 사람이 아무도 없어. 아무도 나한테 공을 주지도 않고. 알 게 뭐야? 꼴통들, 다시는 꼴도 보기 싫어!"

소년이 조금 진정하길 기다렸다가 소년의 어머니가 그를 불렀다. 그의 어머니는 그가 스포츠를 통해서 얻을 수 있는 것이 게임의 승패 외에도 가치 있는 것들이 많다는 것을 알려줄 때가 되었다고 판단한 것이다.

스포츠나 학교 공부, 그리고 가족 안에서 또는 춤이나 피아노 경연대회에서 경쟁하는 의미는 남들과 자신을 비교해 보는 데 있다. 경쟁이란, 그 분야에서 최고가 되기 위해 고군분투하는 것이다. 경쟁은 우리 사회에 내재된 요소이다. 일생을 통해 우리는 성장하고, 배우자, 직장, 승진, 사회의 인정을 얻고자 경쟁한다. 이러한 경쟁 상황에 대처하는 우리의 자세나 일을 추진하는 능력은 성장기의 경쟁 경험을 통해 형성된다.

대부분의 사람들은 경쟁을 주로 스포츠나 운동 경기를 통해 경험한다. 운동 경기를 하는 목표는 신체를 단련시키고, 스포츠맨십을 배우고, 스스로를 훈련하며 제어하는 방법을 배우는 데 있다(이러한 이유로, 아르바이트를 한다든지 친구랑 어울리는 것이 더 낫겠다고 말하는 청소년들을 운동하도록 설득하는 것이 가치가 있다).

여자아이들에게 운동을 권유하는 데는 또 다른 이유들이 있다. 여성 스포츠연합에 의하면, 청소년기에 운동 경기에 활발히 참여했던 여성들은 얌전히만 지낸 다른 아이들보다도 육체적으로나 사회적으로 자신에 대한 만족도 혹은 자긍심, 자존심 등이 크다. 이 기구의 조사에 따르면, 운동을 하는 여자아이들은 약물이나 임신, 고등학교 중퇴 등의 사례가 운동을 하지 않는 아이들보다 적다고 한다. 이러한 내용이 청소년기의 스포츠 활동을 장려하는 큰 이유라 할 수 있다.

아이들을 활동적이고 적극적으로 키우기 위해 우리는 계속 아이들에게 그들에 대한 기대감과 그들의 목표, 태도 등에 대해 설명해야 한다. 아이들에게 경기를 통해 단순히 이기는 것 말고도 더 많은 것을 얻을 수 있다는 사실을 알릴 필요가 있다.

경쟁에 대하여 말하는 방법

경쟁은 우선 다른 사람을 예로 들어 접근하는 방법이 최선이다. 올바르거나 그렇지 못한 스포츠맨십에 대한 애기를 할 때에는 프로 선수들을 예로 드는 것도 좋다. 이때 신문의 스포츠 기사가 도움이 된다. 농구 선수 라트렐 스프레웰(Latrell Sprewell)은 감독을 공격해서 그 시즌 출장 정지를 받았을 때, 그런 엄격한 처벌에 관한 커다란 논쟁이 있었다. 야구 선수 로베르토 알로마(Robert Alomar)가 심판에게 침을 뱉었을 때에도 언론에서는 일제히 그 사건을 보도했다. 이러한 상황들은 여러분이 청소년들에게 승패와 상관 없는 스포츠의 효과에 대해 설명할 기회를 제공해 준다.

여러분은 다른 리그나 다른 팀의 선수들을 예로 들면서 아이들에게 경쟁에 대한 교훈을 가르칠 수 있다. 다른 선수들을 비난하거나 평가하지 말고 그 선수의 태도에 대한 좋고 나쁜 점만을 말하는 것이 좋다. 만약 어떤 능력이 뛰어난 선수가 다른 선수들을 비난하고 욕하면 여러분은 이렇게 말하면 된다.

"저 선수는 저렇게 잘난 척해야 직성이 풀리나 보다. 보기 안 좋은데. 난 그런 행동이 그의 재능을 깎아먹는다고 생각한다. 잘하는 선수라고 해서 남을 놀리거나 깎아내릴 권리는 없거든."

그리고 자기 팀에게 용기를 북돋아 주고 지원을 아끼지 않는 '스타' 선수들을 보면 그 선수를 칭찬한다. 스포츠 활동을 통해 경쟁의 좋고 나쁜 점에 대해 말할 기회는 많다.

자녀의 운동 태도에 자녀와 대화할 때, 미리 생각해야 할 것이 있다.

· 아이들이 이기든 지든, 감정이 고조되어 있는 동안에는 아이의 경기 중 행동에 관해 따지지 않는 것이 좋다. 이때는 아이가 이끄는 대로 따라주고 자기 감정을 정리할 시간을 준다.

· 상관하지 말라. 아이들은 감독의 소관이다. 만약 자녀의 모든 경기와 모든 움직임들에 대해 따지고 들다 보면, 곧 소귀에 경 읽는 자신만을 발견할 뿐이다. 대부분의 아이들은 감독의 말을 듣는다.

· 만약 여러분의 아이들이 올바른 스포츠맨십을 발휘하길 바란다면 여러분도 언행일치를 보여야 한다. 다른 선수들을 비난하지 말자. 심판을 욕해서도 안 된다. 감독에 대한 부정적인 말도 삼가라. 여러분의 아이들이 다른 사람들에게 해도 될 말들만 하자. 그래야만 아이들이 올바른 스포츠를 하는 법을 배우며, 다른 사람을 탓하지 않고 현실을 수용하며, 경기 경험을 통해 긍정적인 것들을 배우고, 다음 경기를 위해 준비할 수 있다.

경쟁의 좋은 점에 대하여 대화하라

아이들이 고등학생이 되면 승패의 결과를 넘어선 경쟁의 장점에 대해 생각하지 못하는 경우가 자주 발생한다. 오직 우승의 영광만을 위하여 싸우고, 졌을 때에는 분노와 좌절에 빠진다. 아이들에게 운동 경기에 참여할 긍정적인, 사회적인 근거가 있다는 것을 알려준다. 여성스포츠연합은 여러분의 아이들이 알아야 할 장점들을 다음과 같이 제시한다.

　·건강 유지 : 육체적 활동은 전신의 근력을 향상시키고, 튼튼해진 몸은 병을 이길 수 있다.
　·지방 억제 : 지방층이 두터워지는 가장 큰 이유는 운동 부족이다. 스포츠와 운동은 몸을 균형 있고 단단하게 해준다.
　·분노와 불안 통제 : 운동은 천연의 최상급 진정제이다. 운동은 평온을 유지하는 데 도움이 된다.
　·보다 잘 먹고 잘 잔다 : 적절한 영양 보충과 휴식은 생활의 모든 면을 향상시킨다.
　·비판을 수용하는 능력을 배운다 : 이는 우리 모두에게 필요한 것으로, 생활을 보다 나은 방향으로 이끌어간다.
　·수줍음을 극복한다 : 결정을 확고히 내리는 방법을 배운다.
　·경쟁심을 유지하면서 다른 사람들과 공동의 목표 달성을 하기 위한 협동심도 배운다.
　·성공과 실패를 다스리는 방법을 배운다 : 자긍심은 꼭 이겨서만 느낄 수 있는 것이 아니다.
　·책임감을 배운다 : 목표를 세우고 우선 순위를 결정하는 방법을 배운다.
　·새로운 친구를 만나고 권태감을 피할 수 있다.
　·친구들과 스포츠에 관한 대화를 나눌 수 있다. 스포츠는 인기 있

는 대화 소재이다.

경쟁의 부정적 측면에 대해 이야기하라

경기를 통한 경쟁은 좋은 점이 많지만 부정적인 측면도 있다. 여러분은 이 점을 정확하게 인지하고 잘 설명할 수 있어야 한다. 만약 여러분의 아이들이 경기를 통해 긍정적인 경험을 하길 원한다면, 스포츠 경기에서 부정적인 측면을 발견했을 때 반드시 주의를 기울이며 설명을 해주어야 한다.

올바른 패배를 모르는 아이들

운동 선수가 졌을 때 상대편에게 장비를 던지거나 욕설을 퍼붓고 벤치를 발로 차는 경우를 흔하게 볼 수 있다. 하지만 만일 여러분의 아이들이 이런 행동을 할 경우, 아이의 행동을 저지하고 올바른 행동이 아니라는 것을 가르쳐야 한다.

물론, 지는 것은 즐거운 일이 아니지만 자녀에게 그런 행동은 운동 선수로서 바르지 못한 일이라는 것을 알려주어야 한다.

"네 기분은 충분히 이해한다. 하지만 졌다고 그런 행동을 하는 것은 옳지 않아. 계속해서 경기를 하고 싶으면 우선 그런 안 좋은 습관부터 고쳐야겠구나. 지는 방법을 배우는 것은 이기는 방법을 배우는 것만큼 중요하단다. 앞으로 또 지는 경우가 생기면 그땐 조용히, 아무것도 집어던지지 않고 내려오는 너의 모습을 봤으면 좋겠구나. 그럼 네가 아주 자랑스러울 거야."

폭발하는 아이들

금세기 내내, 심리학자들은 조직적인 스포츠 프로그램에 참여하는 것의 위험성에 대해 연구해 왔다. 심리학자들은 부모들과 감독과 체육 선생들이 부추기는 과도한 경쟁, 엄격한 훈련과 높은 기대로 인한 압박감 등에 의한 부정적인 효과를 경고해 왔다. 이 모든 것들은 우리가 스포츠 *번-아웃(burn-out)이라고 부르는 것을 초래한다.

스포츠 번-아웃은 운동 경기에 의해서만 발생하는 것이 아니다. 이것은 경쟁적인 분위기와 이기는 것만이 값진 일이라고 강요하는 어른들의 태도 때문에 생긴다. 부모나 감독이 의도적이든 의도적이지 않든 아이들에게 스포츠 스타가 되도록 압박을 가하기 때문에 생기는 것이다. 어떤 부모들은 자신의 꿈과 환상에 사로잡혀 감독과 만나거나 도가 지나칠 정도로 연습시간을 지원하거나 혹은 재정적 희생을 하면서까지 아이들을 닦달한다—감독의 집 옆이나 지형적으로 유리한 곳으로 이사가기까지 한다. 아이는 처음에는 좋아한다. 자신들이 뭔가 잘하는 것이 있고 그 때문에 부모님의 관심을 한 몸에 받고, 이기기도 하고, 뭔가 특별한 사람이 되는 것 같기 때문이다. 하지만 청소년기에 들어서면서 독립적으로 생각할 수 있는 나이가 되면, 아이들의 기력이 소진되는 것을 자주 볼 수 있다.

---

*burn-out:원래는 화재로 인한 소멸, 또는 전기 장비의 합선에 의한 연소를 의미. 여기에서는 과도한 스트레스로 인한 의욕상실을 의미한다.

만약 처음부터 부모들과 감독들이 승리하는 것이나 유명인이 되는 것보다 기술 습득과 친구들과의 팀웍, 스포츠맨십에 대한 재미를 심어 주었다면, 보다 많은 아이들은 계속해서 장기적으로 운동을 하게 될 것이다.

어떤 운동 선수들의 경우에는 다른 사람들보다 더 빨리 기력이 소진된다. 그런 선수들은 대부분 예민한 감수성의 소유자들로, 가끔 믿을 수 없는 높은 기록을 내기도 한다. 그들은 자신들의 목표를 이루기 위해 특유의 감수성으로 엄청난 시간과 노력을 투자한다. 그런 선수들의 문제점 역시 그 감수성이 이유가 되는데, 비판이 따를 시에 대처하는 것은 서투르다는 점이다. 또한 취약한 지원 시스템을 가지고 있거나 그로 인해 반복적이기만 한 훈련 과정에 무료함을 느낄 수도 있다.

스포츠 번-아웃에는 전조 징후가 있어 자녀의 운동 연습이나 여러분의 태도 등이 아이들에게 스트레스나 심리적 부담감을 주는지 알려준다. 다음 사항들을 유념하자.

- 자신감 부족
- 근심, 걱정
- 우울증
- 기진맥진함
- 불면증
- 변덕
- 운동 참여 횟수 감소

- 잦은 부상

- 스포츠에 대한 냉소적이고 비판적인 태도

뉴저지주 룻거 대학에 있는 청소년연구협회의 데이비드 페이글리
(David Feigley) 박사는 스포츠의 소모성에 관한 연구를 한다. 그는 의욕
이 소진되는 것과 포기하는 것을 혼동하면 안 된다고 말한다. 그의 연
구에 따르면 아이들이 운동을 포기하는 것은 여러 다른 일반적인 이유
때문이라고 한다. 어떤 아이는 하던 운동을 그만두고 다른 운동을 하
기도 하고, 또 어떤 아이들은 다른 일을 하기 위해 운동을 그만두기도
한다—이러한 일들은 청소년기 아이들이 독립적으로 행동할 수 있거
나 자신의 시간을 이용하는 데 다양한 선택이 주어질 때 흔히 있는 일
이다. 또 어떤 아이들은 자신의 기호가 바뀌어서 그만두는 경우도 있
다. 그들은 아마도 친구들과 시간을 더 보내길 원하거나 자신의 미래
상을 그려보며 진로를 변경했을 것이다.

페이글리 박사에 의하면 번-아웃 현상은 다른 문제이다. 그것은 특
히 스트레스와 관계가 있다. 젊은 운동 선수들은 감정적으로 지치거나
그들 스스로 감당하지 못할 상황에 꽉 막히게 되면 의욕이 소진된다.
간단히 말하면, 질려버린 것이다. 아이가 1주일에 5일씩, 1년 12개월을
그렇게 계속 훈련만 받는다면, 아이에겐 '더 이상 하고 싶지 않다' 라는
시점이 온다. 어른들과 비슷한 사고를 하게 되는 때인 15세~17세 사이
의 아이들은 자신들이 충분히 했다고 결정한다.

의욕이 소진되는 것은 자신이 하는 운동에 애착을 갖는 아이들에게

도 나타난다. 특히 1년 내내 강도 높은 훈련을 해야 하는 운동 선수들에게서 자주 나타나는데, 기계체조나 테니스, 스케이트, 수영 같은 것이 대표적인 운동이라 할 수 있다. 뿐만 아니라 얼토당토않는 목표를 정하는 부모나 감독 밑에 있는 선수들도 여기에 해당한다.

페이글리 박사는 청소년들의 의욕이 소진되는 것을 피하는 몇 가지 방법을 제시한다.

· 아이들에게 얼마간의 자율성을 주는 방법을 모색하라 그들 스스로 자신의 계획을 짜도록 하자. 주중에 하루는 아이들이 원한다면 연습을 건너뛸 수 있는 날을 정하게 한다. 자신의 의지로 운동을 하고 싶은지의 여부를 결정하게 하라. 그러면 자신의 의지로 연습을 하고 있다는 근거가 생길 것이다.

· 연습 스케줄을 좀더 융통성 있게 짜게 하자 아이들은 자신들의 생활에 있어 중요한 부분들과 운동 연습할 시간이 겹치는 것을 원하지 않는다. 공부해야 할 때나 친구들과 학교 행사에 가야 할 때, 할머니께서 올라오실 때 가끔 운동 시간을 줄이기도 하고, 건너뛰기도 하고, 다른 시간으로 옮길 수 있어야 한다. 이렇게 하면 아이들은 자신이 갇혀 있다는 생각을 하지 않게 된다.

· 아이들에게 숨 돌릴 시간을 주자 높은 수준의 연중 경기를 하는 선수들은 강한 체력과 집중력을 유지하기 위해 쉬는 시간이 필요하다. 선수들은 적어도 1년에 몇 주 동안은 쉬어야 한다. 그동안 선수들은 심신을 회복시킨다. 만약 아이가 의욕이 소진되는 기미를 보인다면,

경기가 없는 철에 쉬고 싶은지 물어보자. 그러면 아이는 잠시 숨 돌릴 수 있다는 것을 알고 자신을 되돌아볼 기회를 갖게 된다.

·훈련 내용을 바꿔보자. 아이들에게 다른 운동을 하게 함으로써 원래 자기의 종목에 대한 흥미를 다시 꾀할 수 있고, 몸 상태를 유지시킬 수도 있다. 이는 어쩜 어려운 해결책이 될 수도 있다. 왜냐하면 재미로 운동하는 선수의 시대는 이미 지나갔기 때문이다. 더 높은 수준으로 가려고 경쟁하는 아이들을 위해 감독들은 배타적으로 대처한다. 감독들은 자기 선수들이 경기가 없는 시즌에도 다른 종목을 하는 것을 원치 않는다. 하지만 아이들의 감독과 상의하여 아이의 의욕을 되찾을 수 있는 길을 찾도록 하자.

·시간 관리를 잘해야 한다 운동에 매진하는 아이들은 또한 다른 분야에도 매진하는 경우가 많으며, 하기 싫다는 말을 잘하지 못한다. 아이들은 또한 어떤 그룹의 일원으로서 활동하며 그 그룹에서 맡은 바 역할을 해내야 할 때도 있다. 아이들이 너무 스트레스 받지 않게 여가 시간을 만들도록 계획 짜는 것을 도와주자. 아이들이 시간을 적게 투자할 만한 것들을 고르게 할 수도 있고, 그룹의 핵심 역할에서 벗어나게 할 수도 있다.

·아이들의 학교 생활에 참여하자 아이들의 운동 시간을 선생님과 함께 조정하는 것도 공부와 운동을 병행하는 아이에게 부담감을 덜어주는 역할을 한다. 봄이 되면 먼저 아이의 담당 교사를 찾아가 아이에게 스트레스를 덜 주는 방향으로 시간표를 조정하자.

패배했을 때 심한 좌절을 겪는 아이들

만약 여러분의 아이가 이기는 것이 전부고 이기는 것 외에는 아무것도 소용이 없다고 생각한다면 조만간 좌절감에 사로잡힌 불행한 아이가 될 것이다. 만약 아이가 경기에서 졌을 때 심하게 화를 낸다면, 그 이유는 다름 아닌 그 아이의 경쟁적인 성격 때문일 것이다. 스포츠 심리학자들은 아이들에게 두 가지 경쟁 유형이 있다고 한다. '결과에 기인한 유형'은 후에 많은 좌절감을 느끼게 될 것이다. 이러한 유형을 답습한 아이들은 결과에 따라서 자신을 평가하게 된다.

"내가 잘하니까 이긴 거야."

그들은 이렇게 말한다.

"내가 잘 못 하니까 진 거야."

하지만 이것이 바로 지는 것을 좌절로 만든다. 특히, 그들이 이겨야만 사랑받을 수 있다고 생각할 때는 더욱 그렇다. 아마도 여러분은 이런 말도 듣게 될 것이다.

"난 멍청해."
"난 잘하는 게 아무것도 없어."
"이 팀이랑 경기하지 말았어야 했어."

만약 여러분의 아이가 이런 소리를 하는 것 같으면 여러분은 이 아이를 '성취도에 따른 경쟁적 유형'으로 바꿔줘야 한다. 이런 유형의 아이들은 자신들이 점차적으로 더 잘할 수 있을 거라고 믿고는 자신 개인적인 성과로 스스로를 평가한다.

"난 내가 누구를 꺾고 점수를 내는 것이 자랑스러워."

그리고 또 말한다.

"난 내가 한 일이 자랑스러워."

이 둘의 차이는 보이지 않을 수 있다. 하지만 여기에는 엄청난 태도의 차이가 있다. 자녀가 다른 사람을 꺾었다는 사실만 좋아한다면 여러분의 자녀는 높은 과정에 올라가면 올라갈수록 점점 굴욕감을 느끼게 될 것이다. 왜냐하면 아무리 기술이 늘었다고 해도 점수는 뒤쳐져 있기 때문이다. 초보자들 사이에서 선두에 있다가 점차 잘하는 사람들 사이에 끼어 뒤쳐진다면 아이들은 창피함과 좌절감 때문에 운동하는 것을 그만두게 된다. 모든 사람들이 곧 승리자가 될 거라고 예상한 14세짜리 아이가 있다고 하자. 그는 육체적으로 더 성숙한 팀의 동료들이 그의 스포트라이트를 채갈 때 정신적으로 스스로에게 한 방 먹이게 될 것이다. 왜냐하면 그는 성취도보다는 자신의 기록에만 연연하기 때문이다.

다음과 같은 대화를 통해 여러분의 자녀가 성취 지향적인 경쟁을 추구하도록 하라.

· 최고의 선수가 된다는 데 초점을 맞추지 말아라. 대신에 훌륭한 스포츠맨십을 보여주는 데에 중점을 두자.

"지면 실망스럽겠지만, 진 경기를 통해 다음 경기에서 더 잘할 수 있는 뭔가를 배우잖니."

· 기분을 북돋워줄 만한 것을 찾자. 아이의 노력과 태도에 대해 칭찬하자.

"점수를 잃었을 때 실망하지 않아서 기쁘구나. 넌 최선을 다했어. 그게 중요한 거야."

· '이겼니?' 라고 묻지 말자. 대신 개인적인 성과에 초점을 맞춰라.

"오늘 경기는 어땠니?"

· 과도한 스트레스를 받는지 살펴라. 이를테면, 장비를 잃어버린다든가, 자주 행사에 늦는다든가, 경기하는 날 아프다든가.

· 경기의 결과에 연연하지 않고 자녀가 쾌활함을 찾게끔 도와줘라.

"넌 실망했을지 몰라도 난 열심히 뛴 네가 자랑스럽구나."

· 연습 경기 때 자기 발전적인 목표를 만들도록 도와줘라.

"코트 왼쪽에 백핸드를 더 넣을 수 있겠니?"
"자유투 승률을 70%에서 75%로 끌어올릴 수 있겠니?"

자신만의 목표를 세운 아이들은 점수와 상관없이 성취도를 보인다. 그리고 연습을 점점 더 재미있어한다.

· 아이들이 이기든 지든 기분이 괜찮도록 도와줘라. 그래야만 성취도와 자신의 가치를 혼돈하지 않는다.

"오늘 생크림 케익을 사서 세상에서 가장 훌륭한 아이를 위한 축하 파티를 해볼까?"

경쟁을 두려워하는 아이들

실수하는 것과 굴욕감을 느끼는 것을 두려워하는 아이들은 운동을 하지 않으려고 한다(특히, 과거에는 운동하는 것을 무척 좋아하던 청소년에게 이런 일이 일어날 때면 아주 혼란스럽다). 만약 여러분의 아이가 경쟁하는 것을 두려워한다면, 거기에는 그에 합당한 이유가 있다고 생각해야 한다.

- 완벽주의자 기질이 형성되었을 수도 있다. 이런 사람들은 완벽 하게 할 수 없다고 판단되면 일찌감치 포기한다
- 청소년들 사이에서 새로이 생긴 냉정해 보여야 한다는 강박관 념에 사로잡혀서일지도 모른다
- 사춘기 때, 자신이 누구인지에 대한 확신이 없는 채로 뭔가에 떠밀리는 느낌을 받아서인지도 모른다
- 예전에는 촉망받던 아이가 어느새 다른 일원으로부터 밀려나 굴욕감을 맛보았기 때문인지도 모른다

이유가 무엇이 되었든 간에 실패에 대한 두려움은 엄연한 사실이다. 여러분은 자녀들이 이러한 장애를 극복할 수 있도록 도와줘야 한다. 역설적으로, 실패를 통해 성공에 대한 가장 값진 교훈을 배울 수 있다. 실패란 자기 자신을 재점검하는 계기가 되며 성공을 향해 매진하는 사람에게 좋은 자극제가 된다.

실패에 대하여 이야기하라 아이들이 그날의 실수나 실패에 대하여 말할 때 다른 사람 탓으로 돌리는지, 아니면 쉽게 포기하는지 귀를 기울여라. 아이들이 학교 생활을 잘 못 한다면, 아이들이 선생님 탓을 하는지, 무슨 소용이 있냐고 말하는지 잘 살펴라. 아이의 학교 과제가

엉망이 되었을 때 아이가 재료 탓을 하는지, 아니면 화를 내면서 포기하는지를 보라. 경기에서 졌을 때 동료들을 탓하는지, 다 부질없는 것이라고 결정을 내리는지 보라.

만약 아이들이 이렇게 반응한다면, 그들은 한두 가지 실패가 완전한 실패라고 믿을지도 모른다. 특히 완벽주의자들은 그들의 가치가 외부적인 요소에 따른 것이라고 느낀다. 그들은 그들이 하는 모든 분야에서 성공해야 한다는 생각을 가지고 있다. 그렇기 때문에 청소년들은 더욱 실패의 긍정적인 면에 대하여 배울 필요가 있다.

실수는 모든 사람의 일상에서 긍정적인 부분에 속한다. 그러므로 실수에 대하여 말한다는 것은 어려운 일이 아니다.

• 아이들이 실수해서 틀린 시험지를 학교에서 가져왔을 때 점수만을 갖고 말하지 말고 이렇게 말해라.

"실수를 한다는 것은 우리가 무언가를 배우는 하나의 방법이야. 자, 넌 실수를 통해 뭘 깨달았니?"

그리고 아이와 도와 함께 해답을 찾아보자.

• 만약 여러분의 아이의 공작 숙제가 다 완성되기도 전에 공작물이 부서진다면 아이가 그 상황을 건설적으로 이용하도록 용기를 주자.

"왜 무너졌을 거라고 생각하니?"
"다음번에는 어떤 방법으로 할 거니?"
"어디, 다시 한 번 도전해 볼래?"

여러분 자신의 실패담을 얘기해 주자 여러분 스스로가 겪은 실패를 얘기하고 그런 실수와 실패를 인정하면서 아이들에게 실패를 견디도록 용기를 주자. 여러분은 반장 선거에 나갔다가 떨어진 일, 팀을 위해 애썼는데 잘 안 됐던 일, 모형 비행기를 혼자서 만들려다가 누군가의 도움이 필요했던 일들에 대해 말할 수 있다. 이런 방법으로 아이들에게 실수를 하도록 허락하는 것이다.

아이들이 실패를 연습하도록 도와주자 사람들은 다 모든 분야에서 잘할 수 없다는 것을, 항상 이길 수만은 없다는 것을, 그리고 비록 이기지는 못해도 경기를 즐길 수 있다는 것을 알게 해야 한다. 간단히 말하자면, 인간이기 때문에 실수도 하고 실패도 하는 것이다. 그런 불완전함 때문에 아이의 가치가 줄어들거나 미래의 성공 기회가 사라지는 것은 아니다.

이 교훈에 이르기 위한 한 가지 방법은 아이들이 가끔 실패하게끔 만드는 것이다. 예를 들면 카드놀이나 장기놀이를 할 때 항상 아이들이 이기게 두지 말자. 테니스를 칠 때나 야구를 할 때 항상 유리하게 만들어주지 말자. 보호되는 환경에서 아이들에게 질 때의 실망감을 경험하게 해주자. 그리고는 용기를 주어서 다시 하게 하자. 바로 이런 작은 교훈들이 아이들에게 앞으로 인생에서 목표를 이루기 위해 추구해야 할 어려운 일들을 수행할 때 필요한 자신감과 인내심을 가져다 준다.

아이가 아주 약간이라도 경쟁에 대한 두려움과 싸우려고 한다면 반드시 한마디라도 해야 한다. 노력이 결과보다도 훨씬 중요한 것이라는 사실을 일깨워 주어야 한다.

"오늘따라 백핸드가 강한데."
"바둑 알을 움직이기 전에 생각하는 게 아주 좋아졌구나."

이런 사기를 북돋워 주는 말은 결과가 어떻게 나오든 간에 아이가 더 노력하고 발전하게 만든다.

만약 아이가 운동 팀에 참여하지 않으려 하고 그것이 두려움 때문이란 걸 안다면 목표를 다르게 세우자. 아이에게 용기를 심어주고 혼자서 할 수 있는 운동(육상, 수영, 테니스, 볼링, 체조)을 시켜보자. 이런 운동을 하게 함으로써 성공보다는 자아개발을 할 수 있는 시간을 만들어주자. 이런 운동은 다른 팀원과 어울려야 한다는 부담감 없이 많은 사람들과 경쟁할 기회를 주고 균형을 잡아주고, 새로운 기술을 배우게 한다.

기록을 위해 약물을 복용하는 아이들

약 자체가 나쁘거나 해로운 것은 아니다. 그것은 단백질 동화 스테로이드라고 하는 강력한 합성 물질로서, 남성의 고환에서 생성되는 남성 호르몬인 테스토스테론과 비슷한 것으로, 법적으로는 특정한 질환에 처방할 수도 있는 것이다.

그러나 스테로이드는 운동 효과를 증대시키거나 신체를 크게 하기 위해 의학적 지식 없이 불법적으로 사용할 때, 건강을 상하게 하거나 죽음을 초래할 수도 있다. 운동 선수 가운데 이 약을 복용하는 사람이 얼마나 되는지는 정확히 알 수 없다. 왜냐하면 치료외적 사용은 불법이고 따라서 아무도 그 약의 사용을 공개하지 않기 때문이다. 대학이나 프로 경기, 올림픽 경기에서 경기 전 스테로이드 검사를 시작하면서 많은 운동선수들이 스테로이드를 투여한다는 사실이 밝혀졌다. 모델이나 스포츠 스타들이 스테로이드를 사용했다는 사실이 주요 기사화되면서, 스테로이드를 사용하는 행위가 더 이상 어둡고 침침한 체육관 구석에만 국한되지 않게 되었다. 스테로이드 남용은 모든 스포츠로 퍼져 나갔고 호화 헬스클럽이나 사우나, 지역 체육관, 그리고 심지어는 고등학교 사물함에까지 퍼졌다. 실제로 어느 연구조사에 따르면 미국 남자 고등학생의 6.6%가 스테로이드를 사용한 적이 있으며, 이 중 40%는 18세가 되기 전이었다고 한다.

도대체 왜 재능 있는 선수들이 스테로이드를 사용하는 걸까? 복잡한 대답 중 일부는 스포츠 경쟁심에서 찾을 수 있다. 선수들은 경쟁적인 환경에서 때때로 자신의 신체적 외모나 크기를 개선하고, 동료들에게 강한 인상을 심어주며, 감독과 부모님을 기쁘게 하고 자신들을 상대편보다 더 낫게 만들고 싶은 유혹을 느낀다(혹은 상대편이 약물을 복용한다고 믿으면 자신도 그렇게 해서라도 같아져야 한다는 유혹을 느낀다). 선수들은 오직 약물의 긍정적인 면, 예를 들어 도취감, 공격적이고 호전적인 태도, 보다 짧은 훈련에 생겨나는 보다 큰 근육, 더 강해진 힘과 빨라진 속도 등을 본다.

하지만 청소년들은 스테로이드 남용이 몸에 부정적 변화를 가져올 수 있다는 사실을 모른다. 바로 그런 이유로 여러분은 자녀들에게 스테로이드가 유혹적이기는 하지만 너무 위험하다는 사실을 알려주어야 한다. 자녀들에게 친구들이 절대 얘기해 주지 않을 사실을 말하자. 사용자가 스테로이드를 중단하는 순간, 증가한 체중과 근육 덩어리는 재빨리 사라지며, 그 뒤에 남는 것은 수많은 부작용뿐이라는 사실을 말이다. 자녀들에게 부작용에 대하여 설명해 주자.

심리적인 문제
우울증, 불안함, 분노, 적대감, 공격적 성향, 수면 장애, 환각 증상, 자살 충동 등.

육체적인 문제
남성의 경우 - 유방 발달, 간암, 정자수 감소, 심장 질환.
여성의 경우 - 체모 증가, 대머리, 지루성 피부염, 발육 장애, 불임.

아이들에게 스테로이드 복용이 미치는 두 가지 영향에 대하여 설명해 주자.

경력의 문제

아이들에게 대학 팀은 운동의 성취도가 본래의 능력이 아닌 '약
물'에서 나온 선수를 원하지 않는다고 말하자.

윤리의 문제

아이들에게 스테로이드를 쓰는 것은 속임수이고, 스포츠에서 속
이는 것은 동료 선수들을 속이는 것이고, 더 나아가 자기 자신을
속이는 일이라고 말하자.

스테로이드의 사용은 운동 선수의 성취도에 대한 토론이 있을 때마
다 나오는 심각한 문제이다. 자녀가 운동과 노력이 아닌 다른 것으로
근육을 만들고 운동 능력을 증진시킨 듯한 의심이 들면, 여러분이 자
녀를 사랑한다는 사실을 알려주고 혈액 검사를 받을 것을 권유한다.

자신의 역할에 대하여 생각하라

자녀가 생각하는 운동에서의 경쟁심에 영향을 미치려면, 부모는 먼
저 자신과 운동에 대한 자신의 감정을 성찰해야 한다. 직접 스포츠 경
기를 체험하는 것이 조용히 대화를 하는 것보다 효과적이다.

- 경기 중에는 관람석에 있어야 한다.
- 선수들을 비판하거나 지시하지 않는다.

· 상대편 선수나 그 부모들, 심판, 진행자에게 욕설을 하지 않아야 한다.

· 아이가 경기를 통해 즐거움을 얻을 요소를 없앨 행동을 하지 않아야 한다.

너무 몰아붙이는 부모들이 있다는 것은 공공연한 사실이다. 그들은 자녀의 모든 생활을 경쟁으로 만들며 최고가 될 것을 강요한다. 그 때문에 아이들은 완벽주의에 빠져들며, 지는 것은 비극이고 오직 이기는 것만이 의미가 있다고 생각하게 된다. 스스로에게 솔직하게 물어보자.

'도대체 내 아이가 누구의 의지에 따라 경쟁하는가?'

만약 여러분의 아이가 여러분을 위해 경쟁을 한다면 어느 누구도 행복하거나 만족하지 못할 것이다.

여러분의 욕심을 위해 아이를 경기장에 세워 놓아서는 안 된다. 아이에게 용기를 북돋워주고 그 자신 스스로 자기 안에서 성공을 위한 욕망과 동기를 찾도록 하자. 그리고 물러서서 경기하는 아이를 지켜보자.

패배를 통해 얻을 수 있는 교훈에 대하여 대화하라

여러분이 아무리 긍정적인 측면을 강조해도, 자녀들은 경기에서 졌을 때 실망감을 느낀다. 그래도 괜찮다. 지는 것은 인생의 일부분이다.

청소년건강협회의 선더스(H. J. Saundes)씨는 부모들에게 이렇게 충고한다.

"지는 것을 좋아하는 사람은 없습니다. 하지만 우리는 그것을 극복해야 합니다. 부정적인 면을 인식하고 계속 나아가세요. 경기에서 졌다고 해서 인생에서 패배자가 되는 것은 아닙니다. 실제로 인간은 뒤로 밀려날 때 더 강해집니다."

모든 청소년 선수들은 인생에서의 승리자가 항상 1등을 하는 사람은 아니라는 사실을 알아야 한다. 승리자가 반드시 경쟁에서 승리한 사람을 지칭하는 것은 아니다. 진정한 승리자는 바로 스스로의 훈련과 자긍심을 가지고 경쟁하는 사람이며, 도전에 맞설 수 있는 사람, 위기를 이겨내고 책임감이 있으며 장애를 넘기 위해 노력하는 사람이다. 이것이 바로 승패와 관련 없는 경쟁에 대한 보상이다.

비록 청소년을 위한 스포츠 프로그램에서도 승리나 팀과 개인의 기록을 강조하지만, 그것이 고등학교 스포츠에 참여하는 기본적인 이유를 흐리지는 않는다. 오직 극소수의 고등학생 선수들만이 대학 선수가 된다. 그리고 거기서 더 극소수의 선수들만이 직업 선수가 된다. 자녀들이 승리 이상의 것에 초점을 맞출 수 있도록 도와야 한다.

사이비 집단

십대를 위한 영원한 구원에 대한 기사는 교회성경연구그룹에 참여하고 있는 한 소녀의 눈길을 사로잡았다. 그녀는 신청서를 작성해 보냈고, 곧 인쇄물을 받아볼 수 있었다. 그녀는 그것을 통해 자신감과 통찰력을 얻게 되었고, 그녀의 교회 친구들은 그녀의 그러한 태도에 깊은 감명을 받았다. 그녀의 가족들도 그녀가 예수 그리스도의 삶에 관심을 갖는 것에 매우 만족해했다.

그러나 단순한 공부로 시작했던 일은 광적이 되었다. 그녀는 많은 시간을 친구들이나 가족과 보내는 대신에 성경을 연구한다면서 시간을 보냈고 태도도 조금씩 변하기 시작했다. 그녀는 마치 아무도 이해하지 못하는 비밀을 알고 있는 것처럼 행동했다. 그리고 그것에 대해 질문을 받으면 회피하면서 '오직 불려진 자들'만 진리를 이해할 수 있다고 설명했다.

그녀의 형제들이 찾아와서 그녀의 광적인 믿음을 만류했지만 허사였고, 그녀는 항상 기도하고 금식하고 사이비 집단의 인쇄물들을 보고 명상에 잠겼다. 그녀는 자신의 사회생활을 중지하고 모든 시간을 사이비 집단을 위해 일하는 데 바쳤다. 그리고 그녀는 아버지와 어머니를 포함하여 자신의 종교 집단에 속하지 않는 모든 사람을 만나는 일까지 포기했다.

이 모든 일들은 아주 점진적으로 그리고 무심결에 진행되어서, 그녀의 가족들은 그녀가 그들을 다시는 보지 않겠다고 알렸을 때에서야 그 사이비 집단이 딸에게 미친 영향을 깨달았다. 그러나 이미 때는 너무 늦었다. 사이비 집단의 세뇌는 너무 강해서, 어떠한 대화나 탄원도 그녀의 마음을 변화시킬 수 없었다.

이것은 사이비 집단에 연루되는 매우 전형적인 이야기이다. 이러한 집단이 무서운 이유는 그들의 새로운 신자 목표가 십대나 청년 세대이기 때문이다. 마이클 랑곤(Michael Langone) 박사(미국가족협회의 실무이사)가 101개의 각기 다른 사이비 집단의 단원이었던 308명을 대상으로 설문조사를 한 결과 그들 중에 43%는 자신이 학생일 때 신자가 되었다고 응답했다—10%는 고등학교 때, 27%는 대학교 때, 6%는 대학원 때. 이 설문 대상 중에 38%는 사이비 집단에 가입한 후 학교를 포기했다. 사이비 집단 모집원들은 젊은 사람들이 세상에 대해 많은 의문을 갖고 있고 자기 삶이 변하기를 원하기 때문에 설득하기 쉽다는 사실을 알고 있다. 그러므로 사이비 집단에 대한 것과 그들의 술책은 모든 십대들

 | 음주 섹스 폭력 죽음 이제 10대와 이야기해야 할 때

이 알아야 할 과제이다.

사이비 집단

몇 해 전 신문의 헤드라인을 장식했던 사이비 교도들의 집단 자살 시도 및 성공 사례는 전 국민에게 충격을 안겨주었다. 세계적으로 알려진 미국의 사이비 집단을 살펴보기로 하자.

가장 유명하고 악명 높은 사교집단인 헤븐즈 게이트 외계인교(Heaven's Gate extraterrestrial cult:1997년 39명의 신자들의 집단 자살을 지시), 짐 존스가 이끌었던 인간의 사원 그룹(People's Temple group:악명 높은 '쿨-에이드' 집단 살해 및 자살 시도), 그리고 데이비드 코레쉬(텍사스주의 와코에서 처참하게 죽음)의 브랜치 다비단스(Branch Davidians) 등은 소름 끼치는 내용으로 뉴스를 장식하며 많은 사람들에게 경악케 했다.

그 신자들이라는 사람들은 미쳤는가? 기이한 사람들인가? 쉽게 속는 사람들인가? 아니면 멍청한가? 분별 있는 사람들이 무엇 때문에 그런 사이비 집단에 가입하는가?

우리가 주지해야 할 사실은 그런 종교 집단은 희귀하지도 않으며, 신자들이 우리와 전혀 다르지 않다는 점이다. 랑곤 박사는 줄잡아 대략 5천여 개의 다양한 사이비 집단이 미국 내에 존재하며, 집단마다 적게는 2명, 많게는 3만 명의 신자들이 가입해 있다고 추정하고 있다. 사이비 집단에는 신흥 기독교적 사이비 집단, 힌두교 및 동방종교적 사이비 집단(밀교, 마술), 사탄 숭배, 신비주의, 좌선이나 중국·일본의 철학적 신비주의, 인종주의적 숭배, 비행접시 및 우주 숭배, 심리학이나 심리치료 숭배, 자기개발·생활체계 등에 관련된 숭배 등이 현존하고 있다(많은 사이비 집단들은 복합적인 범주에 해당한다).

십대들은 어떻게 사이비 집단에 광적이 되는가?

사이비 집단들은 어떻게 분별력 있고 지적인 젊은이들로 하여금 자신이 사랑하는 것을 등지면서까지 사이비 집단에 들어오게 할 수 있는가?

놀랍게도, 사이비 집단의 신자 모집과 교화 방법들은 낯선 세뇌 방법이 아니다. 그들은 잘 알려진 사회 영향의 방법을 사용한다. 그것도 아주 극단적으로.

여러분의 자녀들은 '사이비 집단'에 가입하지는 않을 것이다. 다만 그들은 '영원한 행복을 약속하는 흥미로운 그룹'에 가입할 뿐이다. 새로운 구성원이 되면, 그 그룹은 그 대가로 우정, 기여에 대한 존경, 남과 다르다는 느낌, 안전함, 잘 조직된 일상의 계획표 등을 제공하며 살면서 입은 마음의 상처들을 치료해 줄 것이다.

이러한 십대들의 삶의 상처는 여러 가지 상황으로부터 그 원인을 찾을 수 있다(새로운 가정, 전학, 부모의 이혼, 실연). 이러한 상처는 특히 학교가 필요없다고 여기거나 사회생활이 적은 아이들, 그리고 가정 불화인 아이들에게는 견디기 더 어려운 것이다. 사이비 집단은 세상을 다시 정의롭게 바꿔주겠다고 약속한다. 그들은 행복으로 가는 간단한 방법을 제공한다.

사이비 집단 지도자는 이렇게 외친다.

"나를 따르라. 나는 행복과 평화와 안전과 구원을 얻는 길을 알고 있다."

이러한 '해결책'의 문제점은 그것의 효과가 일시적이라는 것이다. 그것은 심적으로 약한 사람들을 끌어들이기 위해 사용하는 속임수이다. 그들이 속임수를 부릴 때, 십대들은 그들의 결정을 제한하는 강력하고 설득력 있는 환경에 사로잡혀 더 이상 현재 상황의 실체를 평가할 수 없게 된다. 외부 사람들은 그 그룹이 나쁜 영향을 미친다는 것을 알고 있지만 새로운 신자들은 모른다.

모든 사람들, 특히 감정적으로 취약한 십대들은 전체적이고 충만한 그 어떤 무엇을 필요로 한다. 사이비 집단은 바로 이러한 것들이 무엇인지 알고 있고, 그것을 십대들에게 아낌없이 제공한다.

- 공동체 의식 및 목적과 이상을 공유했다는 느낌
- 내적 충만감에 대한 욕구와 영적 가치에 대한 직접적 경험
- 삶의 의미, 삶의 목적에 대한 깨달음
- 부모에게 과도하게 구속받는 개체성의 독립을 자극하는 강하고 외향적인 구조

젊은 사람들을 사이비 집단으로 유혹하는 그것이 바로 그러한 집단으로부터 아이들을 지키는 방법에 대해 실마리를 제공한다.

사이비 집단으로부터 아이들을 지키기

사이비 집단은 우리 주위에서 쉽게 찾아볼 수 있는 하나의 현상이다. 사이비 집단은 규모가 크고 잘 조직된 집단에서 아주 작은 집단에 이르기까지 거리 구석구석에서 번창하고 있다. 그것들은 아주 오래된 우리 사회의 일부이며 사라지지도 않는다. 그러나 그들이 제시하는 중심 메시지에서 우리는 자녀들을 보호할 방법을 배울 수 있다. 예방이 중요하다. 열린 마음과 사랑으로 자녀와 부단히 대화하는 것이야말로 자녀가 사이비 집단의 유혹을 뿌리칠 수 있는 정신적 갑옷이 된다.

이 책의 전제는 중요한 문제에 대하여 대화를 나누는 가족들이 강하고 서로 사랑하는 유대감을 형성한다는 것이다. 이러한 유대감은 사이비 집단 모집원의 허울 좋은 말로는 깨지지 않는다.

자녀에게 사이비 집단이 약속하는 것들을 직접 주자.

맹목적인 사랑

여러분의 자녀들에게 '사랑한다'라고 말하라. 수줍음 타는 아이, 심술내는 아이, 시비조의 아이들에겐 특히 매일 이 말을 하자.

포용

여러분의 자녀가 기이한 옷이나 음악을 입고 듣는다고 해서 비판만 하지 말고 이렇게 말해 보자.

"그 옷이 보기 좋진 않지만, 그 옷 속에 멋진 아이가 있다는 건 안단다."

이해

자녀와 의견이 다를 때 무조건 자신이 옳음을 증명하려고 싸우지 말고 이해심을 발휘하자.

"너의 의견에 동의할 순 없지만, 좀더 말해 보렴. 너의 생각을 이해하려고 노력해 보마."

관심

여러분의 자녀가 슬퍼 보이거나 화가 나 있을 때 '괜찮아지겠지' 하고 그냥 넘기지 말자. 친절한 말로 관심을 보이도록 하자.

"우울해 보이는구나. 우리 잠깐 얘기 좀 할까? 내가 뭐 도와줄 일이 없니?"

위의 내용은 사이비 집단 모집원들이 우울해하고 있는 십대들에게 물어보는 질문과 같은 것이다. 이러한 말들을 집에서 먼저 자녀에게 들려주자.

정신력

정신적 기초가 꼭 교회나 절에서 이루어질 필요는 없지만, 만약에 여러분이 윤리적 문제나 정신적 가치 혹은 삶의 의미들에 대해 혼란스러워한다면, 자녀들은 그들이 사는 세상은 냉정하고 혹독하며 자신들을 돌봐줄 사람은 아무도 없다고 이야기하는 사이비 집단의 지도자들에게 더욱 쉽게 끌려간다.

이러한 이유로 여러분은 자녀에게 여러분의 신념이나 여러분이 자녀의 행동을 주의 깊게 지켜보고 있다는 사실을 알려주어야 한다. 일상 경험을 이용하여 여러분의 신념을 이야기하자.

· 만약 정직에 관한 물음에 초점이 맞춰진 뉴스가 있다면 거기에 자신의 의견을 다음과 같이 덧붙여라.

"난 신용 문제에서는 정직이 생명이라고 믿는단다. 그래서 난 너한테 항상 정직하려고 애쓰고 있어. 너도 그랬으면 좋겠다."

· 만약 여러분이 자선할 일이 있다면 집안의 모든 사람들에게 그 사실을 다음과 같이 알려라.

"오래된 옷은 꺼내서 내 방에 갖다 놓거라. 내가 옷 바자회에 기부하고 올 테니까."

· 만약 누군가 친절함을 행하는 것을 보았다면 그것을 지적하고 다음과 같이 얘기해 보자.

"저기 저 남자가 나이 드신 아주머니를 도와서 물건을 차에 싣는 것을 보았니? 다른 사람들을 위하는 모습이 정말 보기 좋지?"

여러분 자녀들에게 여러분이 어떠한 일을 극복하는 모습을 보여준다면, 그들은 사이비 집단의 약속에 현혹되지 않을 것이다.

예비 경고 및 예비 무장

사이비 집단 가입은 자녀가 해를 입지 않도록 앉아서 빌고만 있을 주제가 아니다. 위험한 지경에 이르기 전에 터놓고 대화를 나눠야 할 또 하나의 문제이다. 자녀들이 사실적인 증거로 무장을 하였다면 강압적이고 거짓된 사이비 집단의 술수에 쉽게 넘어가지 않을 것이다. 다음과 같은 주제로 자녀와 평상시처럼 대화를 나눔으로써 자연스럽게 의문을 가지고 질문하도록 유도하자.

기본적인 믿음

헤븐즈 게이트나 짐 존스 예를 통해 사이비 집단의 비윤리적이고 인간 생명 경시에 대한 모습을 상기시키자. 또 가까이에 작고 잘 알려지지 않은 사이비 집단의 존재도 알리도록 하자. 십대들이 사실을 알 수 있도록 노력하자.

• 사이비 집단은 회원들의 권리를 무시하고 마인드 컨트롤과 같은 교묘한 기술로 해를 입히는 그룹이다. 회원들을 집단에 묶어두기 위해 육체적, 정신적으로 혹은 경제적으로 몰수하거나 기만하기 때문에 평범한 사회 집단이나 종교 집단과는 구별된다.

· 사이비 집단의 구성원들은 카리스마적인 지도자 아래서 연대한다.

· 사이비 집단의 지도자는 자신에 대한 의혹을 억누르고 순종을 강요하기 위해 최면 상태로의 유인, 지속적인 반복, 세부적인 질문, 장기간의 강연과 설교, 또는 소모적인 노역 과정 등과 같은 속임수를 이용한다.

· 대부분의 사이비 집단은 회원들이 돈을 기부하고, 무료로 일을 하거나 간청하고, 새 회원들을 모집할 것을 원한다.

· 사이비 집단의 위험성은 자신의 회원들에게 고독, 실패, 손해 등의 공포를 주입해서 높은 탈퇴 비용을 강요하고, 정체성을 위해 그 단체에 전적으로 의존하게 만들고, 친구들이나 가족들과의 사이를 멀어지게 하는 등 분별력 없는 집착에 있다.

회원 모집 방법

회원 모집은 이제 길모퉁이에서만 이루어지지 않는다. 회원 모집원은 학교, 스포츠 경기장, 비디오 가게, 잡지, 그리고 인터넷 등에 있다. 회원 모집원은 외롭고 슬퍼 보이는 십대 아이들을 겨냥한다. 회원 모집원는 십대들에게 굉장한 관심과 사랑을 베풀면서 교섭을 시작한다. 이 모집원은 언젠가 다시 만날 약속을 한다. 그 과정은 보통 천천히 장시간 동안 이루어진다. 그 회원 모집원이 십대로부터 신의와 믿음을 얻게 되면 그 십대들을 '모임'에 초대한다.

비평적인 판단 기술은 사이비 집단 회원 모집원에 대한 확실한 방어 무기이다. 다음은 미국가족협회에서 제공한 사이비 집단이 새 회원을 모집하는 방법 및 상황 파악 목록이다. 일상적인 대화나 가르칠 수 있는 상황이 되는 경우를 통해, 자녀들에게 세심하게 다음 상황에 대해 경고하라.

- 지나치게 호의적인 사람
- 복잡한 세상 문제에 대해 지나치게 단순한 대답이나 해결 방법을 제시하는 사람
- 무료 식사나 강좌, 토론회에 초대하는 사람
- 진심으로 원하지 않는 일을 하도록 강요하는 사람
- 태도가 모호하거나 분명치 않은 사람
- 여러분의 기본적인 도덕성을 이용하려고 하는 사람
- 여러분에 관해 거의 아는 것이 없으면서도 여러분의 문제를 푸는 데 도움을 주겠다고 하는 사람
- 인류 구원, 개화 활동, 행복의 길을 추구하는 것에 관해 거창한 주장을 지닌 사람
- 상식적으로 그렇지 않아야 할 경우에도 항상 '행복'해 보이는 사람
- 그들 혹은 그들의 집단이 '진정 특별한 것'인 양 주장하는 사람
- '여러분은 신을 찾는 마음을 타파할 필요가 있습니다' 혹은 '악마는 여러분의 마음을 통해 일하고 있습니다' 등과 같은 주

장을 하는 사람. 뿐만 아니라 비판적인 정신을 비웃는 사람

종교의 개념에 대해 토론하라

비록 모든 사이비 집단들이 종교를 기반으로 하는 것은 아니지만 대부분이 그렇기 때문에 전통적인 종교와 사이비 집단 사이의 차이점을 십대들에게 알려주는 일은 대단히 중요하다. 여러분은 전통적인 종교가 지도와 은총을 위해 신을 숭배한다는 사실을 강조해야만 한다. 전통적인 종교는 영원한 삶의 희망과 사회의 미덕을 위해 함께 모여 일한다. 전통적인 종교는 모든 것에 대해 개방되어 있으며, 그들과 함께할 가능성 있는 신자들에게 신중하게 생각할 수 있도록 장려한다. 또한 가족과의 관계를 부인하는 신자들을 원조하지 않는다.

반대로 사이비 집단 대부분은 맹목적인 신앙을 불어놓고 권위적인 태도를 취한다. 그렇기 때문에 사이비 집단의 신도들은 그들의 정체성과 가족들을 잃고, 돈과 정신, 충성을 바친다.

교리 주입 기술

사이비 집단의 지도자들은 세뇌에 능숙하다. 그들은 아주 능수 능란하게 인간의 자유 의지와 자기 존중 정신을 없앤다. 사이비 집단이 회원의 마음을 다스리고 유혹하기 위해 이용하는 특별한 기술은 매우 다양하지만, 여러분은 십대 자녀들에게 사이비 집단이 종종 이용하는 일반적인 교리 주입 방법을 알려주어야 한다.

- 처음에는 사이비 집단의 이름이나 목적을 다르게 설명
- 가족과 친구들로부터의 단절
- 수면 시간을 짧게 조정
- 단백질이 결핍된 음식물(고 당분, 고 탄수화물) 제공
- 격렬한 집단 감정 고조를 일으키는 종교 의식
- 독자적인 사상 활동과 의식을 제한하는 육체적 노역 강행
- '격렬한 사랑', 즉 사람의 감정적이고 사회적인 요구에 대해
열렬한 관심, 사랑, 동료의 지지와 찬성으로 반응
- 사생활 침해
- 어떠한 반대 교시도 허용되지 않는 완전히 통제된 환경에서의
계속적인 감시

교리 주입에 대항하는 가장 효과적인 방법 중 하나는 정신적으로 강하고 자립적인 사람이 되는 것이다. 자녀에게 스스로 결정할 기회를 줌으로써 자녀의 자발성과 독립적인 사상을 고취시켜 주어야 한다. 아이들 스스로 친구들을 선택하고, 스스로 옷을 고르고, 자신만의 음악을 즐길 수 있게 해야 한다. 아이들이 스스로 생각할 수 있으면, 사이비 집단의 지도자들에게 의지하는 일은 줄어들 것이다.

대화해야 할 내용

십대들은 왜 사이비 집단이 중요하게 취급되는지 이해하지 못할지도 모른다. 만약 어떤 사람이 자신을 기쁘게 해줄 수 있는 친구와 새

모임을 소개시켜 주려고 할 때, 십대들은 왜 안 되느냐고 생각할 수도 있다. 이것이 대화의 핵심이다. 여러분은 자녀들에게 사이비 집단이 다양한 방법으로 그들을 속이고 있다는 사실을 알려줄 필요가 있다. 다음 상황은 사이비 집단을 멀리해야 하는 이유이다. 자녀에게 사이비 집단이 어떤지 알려주자.

- 새 회원을 모집하고, 회원들을 유지하기 위해 비윤리적이고 기만적인 방법 이용
- 죄의식과 근심을 자극
- 판단력을 흐리게 하고, 암시 감응성을 높이는 황홀한 말을 유발
- 정상적인 정신과 사회적 성장을 금지하여 회원들의 근본적인 인격 변화 야기
- 가족 관계 파괴
- 회원들의 육체적, 정신적, 그리고 재정적인 손해 강요
- 비합법적이고 반사회적인 가치관과 행동 장려
- 회원들의 의구심 표현이나 '진심'이 보이는 질문 금지
- 죄인처럼 외부 세계에 과대망상적인 관점 유지

사이비 집단 회원 가입은 매우 중요한 문제이다. 대부분의 회원들은 평균 5년 이상 사이비 집단에서 활동하는데, 친구와 가족으로부터 떨어져 있기에는 너무나 긴 시간이다. 그리고 떠난 사람들은 가족과 친

구에게 일생 동안 남을 정신적 상처를 안겨준다.

십대 자녀가 사이비 집단에 빠지면 어떻게 해야 하는가?

만약 십대들이 이미 사이비 집단에 가입한 것 같으면, 전문가들이 말하는 사이비 집단 회원들에게 나타나는 전형적인 증상을 찾아야 한다. 다음은 가장 현저한 주의 신호이다.

- 생활 양식의 변화
- 목표 변화
- 가족과 친구들에게서 멀어짐
- 사이비 집단 쪽의 모든 것은 옳고 좋으며, 다른 편의 모든 것
은 나쁘다는 식의 갑작스런 구분

침착해라

여러분은 침착하고, 논리적이며, 인내심을 가져야 한다(이것은 여러분 아이의 행복에 대한 절망을 느낄 때, 가장 하기 어려운 일이다). 분노와 히스테리는 십대들의 두려움을 확인시켜 줄 뿐이며, 십대가 사이비 집단에 더 끌리게 되는 역할을 한다.

- 그 사이비 집단을 공격하지 말라. 그 집단에 대해 '사이비'라는 단어를 넣거나 강조한 이름으로 부르지 말라. 만약 여러분의 아이가 인상적이고 어마어마한 종교 원리나 목표를 포함한 선전에 막 흔들리

기 시작할 때, 이런 접근 방식은 오히려 역효과를 초래할 수 있다.

· 딱딱한 태도를 피하고 열린 마음을 유지해라. 이단으로 생각될지 모르는 관점들이 반드시 파괴적인 것은 아니다. 대신에 속임수와 거짓에 의한 자유로운 선택이 제한된다는 점에 집중하라.

· 성실하고, 정중하고, 공정하고, 일관된 태도로 그 상황을 토론하라. 만약 여러분이 소리치거나 비난하면 아이들은 입을 다물고, 아이들의 마음을 열 수 있는 기회를 놓치게 된다.

문제점에 대해 질문하라

십대들에게 물어보기 전에, 여러분은 그 사이비 집단에 대해 지적으로 논의하기 위해 그 집단에 관해 될 수 있는 한 많은 것을 연구해야 한다. 여러분이 그 사이비 집단 자체에서 배울 것이 있는지 찾아보라. 관련 단체에 문의해서 사이비 집단에 대한 정보가 있는지 살펴보자.

자녀와 대화를 나눌 준비가 되면 침착하게 물어보자.

"내가 참석해도 되는 공개적인 모임이니?"

사이비 집단 모임은 항상 비공개적이다.

"그 사람들이 자신들의 진리를 부모님은 이해할 수 없을 거라고 말하지 않든?"

"가족보다 더 사랑하라고 요구하니?"

"가족이 그 단체를 사이비 집단이라고 부를 거라고 그들이 너에게 경고하든?"

"시간을 갖고, 모든 대안들을 고려하고, 네가 진실이라고 판단하는 것들을 논의하기 위해 상담한 적이 있니?"

아이들은 이 질문에 정직한 답을 하지 않을지도 모른다. 하지만 이 것은 십대들에게 그들이 너무 급하게 저질러서 처리된 일에 대해 다시 생각하게 만들 수 있다.

논쟁을 벌이지 말라

여러분은 여러분의 십대 자녀를 통해 새로 발견한 사이비 집단이 꼭 나쁜 것이라고만 확신할 수 없다. 하지만 상기 질문에 대한 대답은 두 가지 역할을 한다

첫째, 그 질문은 여러분에게 여러분의 십대 아이가 사이비 집단의 회원인지 아닌지를 판단하는 데 필요한 정보를 제공한다.

둘째, 만약 아이가 초기 교리 주입 과정에 있다면, 여러분의 십대 아이들에게 사이비 집단에 가입하는 문제에 대한 합리적인 이유를 알려 줄 수 있다.

도움을 요청하라

만약 자녀가 세뇌를 통해 그 사이비 집단에 빠져 있다면, 아이를 그

사이비 집단에서 벗어나게 하기 위해 전문적인 도움이 필요할 것이다. 자녀에게는 자신이 속했던 사이비 집단에 대한 구체적 내용, 즉 언어 체계, 그들만의 통용어, 철학적 교리, 행동 통제에 이용된 특수한 방법 등을 알고 있는 전문 치료자가 필요하다.

일단 자녀가 집으로 돌아오면, 가족과의 논의는 사이비 집단이 이용하는 심리적인 방법에 견줄 수 없다. 가족협회의 전문적인 도움을 받아라. 가족협회는 탈출 방법을 가르쳐 줄 치료 전문가를 여러분에게 소개해 줄 것이다.

우울증 Depression

소녀는 평소에 아빠와 쉽게 말다툼을 한다. 그녀의 아빠가 그녀에게 10시까지 집에 들어와야 한다고 말할 때 그녀의 아빠는 그녀의 반박에 대비했다. 하지만 그녀가 한숨을 쉬면서 '좋아요, 상관없어요' 라고 했을 때, 그녀의 아빠는 놀라움을 금치 못했다. 소녀의 아빠는 오늘밤 큰 소리 나는 싸움이 없다는 사실에 안심했지만, 한편으로는 걱정이 되었다.

최근 딸애는 매우 의기소침해 있었다. 주말 내내 방 안에 처박혀서 하루에 두 끼 이상 먹지 않았고, 여동생에게 자신이 좋아하는 CD 수집품도 모두 줘버렸다. 이런 행동은 그녀다운 모습이 아니었다. 아빠가 딸애에게 무슨 문제가 있냐고 물었을 때 그녀는 '없어요' 라고 대답할 뿐이었다. 이런 현상을 어떻게 해석해야 할까?

사람들은 누구나 가끔 우울해진다. 침체되거나 우울한 감정은 일상생활에서 일어나는 지극히 정상적인 반응이다. 다시 말해 행복, 또는 희망과 같은 일상적인 감정이다.

하지만 여러분의 십대 아이들은 우울함 때문에 이 세상이 끝나지는 않는다는 사실을 알 만한 인생의 경험을 하지 않았을지도 모른다. 비록 여러분의 십대 자녀가 위와 같이 아무것도 아니라고 말하더라도, 우울함에 대한 대화를 시도하고 자녀가 자살을 생각하기 전에 우울함을 치료해야 한다.

우울함에 대해 대화해야 할 때

일반적으로 십대들의 우울증은 혼란스러운 경험을 통해 촉발된다(조부모의 죽음, 부모의 이혼, 이사나 전학, 친구와의 불화, 심지어는 중요한 운동 경기에서의 패배 등등). 자녀에게 이런 종류의 경험이 있다면, 여러분은 우울의 징후들을 탐색해 보아야 한다.

그 징후는 다음과 같다.

- 지속적인 슬픔, 걱정 혹은 '공허한' 감정
- 절망적이고 비관적인 감정
- 죄의식, 하찮아진 기분, 무력감
- 일상 생활에서의 기쁨과 흥미 상실
- 수면 장애—불면증, 새벽 기상, 과수면

- 식이 장애—식욕 상실, 체중 저하, 체중 증가
- 활력이 감소하고, 피곤하고, '침체' 되는 것
- 불안함과 성급함
- 집중, 기억, 판단이 어려움

때때로, 우울증 장애는 치료가 소용없는 고질적인 신체적 증상, 즉 두통, 흉·복통, 피로, 현기증, 소화 장애, 만성적인 통증 등을 수반하기도 한다.

또한, 남성이나 여성에 따라 더 일반적인 우울증 징후가 있다. 의기소침한 소년들은 종종 친구와 절교하거나, 공부에 신경 쓰지 않거나, 세상을 저주함으로써 우울의 고통을 나타낸다. 억압된 십대 소녀들은 먹는 것에 열중하거나 굶으며, 혹은 자신의 잘못이나 실패를 말함으로써 스스로를 학대한다. 이런 것들은 십대들이 도움을 원한다는 아우성이므로 절대 무시해서는 안 된다.

우울함에 관한 대화 방법

여러분의 십대 아이가 우울증에 빠져 있다고 판단되면, 그 우울함이 조용히 지나가도록 기다리고, 아이의 사생활을 존중해 주는 것이 가장 좋은 방법일 수도 있다. 그러나 그 우울한 증상이 심각해 보이면, 그것은 자녀가 여러분에게 관심이나 자신의 고통을 배려해 주길 기다리고 있는 중임을 명심해야 한다.

여러분이 이런 주제를 생각할 때는 다음과 같은 사항을 염두에 두어라.

먼저 시작하라 우울한 십대 자녀는 대화를 원하더라도 이야기를
시작하는 방법을 모를 수 있다. 솔직해지는 것을 두려워하지 말라.

"요새 좀 의기소침해 있는 거 같은데, 괜찮으면 왜 그런 기분이 드
는지 얘기 좀 할까?"

또는 간단하게 물어도 좋다.

"괜찮은 거니?"

동정심을 보여라—해결책은 아니다
만약 여러분의 십대 자녀들이 여러분에게 모든 것을 말한다 하더라
도 이를 빨리 해결하기 위해 여러분이 직접 그 문제에 개입해서는 안
된다. 단지 여러분이 이해하고 있다는 것만 아이들이 알게 하라.

공감대를 형성하라
십대 자녀들에게 여러분이 그들의 고통을 이해하는 것뿐만 아니라
여러분도 살아오면서 그런 고통을 겪었다는 사실을 이야기해 주는 것
도 바람직하다.

"새 학교로 전학 가는 게 걱정되나 보구나. 그 때문에 기분이 우울한 거니? 그래, 이해한다. 나도 이사 가는 게 좋지만은 않단다."

해결책을 찾게 하라—알려주지 말아라

십대 자녀들이 스스로 생각할 수 있도록 도와줌으로써 우울증을 극복하게 할 수 있다. 십대 아이들에게 자신의 기대를 조금만 낮추라고 제시할 수도 있다—특히 그 아이가 완벽주의자라면. 십대들의 계획이나 주변 여건에서 무언가를 바꾸거나, 어떤 육체적 활동에 보다 많은 시간을 보내거나, 기분전환으로 소풍을 계획하라. 함께 생각하자고 자녀들을 격려하고, 여러분이 제시한 것을 다 할 필요는 없다는 사실도 상기시킨다. 기분을 낼 수 있는 일을 한두 가지 선택할 수 있도록 여러 가지 아이디어를 던져 준다.

만약 여러분이 자녀들의 생각을 들어주고, 여러분의 지지를 보여주고, 자녀로 하여금 자신의 통제력을 회복할 수 있도록 돕는다면 그 우울증은 저절로 해결될지도 모른다. 대부분의 경우, 억압된 기분은 단지 몇 시간 혹은 며칠 동안 지속되는데, 이는 귀중한 학습 경험이 된다. 우리 모두 슬픔은 행복만큼 인생의 많은 부분을 차지한다는 사실을 배울 필요가 있다. 하지만 그러한 기분이 계속 유지되면, 병적 우울증이라고 불리는 아주 깊고 절망적인 상황으로 발전될 수 있다는 것을 알아두자.

병적 우울증의 인식

병적 우울증의 절망적인 기분은 우리 모두가 한번쯤 경험한 바 있는 일반적인 우울증이 가져오는 느낌보다 더욱 깊고, 더 파괴적이다. 비록 이런 식의 우울증은 혼란스런 경험, 깊은 자기 혐오감, 자부심 결여 등에 의해 발생할 수 있지만 종종 확실한 원인을 가지고 있는 경우도 있다.

만약 모든 우울증의 증후가 2주 이상 지속되고, 일상적인 일에 피해를 유발할 정도라면, 전문적인 도움이 필요하다. 그렇다고 서둘러서는 안 된다(우울증은 많은 원인을 지닌 복잡한 병이다). 십대 아이가 우울증에 시달린다고 해서 부모가 나빠서 그렇다거나 아이가 감정적으로 약하다는 것을 의미하는 것이 아니다. 우울증은 아이들이 제대로 다룰 수 없는 수많은 인생의 감정 중 한 가지일 뿐이다. 십대들 중에는 인생의 혼란스러운 문제에 대해 천부적으로 보다 민감한 경향이 있는 아이들도 있다. 원인이 무엇이든 초기의 병적 우울증 징후를 무시해서는 안 된다. 슬프게도, 심각한 십대의 우울증을 치료하지 않고 방치하면 자주 자살로 이어진다.

자살

극심한 우울증은 사람들이 자살을 하는 주요 원인이다. 외롭고 슬픈 기분에 빠지면 다른 사람들과 접촉하는 방법이나 고통 해결 방법을 잊어버린다. 이때, 고통을 탈출하는 유일한 방법으로 죽음을 인식하기 시작한다.

이것은 우울한 사람 모두가 자살을 생각하고, 자살을 시도하고, 실행한다는 것을 의미하지, 모든 자살이 우울증 때문이라는 것을 의미하지는 않는다. 하지만 자살을 시도하는 젊은이들 중 대부분이 심각한 우울증 상태에 있다.

세계적으로 해마다 약 50만 명의 십대들이 자살을 시도한다. 이는 매 60초마다 청소년이 자살을 시도한다는 것을 의미하며, 200명 중 1명은 성공한다. 실로 무서운 수치이다.

자살은 암이나 심장병 같은 질병으로 인해 죽는 것보다 더 많은 젊은이와 십대를 죽인다. 성인들은 자녀의 유년기가 근심 없고, 즐겁고, 자극적일 거라고 생각하는 경향이 있기 때문에, 이 수치는 성인들에게 특히 놀라운 것이다. 십대들에게 인생의 즐거움을 더욱 중요하게 여기도록 하기 위해서는, 기쁨에는 두려움이나 곤경이 따른다는 사실을 강조해야 한다.

거의 대부분의 경우, 아이들은 최후의 수단으로 자살을 감행한다. 이는 모든 요구들이 무시되었을 때 도움을 요청하는 절규이다. 자살 시도는 '여기 좀 봐줘요. 날 좀 도와주세요. 난 버틸 수가 없어요. 내가 살아갈 수 있도록 내 얘기 좀 들어줘요'라고 하는 소리 없는 외침이다. 자살은 대화의 모든 다른 방법들이 좌절된 후에 다른 사람들과 대화하는 방법이 되었다(자살을 통한 대화의 과정은 소녀보다 소년이 더 어렵다. 모든 십대 자살 시도 중 90%가 여학생에 의해 이루어지지만, 성공률은 남학생이 70%로 훨씬 높다).

만약 여러분의 십대 자녀들이 우울한 상태라고 결론 내렸다면, 여러분은 자살에 관해 논의해야 한다. 십대 자녀들에게 여러분이 도와달라는 암묵적인 외침에 귀기울이고 있다는 사실을 즉시 알려야 한다.

자살에 대한 통념

대화를 시작하기에 앞서 자살을 둘러싼 공통적인 통념의 일부분을 없애고, 여러분 자신의 생각을 확실하게 할 시간을 가져라.

통념 우울한 사람과 자살에 대해 이야기하면 안 된다. 그것은 아이디어를 제공하는 행위다.

현실 만약 십대가 자살할 생각을 가지고 있다면, 그 마음속의 진짜 생각을 아는 일이 필수적이다. 십대의 마음을 끄는 자살의 비밀과 신비를 즉시 제거해야 한다. 십대가 자살할 생각이 없다면, 어떤 십대는 우울증을 해결하기 위해 자살을 생각하기도 한다는 말과 함께, 여러분이 십대 자녀가 지닌 강한 감정을 이해하고 있다는 사실을 알려주어야 한다.

여러분이 자살을 얼마나 싫어하고, 혐오는지가 아니라 개방적으로 대화하려고 한다는 것을 보여주어야 한다. 자살은 수많은 대중 가요, 뮤직 비디오, 그리고 십대를 위한 영화의 주제가 되었다. 십대가 우울해할 때, 그런 주제를 이끌어내어서 새로운 생각을 심어주어서는 안 된다.

통념 자살에 대해 대화를 나누는 사람은 결코 자살을 하지 않는다.

현실 자살에 대한 대화는 경고나 다름없다. 자살을 심각하게 생각해라. 십대 아이가 만약 '죽었으면 좋겠어'라고 외친다면 그것을 무시하지 말아라. 아이를 다시 불러, 아이가 그런 말을 한 원인과 그 감정에 대해 이야기하고, 아이를 진정시켜라.

통념 자살 시도가 실패한 경우 다시 자살을 시도하기 어렵다.

현실 자살 통계는 이것이 잘못된 것임을 보여준다. 첫 번째 자살 시도가 가장 힘든 것이다. 한번 자살을 시도하고서 도움을 받지 않은 사람은, 매우 쉽게 다시 자살을 시도한다.

통념 우울증 후에 오는 행복감은 자살에 대한 위험을 없앤다.

현실 행복하고 평온해진 직후에 자살을 하거나 시도하는 경우가 종종 있다. 친구들은 '그애가 우울증을 극복해 낼 줄은 정말 몰랐어'라고 얘기한다. 종종 죽기로 결정한 직후에 행복감이 온다. 마음속 투쟁이 끝났기 때문에 평화가 찾아온 것이다. 마음속의 갑작스런 기분 상승에 속지 말자.

통념 자살을 시도하는 사람은 죽음을 원한다.

현실 자살을 시도하는 많은 사람들은 죽을 의도가 없다. 그들은 구원을 위한 가장 효과적인 선택으로 자살이라는 방법을 이용해서 도움을 외치고 있는 것뿐이다. 그들은 어쩌면 죽기에는 너무 소량의 알약을 복용할지도 모른다. 또는, 밀폐된 방에서 가스를 틀지만 창문의 작은 틈은 그대로 둔다.

자살에 관한 대화 방법

자살에 대해 이야기하기 위해 알맞은 말을 찾기란 쉽지가 않다. 다음 제안들은 여러분이 감수성과 사랑에 대한 주제를 논의할 때 도움이 될 것이다.

질문하라

아이가 자살에 대해 생각하고 있을 경우 아이에게 직접적이고 솔직하게 물어야 한다. 이렇게 해서 종종 자살을 생각하고 있는 미숙한 아이들이 구제되기도 한다. 여러분이 그 주제를 꺼낼 때, 그것은 십대 아이에게 '비밀'에 대한 이야기를 할 필요성을 느끼게 해준다. 이 질문에 대한 대답은 여러분이 이 상황의 중요성을 느끼도록 도움을 줄 것이다.

그 문제를 제시할 때 천천히 시작하자.

"요즘 우울해 보이는데, 내가 제대로 본 거니?"
"사는 게 무의미하게 느껴지니?"
"자살을 하면 모든 것이 끝난다고 생각해 본 적이 있니?"
"이런 감정을 치료하는 십대를 돕기 위해 애쓰는 사람과 이야기해 보는 것은 어떨까?"

귀를 기울여라

듣는 것은 여러분이 도울 수 있는 최선의 길이다. 집중해서 들어라. 십대를 향해 앉아라. 십대의 눈을 보아라. 함께 괴로워하면서 듣되 판단하지는 말아라. 중단시키지 말아라(듣기만 해라). 여러분은 그 문제를 분석하기에 앞서 마음을 열어 자녀의 문제를 알아야 한다. 여러분이 해결할 방법을 제시하기 전에 아이가 화를 내거나, 상처받고, 절망감을 느낄 기회를 주어라. 감정의 분출 시간을 갖는 것은 그 감정을 치료하기 위한 하나의 단계이다.

만약 십대가 자살에 대해 생각하지 않는다고 여러분에게 말한다면, 그 문제를 꺼내지 말라(자살에 대한 생각이 아이의 마음에 전혀 없을 수도 있다)! 우울증을 다스리기 위해 자살을 선택한 십대 아이들과 여러분이 아는 것을 공유할 기회를 가져라.

처음에 여러분이 물어보는 이유를 설명하기 위해 이 장에서 주어지는 통계들을 이용하라. 다음의 제안 사항을 가지고 대화를 지속하라. 모든 십대들은 부모와 문제를 해결할 수 있는 많은 건설적인 방법이 있다는 것을 알아야 한다.

애정을 보여라

자신이 쓸모없는 인간이라고 생각하는 십대의 감정을 없애려면, 여러분이 아이를 사랑하고 있다는 것과 아이가 결코 세상에 혼자가 아니라는 것을 이야기하라. 그저 맹목적으로 사랑한다는 사실을 알려주어라. 힘든 시간 동안, 바로 옆에서 지켜주어라. 그렇게 해서 아이에게 여러분의 애정을 알려라.

이성을 통한 감정 안정

십대 자녀가 여러분에게 요구하는 것은 지속적인 강함과 이성이다. 여러분이 이해력 있고, 인정이 넘친다는 것을 보이면서 아이의 불안정한 감정적 틀을 회복시킬 수 있는 이성적인 목소리도 가졌다는 것을 알려라. 다음 상황들을 이해하고 이를 적용해 보자.

"문제는 일시적이고 변하는 것이란다."

"네가 지금은 비록 두려움을 느끼지만, 앞으로 1년 혹은 5년이 지난 후 네가 어떤 느낌을 가질지 한번 생각해 보렴."

"네가 지금 느끼는 것은 다른 사람들도 한번쯤 다 느껴지는 감정이란다."

"우울함은 이상하거나 미친 감정이 아니란다. 많은 사람들도 한 번 혹은 그 이상 이런 감정을 느끼곤 하지."

신중히 이야기하자

자살은 민감한 문제이므로 십대 아이가 '내가 죽으면 슬프겠죠?'라고 여러분에게 말한다면 충분히 생각한 후에 대답해야 한다. 자살에 대해 아이와 대화를 나눌 때 다음 말들은 피하도록 하자.

놀라거나 충격을 받았다는 내색을 하지 말자 : "어머나 세상에! 어떻게 그런 말을!"

안심시키지 말자 : "걱정하지 말아라."

자살을 생각하는 것이 부끄러운 일이 되게 하지 말자 : "자살은 비겁한 거야. 네겐 멋진 인생이 주어졌어. 자살 따위를 생각하는 것은 부끄러운 일이야."

아이의 허세를 꾸짖지 말자 : "그렇게 어리석은 소리하지 말아라. 넌 자살할 수 없어. 그게 마음대로 될 줄 아니?"

자살에 대한 생각을 가볍게 다루지 말자 : "네 문제는 그렇게 심각한 것이 아니야."

이성적으로 분석하려고 애쓰지 말자 : "내 관심을 끌기 위해 그런 말하는 거니? 너는 항상 너무 극단적이야."

그 문제를 축소하거나 무시하지 말자 : "잠이나 자려무나. 아침이 되면 괜찮아질 거다."

전문적인 도움 요청

비록 여러분이 십대 아이와 자살에 대한 생각을 이야기하는 데 성공했다 할지라도, 전문적인 도움을 요청하는 것은 중요한 문제다.

자살에 대한 생각을 표현하고, 여러분의 관심과 약속에 감사하면서, 상태가 많이 호전되었다 할지라도 전문적인 도움을 요청해야 한다.

많은 청소년들은 마치 위기가 극복된 것처럼 행동함으로써 그들을 도와주려고 애쓰는 이들을 일부러 오인하게 하는 경우도 있다. 자살 충동의 심각한 위기가 닥쳐올 때마다 자살예방센터, 학교 지도교사,

혹은 정신건강전문의에게 도움을 요청하라.

만약 십대 아이가 도움을 거절하면, 여러분이 직접 그 상황을 다루는 방법을 찾고 도움을 청해야 한다.

십대 아이가 가장 힘들고 괴로울 때가 우리를 가장 필요로 하는 시기이다.

윤리, 도덕적 가치, 그리고 신앙

여러분이 자원해서 남에게 봉사하는 것이
친절에 대해 수십 권의 책을 읽게 하는 것보다 낫다.

한 남학생의 친구들은 지금 아주 흥분된 상태이다. 금요일에 보는 기말고사 문제지를 입수했기 때문이다.

"난데, 지금 우리 집으로 와! 집에 처박혀서 공부할 필요 없잖아!"

남학생은 망설였다. 이런 식의 컨닝이 잘못됐다는 것을 알고 있지만, 다들 공부를 하지 않고 좋은 성적을 받을 텐데, 굳이 자기만 빠질 이유가 없지 않은가?

우리의 십대 자녀들은 해결하기 어려운 도덕적 문제에 부딪힐 때가 많다. 방을 정리하고 제 시간에 숙제하는 것만으로는 좋은 아이가 될 수 없다는 것을 깨닫는 시기인 것이다. 하지만 상황이 아무리 거부하기 힘겹고 결정하기 어렵더라도 도덕적인 문제에 부딪혔을 때는 올바른 행동을 해야 한다. 이것은 아마도 십대들이 부딪히는 가장 어려운 벽일 것이다. 도덕적 가치나 신앙심이 고리타분하다는 생각을 버리기 전에는 이런 상황을 극복하기가 힘들 것이다. 십대들에게 이런 가치들이 우리 문명의 근본이라는 사실을 일깨워 줄 필요가 있다. 이것이 올바르고 행복한 삶의 기초가 된다는 것을 말이다.

하지만 이것을 어떻게 알릴까? TV나 음악, 잡지, 책, 신문들은 비도덕적인 메시지로 가득하다. 친구들도 다를 바 없다. 이웃들은 닫힌 문을 경계로 멀어져 버렸고, 친척들은 멀리 사는 게 보통이다. 긍정적인 생활 태도와 도덕 관념을 가르칠 수 있는 사람은 부모밖에 남지 않았다. 십대들이 받아들이려면 먼저 긍정적인 생활 태도나 도덕 관념이 무엇인지부터 알아야 한다. 그러기 위해선 말과 행동으로 보여줘야 하는 것이 급선무이다.

여러분이 자녀에게 가르치고 싶은 생활 습관이나 윤리, 또는 도덕 관념에는 많은 것들이 있을 것이다. 여기서 우리는 친절, 정직성, 참을성 있는 노력, 그리고 긍정적인 생활 태도에 대해 이야기하고자 한다. 이것들을 예로 가정마다 나름대로 중요한 가치들을 가르칠 수 있는 잣대로 이용하기를 바란다.

단, 여기서 주의할 것이 있다. 여러분이 도덕적 신념을 가진 모범적 존재라고 하더라도 또 십대들에게 이런 정신들을 전달하려고 노력해도 십대들이 받아들이지 않을 수 있다는 점이다. 그렇다고 해서 희망을 잃진 말자. 십대란, 부모로부터 독립하려고 노력하는 나이이기 때문에 여러분이 좋다고 생각하는 것에 대해 저항하려고 할 수도 있다. 그렇다고 여러분의 가르침이 헛되지만은 않을 것이다. 여러분은 개방적인 대화를 통하여 그들의 저항기가 끝난 후에 찾을 수 있는 믿음의 근거를 마련해 줄 수 있을 것이다. 자녀가 원하든 그렇지 않든 이런 근본을 심어 주도록 하자. 분명히 장래에는 참고할 수 있는 기준점이 될 것이다.

<u>언제 어떻게 생활 습관이나 도덕 관념에 대해 이야기하나?</u>

여러분의 자녀는 수년 동안 보고 들으면서 여러분이 중요하게 생각하는 생활 습관이나 도덕 관념에 대해 배워왔다. 그러므로 이미 여러분의 윤리관을 따르고 여러분이 어떤 것을 중요하게 생각하는지 알고 있을 것이다. 하지만 이제 그들이 독립성을 키워가는 시점에서 여러분이 짐작은 했으나 토론해 보지 않았던 것들을 직접 이야기할 필요가 있다.

실례를 들어 확실하게 이야기하자. 여러분이 행동하는 것과 상반된 생활 습관이나 도덕 관념을 요구할 수 없다는 것은 자명한 사실이다. 십대들이 좀더 어른스러운 세계관을 확립하고 자신의 행동철학을 일구어가는 시점에서 '내가 시키는 대로 해'와 같은 방법은 여러분의 자녀를 좋은 도덕 관념으로 이끌 수 있는 희망을 물거품으로 만들어 버린다. 지금까지 윤리적으로나 도덕적으로 본보기가 되지 못했다면 지금부터 시작해도 좋다. 아직 늦지 않았다. 시간은 충분하다. 지금까지 조용하고 도덕적인 삶을 살아왔다면 이제는 여러분이 어떤 행동을 하고 왜 그렇게 하는지 이야기해 보자. 어느 누구도 여러분의 자녀에게 어떤 것이 옳고 그르다고 설명해 주지 않는다. 모든 건 여러분에게 달려 있다.

일상 생활에서의 기쁨과 슬픔은 생활 습관이나 도덕 관념에 대해 대화할 수 있는 좋은 기회를 마련해 준다. 다른 십대에 대해 심한 말을 하는 자녀를 발견할 때, 결정을 내리기 위해 고심하는 자녀를 볼 때, 다른 사람의 잔혹함으로 자녀가 상처받았을 때, 그 상황을 교육의 계기로 삼자. 다음에 이어지는 내용들은 대화하는 데 사용할 수 있는 일상적인 어려움의 예를 나열한 것이다. 대부분의 경우에 '옳고', '그른' 해답은 없다. 다만, 대화를 위한 주제를 전할 뿐이다. 또 십대의 삶에 일어나는 사건에 눈과 귀를 기울이자. 가슴 깊은 대화를 나눌 기회가 열릴지도 모른다.

친절에 대해 해야 할 말

친절은 관심과 동정, 또 이해를 표현할 수 있는 능력이다. 다시 말해서 타인에게 필요한 것과 타인의 욕구를 우선시하는 것이다. 친절을 모르는 사람들만이 살아가는 미래를 상상할 수 있을까? 모두에게 힘겨운 삶이 될 것이다. 여러분의 자녀도 친절의 가치를 매일 보고 느껴야 한다.

여러분이 남을 대하는 법에 대해 이야기하기

하루에 가족이 아닌 다른 사람을 친절하게 대할 기회가 몇 번이나 있을까? 바쁜 가정사 속에 별로 많지 않다고 생각할 수도 있다. 하지만 사실 수백 번의 기회가 있다. 이런 기회를 잘만 활용하면 십대 자녀에게 여러분이 생각하는 친절을 확실하게 전달할 수 있다.

여러분이 자원해서 남에게 봉사하는 것이 친절에 대해 수십 권의 책을 읽게 하는 것보다 낫다 친절은 자신을 뛰어넘어 무언가에 대한 관심을 표현하는 것이다. 친절이라는 것은 자기 중심의 사고를 버리고 손을 뻗어 다른 사람을 도와주는 것이다. 이런 교훈을 가르치는 가장 좋은 방법은 공익을 위하여 다른 사람과 함께 노력하는 것이다. 자원 봉사를 하고 있다면 자신이 하는 일에 대해 자녀에게 이야기하자. 왜 그 일을 하는지 설명하자. 가능하다면 일을 할 때 자녀를 데려가는 것도 바람직하다. 또, 자녀도 자원 봉사를 하도록 권장해 보자. 십대의 생활은 매우 바쁠 수 있다. 하지만 어떤 시간에도 도와줄 기관이나 단체는 얼마든지 있다. 수백 명의 자원 봉사자들이 사회 단체나 시민 단체에서 일하고 있다. 여러분의 자녀는 의료나 정치, 환경 보호, 교육, 마약 퇴치, 혹은 굶주리고 집 없는 사람들을 도와주는 데 관심이 있을 수 있다—자원 봉사는 또 십대들에게 자신이 일하고자 하는 분야에서 경험을 쌓도록 도와주기도 한다. 각 지역의 자원봉사센터에 전화를 걸어보자. 올바른 길로 인도해 줄 것이다.

다른 사람과 대화할 때마다 십대에게 친절을 가르쳐라 가엾은 사람을 도와줄 때뿐만 아니라 사람과 접촉하는 모든 경우에서 친절을 보일 수 있다. 가게 점원이 '좋은 하루 되세요'라고 말할 때 바삐 가게를 나서지 말고 점원을 바라보며 '좋은 하루 되세요'라고 말해 보자. 도로에서 누가 새치기를 하면 욕을 하지 말자. 대신, '양보해 주지 뭐' 하고 말하자. 전화 외판원이 관심없는 물건을 팔기 위해 전화를 해오면 전화를 거칠게 끊지 말고 '지금은 필요가 없는 것 같네요. 그럼 이만'이라고 말하자. 십대가 들을 수 있는 곳에서 다른 사람과 말할 때는 그들에게도 말하고 있는 것과 다름없다.

다른 사람에 대해 말할 때마다 십대에게 친절을 가르쳐라 가족끼리 대화할 때 다른 사람에 대해 되도록 좋게 말하려고 노력하거나 그렇지 않으면 아예 아무 말도 하지 말자. 십대들은 여러분이 남을 비방하고 힐난하며 소문에 관해 떠드는 것을 보고 배운다. 다른 사람에 대해 바보 같다거나 사악하다 또 '게으르다'거나 '쓸모없다' 등의 표현을 쓰지 말자. 대신 다른 사람을 칭찬하고 그들의 좋은 점을 발견하려고 노력하면 십대들은 모든 인간의 가치와 존엄성을 확인하고 축복하는 법을 배울 것이다.

자녀를 대하는 법에 대해 이야기하기

여러분이 자녀에게 '지금 나는 너에게 친절을 베푸는 거야. 다른 사람을 대할 때는 이렇게 해야 한단다'라고 말하지 않더라도, 여러분의 행동이 이 메시지를 보다 명확하게 전달한다. 십대들이 다른 사람에게 친절하게 대하기 위해서는 먼저 그들 자신이 가치 있고 존중받는다고 느껴야만 한다. 여러분이 자녀에게 친절을 보일 때마다 자녀들은 이런 감정으로 충만해진다. 그리고 그들의 의견을 듣고 그들의 감정을 인정할 때마다, 또 '이게 너에게 중요하다는 걸 알고 있다. 그러니 이야기해 보자꾸나'라고 말할 때마다 십대들은 자신의 가치와 존엄성을 깨닫는다.

비만으로 학급에서 왕따를 당한 아이가 자살을 했다는 이야기를 해 주자. 그리고 이렇게 물어보자.

"왜 십대들은 친구에게 이런 가혹한 짓을 하는 걸까?"

"너희 학교에서도 이런 일이 있니?"

"외모 때문에 네 친구가 학우를 괴롭힌다면 너는 어떻게 하니?"

정직성에 대해 할 말

정직하다는 것은 사람의 겉과 속이 같다는 뜻이다. 다른 사람에게 본보기가 되고 감탄을 살 수 있는 인격을 뜻하기도 하다. 옳고 그른 것의 실례를 들어 가르침으로써 정직성을 가르칠 수 있는 기회가 우리 일상에는 많이 있다.

정직하다는 것은 믿음직하고 신뢰할 수 있다는 뜻이기도 하다. 십대들은 '다음에 전화할게'가 '절대로 전화하지 않겠다'로 통하는 세상에 살고 있다. '8시에 만나자'는 '시간 있으면 갈게'란 뜻이고 '약속해'는 아무 의미도 없는 것이 그들의 현실이다. 실례와 여러분의 기대를 피력해 이것은 정직한 사람의 자세가 아니라는 것을 보여준다. 여러분이 '2시에 데리러 갈게'라고 하면 반드시 실천하도록 하자. '토요일에 경기하는 것 보러 갈게'라고 하면 제 시간에 가도록 하자. 우리의 아이들은 '백화점은 다음에 가자. 아빠가 정말로 피곤하구나. 이해할 수 있지? 대신, 다음주에는 꼭 가자'라는 말을 들으면 정직과 신용에 대해 삐뚤어진 생각을 갖게 된다. '연주회에 가려고 했는데 상관이 회의를 소집하고 차가 막혀서 못 갔다. 어떻게 된 건지 이해할 수 있지?'와 같은 일들도 마찬가지다.

자녀에게 정직을 가르치는 데 가장 힘든 부분은 주위의 다른 사람들이 이익을 얻기 위해 자신의 부정직함을 합리화하려고 할 때, 정직성엔 합의점이란 게 없다는 걸 설명하는 일이다. 아이들이 시험에서 컨닝을 하거나 운동 경기 결과를 향상시키기 위하여 스테로이드를 복용하고, 또 난관을 빠져 나가기 위해 거짓말을 할 때 뭐라고 얘기할 수 있겠는가.

다음과 같은 말을 반복해서 함으로써 십대 자녀가 이런 상황에서도 꿋꿋할 수 있도록 도와주자.

"그 누가 한들 잘못된 건 잘못된 거고 옳은 것은 옳은 것이야."

정직에 관련된 일상 생활에서의 어려움

· 십대 자녀에게 두 아이가 공원에서 50만 원을 주웠다는 신문 기사를 얘기하자. 기사 내용은 아이들은 경찰에게 돈을 전달했는데, 다른 아이가 돈을 가지지 않고 돌려준 것은 미친 짓이라고 했다는 거였다.

"어떻게 생각하니?"
"너라면 어떻게 할래?"

· 십대 자녀에게 오늘 쇼핑을 갔는데 점원이 계산 착오로 거스름돈을 잘못 줬다고 말하자. 그리고 어떻게 해야 할지를 물어보자. 거스름돈이 더 많았다면 어떻게 해야 할까? 혹은 거스름돈이 더 적었다면? 십대 자녀에게 아는 샤람이 상관으로부터 고객에게 거짓말을 하라는 지시를 받았다고 얘기하자.

"해고당하지 않기 위해서 거짓말을 해야 할까?"
"거짓말이 옳은 경우가 있을 수 있을까?

· 또 십대 자녀에게 말해 보자.

"친구가 전화를 해서 내일 시험 답안지가 있다고 하면 어떻게 할래?"

책임감에 대해 할 말

책임감은 우리의 행동에 대해 책임을 지는 것 외에도 다른 사람에게 신뢰를 주는 역할을 한다. 어느 누구도 책임을 지지 않는 세상이기에 젊은이들에게 책임감을 가르치는 일은 점점 더 어려워져 가고 있다. 뉴스를 보면 어느 누구도 잘못이 없는 것 같다. 나는 가난하기에 잘못이 없다. 나는 재산을 어린 나이에 너무 빨리 모았다. 나는 어렸을 때 폭행을 당했고 열악한 환경에서 자랐기 때문에, 혹은 너무 좋은 환경에서 자라서, 설탕을 너무 많이 먹어서, 부모님이 너무 응석받이로 키워서, 부모님이 심한 강요를 해서…

변명은 끝이 없다. 십대들에게 자신의 행동에 책임지는 것은 용감하고 도덕적인 일이라는 것을 심어주는 것이 바로 여러분이 해야 할 일이다. 집안에서 규칙을 확실히 정하고, 십대 자녀에게 이렇게 말하도록 하자.

"뭘 흘리면 주워라. 뭘 망가뜨리면 다른 것으로 대체해라. 어지럽히면 정돈해라."

"행동에는 그에 따르는 결과가 있기 마련이다. 다른 사람을 비난하지 말고 그 결과를 직시해라."

"자신의 행동을 부인하지 마라. 했다면 했다고 용감하게 이야기할 줄 알아야 한다."

책임감에 관련된 일상 생활에서의 어려움

· 길가에 버려진 담배꽁초나 공원 내의 쓰레기를 지적하고 누가 그것을 치워야 할지 토론해 보자.

· 십대 자녀가 학교 숙제를 대충하면 이것이 누구의 잘못인지 물어보자. 이 대답은 자녀가 개인적 책임에 대해 어떤 생각을 갖고 있는지 많은 정보를 줄 것이다.

· 십대 자녀에게 왜 자신들이 심부름을 해야 한다고 생각하는지 물어보자.

참을성 있는 노력에 대해 할 말

참을성 있는 노력은 결실을 맺는다. 실패해도 다시 도전하는 법을 가르치고 쓰러졌을 때 다시 일어나는 힘을 준다. '낙오자'라 불리는 그룹에 끼지 않도록 해주기도 한다. 하지만 이것은 자연스럽게 얻어지는 것은 아니다. 도전에 대한 빠른 반응은 포기하는 것일지도 모른다. 하지만 여러분이 도와주면 십대들은 도전에 대응하여 노력하는 법을 배울 것이다. '참고 견뎌라'는 말은 어려움을 겪고 있는 사람에게 용기를 북돋는 것 이상의 말일 수 있다. 세상에서 좋은 일을 하려고 하는 사람들에게 아주 좋은 충고가 될 수 있다.

참을성 있는 노력에 관련된 일상 생활에서의 어려움

· 십대 자녀에게 팀이 한 경기도 이기지 못한 것을 이유로 선수가 시즌 중간에 그만두는 것이 옳은지 물어보자.

· 십대 자녀에게 머리는 정말 좋은데 학교 성적이 좋지 못한 친구가 있느냐고 물어보자. 만약 있다면 왜 최선을 다하지 않는지 물어보자.

· 십대 자녀에게 어려운 상황에서 포기하는 것이 쉬운 일임에도 왜 어떤 사람은 끊임없이 계속해서 도전하는지 물어보자.

긍정적인 생활 태도에 대해 할 말

긍정적인 생활 태도는 실패를 겪어도 사람을 쾌활하게 한다. 결국 긍정적인 아이는 목적과 기대를 달성할 뿐만 아니라 그 이상의 성과를 거둘 수도 있다. 반면에 비관적인 생활 태도는 아이가 목표를 성취하는

데 방해 요인으로 작용한다. 결국 건강 상태에도 해를 끼칠 수 있다.

펜실바니아 대학교의 심리학자이자 「긍정적인 아이」의 공저자, 마틴 셀리그만(Martin Seligman)은 25년이 넘는 세월을 왜 어떤 사람은 긍정적이고 진취적인 데 반해 어떤 사람들은 쉽게 단념하는지를 연구하는 데 바쳤다. 셀리그만에 따르면 '실패에 어떻게 반응하는가'가 그 사람이 학교나 스포츠 또 다른 종류의 일에서 성공할지를 점칠 수 있는 좋은 지표라고 말한다. 또한 그에 따르면, 긍정적인 아이들은 기대에 못 미치는 성적이 나왔을 경우 열심히 공부하지 않았기 때문이라고 생각한다. 반면에 비관적인 아이들은 좋지 않은 성적과 같은 실패가 자신의 지성과 능력을 반영하는 불변적 결과라고 믿는다.

다음에 설명한 3단계를 통해서 긍정적인 사고를 위해 매일 노력하면 여러분 자신부터 긍정적인 정신을 키울 수 있다.

1단계 기분이 안 좋을 때 머리 속에 떠오르는 생각들을 알아보자. 예를 들어 보고서 작성을 위해 늦게까지 근무를 해야 한다고 치자. 그러면 즉시 여러분은 '이 일은 정말 못 해 먹겠어. 제 시간에 집에 가는 일이 없으니…'라고 생각할 것이다.

2단계 이 자동적인 생각을 평가해 보자. '이 직업이 정말 싫다'와 같이 닫혀 있는 생각을 하지 말고 정말로 그것이 사실인지 자신에게 물어보자.

3단계 안 좋은 일이 있을 때 좀더 정확한 분석을 내리도록 하자. 이런 분석을 토대로 반사적인 생각과 싸워보자. 늦게까지 일하는 것이

싫기는 하지만 일 자체가 싫은 것이 아니라는 사실을 인정하고, 또 매달 며칠만 늦게까지 근무를 한다는 것을 상기하며 생각을 조정하자.

이러한 3단계의 간단한 정신분석법을 통해 비합리적이고 비관적인 반응을 현실을 토대로 한 긍정적인 반응으로 변화시킬 수 있을 것이다—긍정적인 사람이 자신에게 일어나는 모든 일들에 대해 항상 만족하는 것은 아니다. 하지만 일상적인 성가심을 정신적인 파국으로 몰고 가지 않는 능력을 갖추고 있다. 일단 여러분이 부정적인 사고를 줄이고 그에 대항하는 법을 터득하고 나면 십대 자녀에게도 시도해 보기를 권유하라. 여러분의 자녀가 문제에 부딪히거나 도전을 받게 되면 그의 긍정적이거나 비관적인 반응을 인식할 수 있도록 도와주자.

숙제가 많은 여러분의 자녀가 '학교는 정말 싫어. 친구랑 놀 시간도 없잖아!'라고 불평을 털어놓았다고 치자. 그러면 다음과 같이 실질적인 문제에 대해 생각하고 해결하는 법을 가르쳐 보자.

1단계 실질적인 문제를 식별하자—정말로 학교를 싫어하는가? 아니면 지금 친구들과 있을 수 없어서 화가 난 것일까?

2단계 친구들과 '전혀' 놀 수 없다는 생각에 이의를 제기해 보자.

3단계 숙제를 오래 준비했을 때 얻어지는 진정한 결과에 대해 생각해 보자. 학교에 숙제를 준비해 갔을 때 얼마나 기분이 좋을지를 일깨워 주자. 그러면 잠시 후 혹은 다음날 친구들과 놀 수 있을 것이다.

자녀가 비관적인 말을 할 때마다 이 '3단계 분석법'을 사용할 수 있도록 도와주자. 처음 떠오르는 생각이 사실적인 이미지가 아니라는 것을 깨닫는 데는 시간이 걸릴 수도 있다.

긍정적인 생활 태도에 관련된 일상 생활에서의 어려움

· 십대 자녀에게 왜 한 번도 당첨된 적이 없는 사람들이 복권을 구입하는지 물어보자.

· 십대 자녀에게 날씨를 확신할 수 없을 때 실외 결혼식 계획을 세워야 할지 물어보자.

· 십대 자녀에게 다섯 가지의 나쁜 일이 연달아 일어나면 다음에 좋은 일이 일어날지 혹은 나쁜 일이 일어날지 물어보자.

신앙에 대해 할 말

십대들에게 바람직한 생활 습관과 윤리, 도덕 관념 등을 가르치는 데는 틀림없이 저항이 따를 것이다.

"왜 내가 친구들과 다른 행동을 해야 해요?"

"정직하지 않으면서도 처벌을 모면하는 사람도 있는데, 왜 나만 옳은 일을 해야 하죠?"

십대 아이들은 이렇게 물을 수도 있다. 이런 질문들에 대한 답은 여러 곳에서 찾을 수 있다. 여러분이 가지고 있는 확고한 도덕적 윤리적 신념에서 찾을 수도 있고, 여러분의 신앙심에서 비롯될 수도 있다. 어떤 가족들에게는 조직적인 종교의 전통과 그 정신적 힘이 윤리관과 도덕관을 확립하는 데 큰 도움을 주기도 한다. 만약에 자녀를 종교적인 환경에서 키웠다면 십대 자녀들이 자신의 신앙을 의심하기 시작할 때 다음의 내용이 도움을 줄 것이다.

연구 결과에 따르면 부모로부터 신앙을 가르침 받은 십대들은 그렇지 못한 아이들에 비해 우위를 점하고 있다. 미네아폴리스에 위치한 연구 기구의 회장을 맡고 있는 피터 벤슨(Peter L. Benson)이 이와 같은 연구를 실시했다.

벤슨은 초등학교 6학년부터 고등학교 3학년에 이르는 학생 4만 7천 명을 대상으로 설문 조사를 실시한 결과, 아이의 종교 활동이 증가할수록 위험성 높은 행동이 줄어든다는 사실을 발견했다. 또한 벤슨은 신앙심이 깊은 아이들은 마약 복용 확률과 반사회적 행동이 적고, 일찍 성에 눈을 뜨지 않으며 감성이 풍부하고 봉사 활동에 적극적이라는 사실을 발견했다. 많은 전문가들은 대부분의 종교가 선교하는 사랑, 자비, 친절에 대한 가치관 확립이 종교적 맥락에서 이루어졌을 때 훨씬 수월한 것으로 나타났다.

신앙심이 깊은 십대들에게는 다른 이점도 있다. 「아동과 청소년에 관한 학술지(Journal of Youth and Adolescence)」는 교회를 자주 나가거나 종교가 자신의 삶에 의미를 부여한다고 생각하는 십대들은 우울증에 걸릴 확률이 다른 십대들보다 낮은 것으로 보고했다. 연구자들은 종교가 사춘기에 긍정적인 영향을 준다고 분석한 것이다.

많은 부모들에게 있어서 종교적인 도덕 신념 및 선과 악의 구분은 자녀들에게 물려주는 유산과도 같은 것이다. 하지만 십대 자녀들이 집안 종교와 어떤 관계에 있는가? 이 질문은 우리가 반항적이고 의문점이 많은 자녀들의 사춘기 시절 동안 그들의 정신적 발육을 지속시키기 위하여 해결해야 할 문제이다. 종교에 따라 대화의 자세한 내용은 다를 수 있지만, 종교적인 가정이고 십대들이 신앙을 갖도록 노력하고 있다면 다음의 주제가 그 시작을 위한 좋은 첫걸음이 되어줄 것이다.

여러분의 신앙에 대해 말하기

이야기의 좋은 시발점은 먼저 여러분에게 초점을 두고 자신의 신앙에 대한 대화를 나누는 것이다. 여러분의 자녀가 이런 것들을 알고 있다고 단정하지 말고 힘있게 여러분의 신앙에 대해 이야기해 보자.

• 일상적인 종교 생활에서 여러분이 얻는 지속성에 대해 이야기를 나눠야 한다. 슬프거나 불안할 때 이렇게 말하자.

"이럴 때, 신이 계시지 않았다면 무엇을 해야 할지 몰랐을 거다."

• 신이 닿을 수 없는 먼 곳이 아닌, 여러분의 삶에 항상 존재하는 사람처럼 이야기해야 한다.

"나는 신에게 자주 말을 거는 내 자신을 발견한단다. 신은 정말 훌

룽한 청취자라는 걸 알았지."

· 자녀들에게 자신의 종교적 확신, 현재까지 살아온 가치들에 대해 이야기한다.

"우리 부모님은 대답하지 않으셨지만, 신은 내 말을 들으셨다고 믿는단다. 나는 신의 대답이 '그렇다'였다고 확신한단다."

· 중요한 결단을 내려야 할 때, 여러분이 기도의 힘을 믿는다는 사실을 알려준다.

"이 일에 대해 안내해 주시길 기도합니다. 제가 어떻게 결정해야 하는지 신께서 도와주실 것을 믿습니다."

여러분이 종교 없이 산다면, 자녀들은 종교가 중요한 가족적 가치가 아니라고 배우게 된다. 이런 경우, 자녀들에게 신앙과 더불어 개인적 신념이나 확신을 추구할 기회를 부여할 수 없게 된다.

신앙의 가치에 대해 대화하기

모든 경우처럼, 십대는 신앙 안에 자신들을 위해 무엇이 준비되어 있는지 알고 싶어한다. 종교에 관해 이야기할 때, 반드시 신앙의 가치를 함께 이야기해야 한다.

· 종교적 믿음은 믿고 있는 것, 삶과 죽음에 의미를 부여하는 것을 갖추어야 하는 필요를 채워준다.

· 종교는 정의감, 즉 선한 것은 보상을 받고, 악한 것은 벌을 받는다는 인식을 제공한다.

· 종교는 역경 속에서 위로와 안락함을 제공한다.

· 신에 대한 믿음은 자신이 사랑받고 있으며 무한한 가치가 있는 존재임을 상기시켜 준다(이는 십대의 자부심을 지지하며 삶에 대한 경외감을 증진시켜 준다).

· 종교는 인류의 형제애를 주창한다.

의심에 대해 대화하기

십대들은 어른들로부터 들은 것을 의심하는 경향이 있다. 이는 십대들이 전반적인 의타심을 밀어내고 정신적으로 자신의 삶을 창조해 내는 한 방법이기도 하다. 그런 이유로 십대 때 종교에 대한 의심을 품는 것 또한 지극히 정상적인 현상이니, 자녀들이 '난 신을 믿지 않아'라고 말해도 절망할 필요는 없다. 그들에게 자신의 의심을 말할 기회를 주고, 영적인 여정을 고무할 만한 환경에서 질문을 던져 줘라. 십대의 의심은 신에 대한 모독이 아니다(그것은 성장이다). 십대에게 무슨 질문이든지 할 수 있는 자유를 주고, 십대에게 여러분이 인내심과 이해력이 있으며, 자신의 신앙에 대한 확고한 믿음을 지속적으로 보여준다면, 자녀들은 의심의 다른 면을 알게 되면서 개인적으로 보다 강하고 보다

만족스러운 신앙을 갖게 될 것이다.

　십대의 발언 : "아빠—엄마—가 신을 믿는다고 나도 따라 믿어야
될 이유는 없잖아요."
　여러분의 대답 : "신을 믿을지 그렇지 않을지는 네가 결정하는 거
란다. 하지만 신을 믿지 않는 이유를 말해 줄 수는 있겠지?"

　십대의 발언 : "종교란 무의미하다고 생각해요. 종교에서 얻는 게
아무것도 없다구요."
　여러분의 대답 : "종교에서 무언가를 얻고 싶었던 게로구나. 하지만,
이렇게 생각해 보면 어떨까? 네가 무엇을 얻기를 바라기 전에 네가 무
엇을 줄 수 있는가를 생각해 보는 거야. 나는 그것이 종교가 우리에게
주는 것이라고 생각한단다."

　십대의 발언 : "왜 이 세상에는 악이 존재하죠?"
　여러분의 대답 : "신은 우리에게 선한 것과 악한 것을 선택할 자유
를 주셨단다. 선한 것을 선택할 때 우리는 더욱 강해지지만, 그렇지 않
은 사람들도 있단다."

　십대의 발언 : "어떻게 가난과 질병, 전쟁을 있게 하는 신을 믿고
사랑할 수 있죠?"
　여러분의 대답 : "나도 그걸 이해할 수는 없지만, 신은 그분 자신이

무엇을 하시는지 잘 알고 계시단다."

십대의 발언 : "어째서 사람들이 위선을 떠는 교회에 가야 하죠? 주중에는 기만적으로 생활하고 주말에만 기도하는 교인이 많던데…"

여러분의 대답 : "아무리 종교적인 사람이라도 그들 역시 인간이란다. 그렇기 때문에 노력하고 있지만 때때로 잘못된 일을 하기도 하지. 신의 도움만이 그들이 정직한 길로 갈 수 있도록 해준단다. 그러니까 기도를 하기 위해 돌아오는 것은 좋은 일이야."

만약 자녀들이 단순하게 대답할 수 없는 질문을 하면 이렇게 말하자.

"그렇게 질문한다는 건 니가 그만큼 그 문제에 대해 고민했다는 증거겠지? 그래, 너는 왜 그럴 거라고 생각하니? 우리 함께 이 문제의 답을 찾을 수 있는지 알아보자꾸나."

종교는 부모가 자녀에게 주는 선물이다. 자녀들이 종교를 통해 무엇을 할지 무엇을 얻을지는 전혀 알 수 없지만, 그들이 이 선물을 받아들임으로써 이 세상에서 자신의 위치를 이해하고 영적인 일체감, 필요할 때는 언제든지 돌아갈 수 있는 안락하고 안전한 보금자리를 얻게 된다는 사실을 알려주자.

폭력 서클 Gangs

폭력 서클의 구성원은 특정한 유형의 사람들에 국한되지 않는다.
어느 누구든지, 남성이든 여성이든, 부유하든 가난하든, 정상적
가정이든 비정상적 가정이든 간에 폭력 서클에 가입할 수 있다.

십대들이 폭력 서클에 가입하는 이유

자녀들에게 폭력 서클에 가입하면 안 된다고 말하기 전에, 어째서
그들이 그런 종류의 동년배 집단에 가입하려고 하는지 생각할 시간을
가져야 한다. 폭력 서클의 교섭원이 약속하는 것들은 예외적이거나 특
별한 것이 아니다. 실제로 십대들의 심리적 욕구와 관련이 있는 타당
한 이유들이 많다(아주 기본적이며 인간적으로 필요한 것들이다). 아이들은 소
속되고 지원 받으며, 보살핌 받기를 열망하며, 때론 그것을 위해 죽음
을 무릅쓰기도 한다. 폭력 서클의 교섭원이 제시하는 것을 잘 들어보

면 배울 만한 것이 있다. 그것은 모든 십대들에게 너무나 중요한 것들,
즉,정체성, 일체감, 권위, 성, 권력, 안전함 등이다.

정체성과 일체감

십대 때는 두 가지 중요한 의문에 대한 답을 발견하는 시기이다.
'나는 누구인가', 또 '부모와 가족에서 분리된 나는 누구인가' 하는 것
이다. 이 시기에는 자의식이 강해지고, 자신에게 몰두하게 되며, 가족의
울타리가 아닌 다른 집단에 소속되고 싶어한다. 그것이 대부분의 청소
년이 가족보다는 친구들과 더 많은 시간을 보내고 싶어하는 이유이다.
폭력 서클은 구성원이 의지할 수 있는 견고한 정체성을 부여한다.

"나는 이 집단의 구성원이다. 나는 그들처럼 입고, 그들처럼 보이며
그들처럼 행동한다. 그들을 보면 내가 누구인지 안다."

폭력 서클은 또한 친밀한 동년배 집단에 소속될 수 있는 기회를 준
다. 그들의 행동은 선생님, 부모, 동년배들의 주목을 받는다. 눈에 띄지
않았던 십대, 평범한 학생이 폭력 서클의 일원이 됨으로써, 회원 집단
의 일부가 되며 기억에 남고 심지어는 두려움의 대상이 된다. 소속감
은 폭력 서클에 속해 있지 않은 사람을 배제함으로써 더욱 커진다. 폭
력 서클이 비밀주의, 암호, 손짓(악수), 상징을 만들어 내는 이유가 바로
여기에 있다.

권위

가족으로부터 분리되는 과정에서 생겨날 수 있는 일 중에는 부모의
권위에 대한 시험이나 반항이 있다. 일부 십대들은 야간 외출 금지를
어기거나 부모를 화나게 하는 말을 하는 등 상대적으로 온건한 방식을
취한다. 그러나 또 다른 십대들의 경우, 권위에 대항하는 투쟁으로 범
죄 행각에 서슴지 않고 동참한다.

이렇게 폭력 서클은 권위에 대항하는 행동을 지원하겠다고 제의한
다. 십대들로 하여금 도전을 위해 사회적, 도덕적 규범을 무시하라고
한다. 거리를 어슬렁거리든 행패를 부리든, 폭력 서클은 권위에 도전하
고 싶어하는 십대들의 욕구를 부추긴다.

성

십대는 누구나 자신의 성에 대해 과장된 생각을 지니고 있다. 그들
은 성행위의 영역, 행위 양식, 형태를 경험하고 싶어한다. 폭력 서클은
전통적인 규범을 무시하라고 부추기기 때문에 성적인 행동이나 심지
어는 모욕적인 행동을 통한 자기만족이 허용된다—때때로 그러한 행
위를 요구하기도 한다.

권력

권력은 많은 십대들에게 자석과 같은 매력을 지니고 있다. 십대는
어린이도 아니고 그렇다고 성인도 아닌 주변인의 세계에서 산다. 육체
적으로는 성숙하지만 정신적으로는 미숙한 상태인 그들은 부모로부터

독립하기 위해 점진적인 투쟁을 벌인다. 하지만 독립을 성취할 힘은 없다—결론적으로, 부모와 함께 집에서 생활하며, 매일 학교에 가야 하고, 수입은 한정되어 있으며, 야간 외출도 금지되어 있다. 이처럼 아무 힘도 없는 상황에서, 십대들은 자신의 환경에 영향을 미칠 힘과 능력을 얻을 수 있는 입지를 찾으려고 한다. 폭력 서클의 구성원은 여러 면에서 힘을 가지고 있다는 느낌을 얻게 된다. 그들은 자신들을 두려워하는 성인이나 동년배보다 더 큰 힘을 가진다. 또한 법을 어기지만 대가를 치르지 않음으로써 권위 이상의 힘을 얻는다. 일탈, 범죄행위, 성행위, 그리고 탐닉하는 자유를 통해 힘을 얻는 것이다.

안전

전문 폭력 서클이 학교나 이웃에 존재한다면, 자녀들은 스스로를 보호하기 위해 폭력 서클에 가입할 필요를 느낀다. 폭력 서클은 안전과 보호를 약속하기 때문이다.

십대들은 대부분 정체성, 일체감, 성, 권력, 안전 등과 같은 문제들로 고심하지만, 그것을 극복하기 위해 모두가 폭력 서클에 가입하는 것은 아니다. 자신의 가족에게서 강함과 용기를 발견하는 이들도 있는가 하면, 가까운 친구들에게서, 동아리, 교회의 청소년 모임 또는 운동 모임과 같은 조직적인 활동을 통해 찾아내는 아이들도 있다. 하지만 그러한 지원이 적고, 문제를 극복할 수 있는 수단이 취약한 십대들은 자주 폭력 서클의 목표가 된다. 자녀들이 폭력 서클에 가입한 이유를 물어보면, 대개 같은 대답을 한다. 그들은 이렇게 말한다.

"그들은 나를 보살펴 줘요."
"그들은 내게 관심을 가져요."
"그들은 내가 중요하다고 느끼게 해요."
"그들은 내가 소속되어 있다고 느끼게 해요."
"그들은 나를 보호해 줘요."

폭력 서클 구성원들이 원하는 것은 다른 십대들과 거의 마찬가지이다. 그들이 평범한 십대와 구분되는 것은 아주 위험한 곳에서 원하는 것을 찾는다는 데 있다.

십대들과 폭력 서클에 대해 대화해야 하는 이유

폭력 서클은 더 이상 '내 자녀들에게 영향을 미치지 못하는' 존재가 아니다. 1988년 국립교육통계센터에서 발표한 수치에 따르면, 학교에 폭력 서클이 있다고 보고한 학생의 수가 1995에 이르러서는 1988년에 비해 거의 2배에 달했다. 연구자는 폭력 서클이 모든 유형의 공동체에서 증가한다고 언급했다. 아이들이 모여서 말썽을 피우는 일 외에는 아무 일이 없을지라도, 폭력 서클 활동 가능성은 여전히 존재한다. 자, 지금 바로 이 문제에 대해 자녀들과 대화를 시작하자.

다음에 설명한 대화 개념은 자녀들과 대화하고 생각하기에 알맞은 출발점이다. 한 번에 모든 것을 망라하려고 애쓰지 말고 우선 한 가지

화제를 시도하고, 다음 화제로 넘어가기 전에 그 대화가 어디까지 진행되었는지 기억해 두자.

자신의 가치관을 이야기하라

두려움 없이 거리를 활보할 수 있는 권리를 부여한 자유국가에 살고 있지만, 폭력 서클이 그 권리를 침해한다는 사실을 자녀들에게 상기시킨다. 모든 사람은 평등하며 따라서 타인의 위협을 받아서는 안 되는데, 폭력 서클은 이러한 법을 무시하고 협박을 통해 조직을 유지한다는 사실을 상기시킨다.

폭력에 대해 이야기하라

'폭력 서클은 폭력으로부터 너를 해방시켜 주지 않는단다. 그들 자체가 폭력인데 그게 가능하겠니?' 라고 말해 보자. 폭력 서클이 커질수록 보다 많은 폭력이 발생하며, 보다 많은 무기를 지니게 된다. 전문 폭력 서클은 단지 과시용으로 무기를 가지고 다니는 것이 아니라 실제로 그것을 사용하기 위해서 지니고 다닌다. 그들은 서로를 향해, 자신의 앞을 가로막는 무고한 사람들을 향해 그 무기를 사용한다. 하지만 결국에는 폭력 서클 자체가 위험에 빠지게 된다.

폭력 서클이 이웃과 사회에 미치는 영향을 가르쳐 줘라

폭력 서클이 모든 사람의 삶에 해를 끼친다는 사실을 지적하라. 거주자들은 폭력 서클 구성원의 위협을 받고, 이 때문에 사람들은 거리는 더 이상 안전하지 않다고 생각하고 집 안에만 머문다. 이렇게 폭력 서클로 인해 사람들은 어디든지 갈 수 있는 기본적인 자유마저 향유하지 못한다. 경제 활동도 그 영향권을 벗어날 수 없다. 폭력 서클이 거리를 배회하고 사람들을 위협하여 쫓아버리기 때문에 가게는 고객을 잃는다. 규모가 큰 폭력 서클은 대개 소규모 가게 주인으로부터 '보호비'를 요구하고, 그러한 요인들로 인해 가게는 문을 닫고 그 도시를 떠나며, 그와 함께 십대들의 직장과 경제적 기회도 사라지게 된다. 그들은 아주 엄청난 대가를 지불하고 있는 셈이다.

이미 폭력 서클에 가입한 십대와 대화하기

국립범죄방지협회는 다음과 같은 징후가 발견되면, 자녀가 폭력 서클에 가입했는지 의심해야 한다고 충고한다.

- 만나는 친구들의 변화

- 옷차림의 변화—항상 같은 색의 옷을 갖춰 입는 경우

- 책에 폭력 서클의 상징이 있거나 문신을 한 경우

- 비밀스러운 행동

- 정체가 불분명한 돈을 과용

- 무기 소지

- 학교나 가족은 등한시

- 체포, 또는 구금되는 경우

자녀가 폭력 서클에 가입했더라도 외면하거나 비난해서는 안 된다. 고함을 지르거나 다그치게 되면 자녀가 이유를 말할 수 있는 기회를 잃게 되니 조용한 접근 방식을 취하고, 될 수 있는 대로 자녀의 말에 귀를 기울여라.

"네가 요새 어울리는 집단에 대해 알고 싶구나. 나에게 얘기해 줄 수 있니?"

목적은 어떤 식으로든 대화를 시작하는 데 있다.

"좋은 형들이에요."

자녀가 이런 반응을 보이면, 다음과 같이 말하자.

"특정한 사람들만 어울릴 수 있는 거니? 구역을 나누고 거기서 활동하니?"

그렇다고 대답하면, 그들은 틀림없이 폭력 서클이다.

십대의 발언 : "이 조직에 들어가고 싶어요."
여러분의 대답 : "이유가 뭐니? 얻는 게 뭐고 잃는 게 뭘까?"

십대의 발언 : "보호받기 위해 폭력 서클에 가입했어요."

여러분의 대답 : "보호받기 위해서? 폭력 서클에 가입하면, 다른 폭력 서클과 싸우게 되고 다른 폭력 서클의 목표가 될 텐데 과연 그게 보호받는 일일까? 폭력 서클에 가입하지 않으면 위험도 없고 도움도 필요하지 않단다."

십대의 발언 : "폭력 서클의 일원이 되어서 성공할 거예요!"

여러분의 대답 : "그게 어떻게 가능한지 이해가 잘 안 되는구나. 폭력 서클이 너에게 위험하고 불법적인 행동을 요구하리라는 것은 너도 잘 알 텐데. 자칫하면 죽을 수도 있어. 그런데 어떻게 '성공'한다는 거니?"

십대의 발언 : "그들은 내 친구예요."

여러분의 대답 : "폭력 서클의 구성원들은 진짜 친구가 아니란다. 진짜 친구라면 불법적인 일을 강요하지 않아. 폭력 서클에서는 구성원들이 우두머리가 시키는 대로만 해야 하는데, 그걸 어떻게 친구 관계라고 할 수 있겠니."

십대의 발언 : "아빠—엄마—는 나나 내 친구들을 이해 못 해요."

여러분의 대답 : "네가 옳을 수도 있겠지. 네가 그렇게 말하는 이유를 알고 싶구나. 좀더 말해 주지 않겠니?"

십대의 발언 : "아빠—엄마—와는 상관없어요."

여러분의 대답 : "그렇지 않단다. 네가 폭력 서클에 들어가는 것은 우리 가족 모두를 위험에 빠뜨릴 수 있어. 너를 목표로 한 폭력이 집 앞에서 일어날 수도 있고, 그러면 나뿐만 아니라 누나나 동생에게도 영향을 줄 거야. 난 네 부모야. 법적으로나 도덕적으로 너를 책임지는 게 내 일이라구."

가급적이면, 폭력 서클의 구성원이 된 문제로 언쟁을 벌여서는 안 된다. 그렇게 되면 자녀들이 반항할 수 있기 때문이다. 그보다는 많이 듣도록 하라. 이 경우는 이렇게 말하라.

"거기에 대해 좀더 얘기해 보렴."
"왜 그렇게 생각했니?"
"그러면 어떤 결과가 발생할까?"

이러한 질문을 통해 자녀들은 자신의 감정을 정리할 수 있다. 그들은 스스로 생각하고 폭력 서클의 구성원이 된 위험과 보상을 분석한다. 부모의 도움을 받음으로 인해, 자녀들은 폭력 서클에 가입하는 일이 위험을 감수할 만큼 혜택이 있는 것이 아니라는 결론을 내릴 수 있다.

행동 계획

자녀들과 폭력 서클 문제에 대해 부모가 함께 대화하는 일은 상당히 중요하다. 폭력 서클이 이웃이나 학교에 있다면, 자녀들이 폭력 서클에 가입하지 않도록 하는 일 또한 중요하다. 대부분의 폭력 서클 구성원들은 폭력 서클이 지원이나 보살핌, 질서와 목적 의식을 제공하기 때문에 가입했다고 말한다. 이것들은 대다수의 부모들이 자녀들에게 주고자 하는 것과 동일하므로 여러분이 이러한 욕구를 충족시켜 줄수록 십대들이 폭력 서클을 열망하는 욕구가 줄어들게 된다. 여기, 국립 범죄방지협회가 부모들에게 제안하는 몇 가지 중요한 지도기술을 제시한다.

· 자녀와 대화하고 자녀의 이야기에 귀를 기울여라. 자녀와 특별한 시간을 보내라.

· 교육에 높은 가치를 부여하고 자녀들이 학교 생활에 최선을 다할 수 있도록 도와주자. 가능한 한 낙제하지 않도록 하라.

· 자녀가 모범적인 행동 모델이나 위대한 인물을 정하도록 도와주자. 특히, 살고 있는 지역에서 적합한 인물을 찾게 하라.

· 가능한 한 자녀가 제대로 관리되는 모범적인 집단 활동에 참여하도록 하라.

· 자녀가 바르게 행동하면 칭찬하고 최선을 다하도록 격려함으로써, 자신의 능력을 최대한 발휘할 수 있도록 하라.

· 자녀들이 누구와 무엇을 하고 있는지 알아보자. 자녀의 친구들과 그 가족들에 대해서도 살펴보라.

자녀들을 폭력 서클로부터 보호하는 일차적인 방법은 공동체, 시민 활동 및 사회 활동에 활발하게 참여케 함으로써 가족 구조를 강화하는 등 폭력 서클 가입이 아닌 건전한 대안을 제공하는 것이다. 아무것도 제시하지 못하면서, '네 단순한 욕구 때문에 저런 사람들을 흠모하지 말라'고 해서는 안 된다.

동성애 Homosexuality

동성애는 TV나 영화에만 나오는 일일까?

동성애를 자신의 현실에 비춰보기란 쉽지 않다. 하지만 여러분의 자녀들은 이미 동성애에 대해 알고 있다. 뿐만 아니라 관심을 가지고 있을지도 모른다. 여러분은 자녀의 100가지 가능성 모두에 준비를 해야 한다.

어느 날 갑자기 자녀가 '저 게이예요'라고 말한다면 어떻게 할 것인가.

여러분은 동성애를 어떻게 생각하는가?

십대 자녀와 이 동성애에 관한 대화를 하기 전에, 먼저 여러분 자신의 감정에 대해 생각해 보라. 일반적으로 동성애에 대해 부정적인 견해를 가진 부모라면, 이러한 주제에 대한 자신의 감정을 깊이 생각한

다음, 자녀들과 대화를 시작해야 한다. 본 장의 취지는 여러분의 신념을 변화시키는 데에 있는 것이 아니라 여러분이 자녀들에게 보다 관용적인 태도를 보이라는 것이다. 자녀들은 남성이나 여성 동성애자들과 함께 살고 일하게 될지도 모른다. 일부는 자신의 동성애적 성향을 발견할 수도 있다. 그들의 성년기가 보다 평화롭고 생산적이려면, 동성애를 바라보는 시각이 객관적일 수 있도록 도와줘야 한다.

여러분이 동성애에 대하여 강한 반감을 가지고 있다면, 어째서 그렇게 느끼는지 생각할 기회를 가져 보자. 여러 낡은 사고방식들은 점점 변화하고 있다. 예를 들어 1973년 미국심리학학회는 동성애를 정신적 장애 명단에서 삭제했고, 1975년에는 동성애에 붙은 정신병이라는 꼬리표를 떼어내기 위해 열렬한 사회운동을 벌이기도 했다. 여러분도 알고 있듯이, 동성애는 정신병이 아니다. 또한, 대부분의 종교에서도 동성애를 비난하는 기존의 방침을 바꾸어 동성애자를 '존중받을 가치가 있는 사람들'로 정의하고 있다. 미국의 카톨릭 주교는 동성애자 자녀를 둔 부모들에게 그들을 사랑하고 지원하라고 조언하기도 했다. 주교는 동성애적 성향은 자유 선택에 의한 것이 아니니 거부와 차별로 가득 찬 사회에 그들을 내버려두지 말라고 하였다. 동성애가 일탈이거나 부도덕하다고 보는 부모들은 이러한 변화에 부응하기가 어렵겠지만, 부모의 감정이 어떻든 간에 자녀들에게는 동성애를 관용적이고 객관적이며 현실적으로 바라볼 수 있는 혜택을 주어야 한다.

여러분이 일반적으로 편견이 없는 견해를 가진 부모라면, 자녀들과 동성애에 대한 대화를 할 때, 의도적인 편견을 없애야 한다. 그러므로 편견이 없는 부모도 자녀와 대화하기 전에 자신의 태도를 점검해야 한다. 선한 의도를 가진 부모들은 동성애에 대한 편견으로 화를 내는 대신 동정심을 나타낸다. 예를 들면, 동성애를 일부 사람들이 처한 '문제' 내지는 사회적 어려움을 경험하는 '가엾은' 사람들이라고 표현한다. 하지만, 동성애자는 누구의 동정도 원하지 않는다(그들이 필요로 하는 것은 같은 인간으로서의 실질적인 용인이다).

여러분의 자녀들 중 혹시 동성애자가 있다면, 자녀와 동성애에 대한 대화를 회피해서는 안 된다. 하지만, 동성애자 자녀를 둔 부모는 흔치 않기 때문에 이 책에서 제공하는 정보들이 그 상황에 적합하다고 단언할 수는 없다. 그래도 몇 가지 도움이 될 만한 내용들이 있으므로 자녀와 대화할 때 혹시 나올 질문에 대비하도록 하자.

동성애에 대해 대화해야 하는 이유

십대들은 남성, 또는 여성으로서의 자기 정체성이나 이제 막 나타나는 성적 특성이 동년배에 의해 용인되는가에 대해 엄청난 관심을 가지고 있다. 동성애가 금기된 주제라는 암묵적인 신호가 포착되면, 십대들은 동성애를 단지 '나쁜 것'으로 여기며 조롱거리로 삼길 서슴지 않는다. 동성애에 대한 강력한 편견은 십대 때 악의적인 비웃음에서 시작된다(두려움에 기인). 이러한 태도로 인해 미국은 물론 전 세계적으로 동성애 혐오증의 문제가 크게 대두되고 있다. 여러분은 십대들과의 대화를 통해 보다 관용적이고 포용적인 내일을 만들 수 있다.

십대 초반의 청소년들 중에는 동성의 친구와 성적인 경험을 하고 자신이 동성애자일지도 모른다는 고민에 빠지는 경우가 있다. 그들은 이러한 주제에 대해 이야기할 수 있다는 사실을 알아야 한다. 이러한 주제로 대화가 시작되면 초반의 경험이 동성애를 유발하지 않는다는 것을 알게 된다.

동성애에 대한 모든 것을 알고 싶어하면서도 대부분의 십대들은 잘못된 생각을 한다. 그들은 '남자 동성애자'의 말과 걸음걸이는 특이하다는 편견을 갖는다. 또, 동성애자는 일반적인 사람들을 전향시키려 한다고 여긴다. 레즈비언은 여자인데 '남성적인 여자 동성애자'라는 고정관념을 가지고 있다. 십대들에게는 동성애자의 인간적이고 일상적이며, 지극히 정상적인 면을 설명해 줄 누군가가 필요하다.

자녀가 동성애적 경향 때문에 고민하는 경우, 여러분이 들어줄 수 있다는 것을 가르쳐 주자. 이 주제에 정직하고 솔직하게 접근함으로써, 청소년들이 부적절하게 동성애자, 양성애자, 성전도자가 되지 않도록 하고, 우울증, 약물 사용, 가출, 자살에 빠지지 않도록 도울 수 있다. 1998년에 발표된 하버드의료학회의 한 연구에 의하면, 십대 동성애자나 양성애자들이 이성애 동년배들보다 위험한 행동을 더 많이 한다고 한다. 여기에는 만14세 이전의 성적 경험, 안전하지 않은 성관계, 불법 약물, 음주 등이 포함된다. 연구자들은 큰 위험을 감수하는 십대 동성애자들은 대게 자신의 성적 경향을 특히 가족으로부터 지원받지 못하고 성장했다고 설명한다. 자녀들이 자신의 성적 특성을 고민한다면 여러분이 '안전하게' 대화할 수 있는 상대라는 점을 알려라.

언제, 어떻게 동성애에 대해 대화하는가

이성애와 마찬가지로 동성애 역시 장황한 강의를 불쑥 이끌어낼 수 있는 주제가 아니다. 가장 좋은 방법은 가르침이 가능한 순간에 토론하는 것이다. 동성애를 다룬 기사가 TV에 방영되거나 자동차 안에서 라디오로 나올 때, 기회를 포착하여 대화를 시작하라. 대화가 가능한 아무 때에나 간단하게 시작한다.

"저것에 대해 어떻게 생각하니?"

자녀의 대답을 듣고 대화의 방향을 결정한다.

동성애에 대한 대화는 부담스럽지 않게 시작해야 한다. 대화를 강의로 만들어서는 안 된다. 감정적으로 되어서도 안 된다. 편안하게 대화하라. 주제가 어려움에도 불구하고 여러분이 대화할 수 있다는 것을 보여주어야 한다. 또, 직접적으로 대화하라. 자신의 당혹스러움이나 두려움 때문에 제시해야 할 메시지가 흐려지지 않도록 하라. 대화는 듣는 쪽의 나이에 알맞게 하라(같은 십대라도 나이에 따라 동성애에 대한 생각에 차이가 있다).

십대와 동성애에 대한 대화를 할 때, 두 사람이 같은 것을 이야기하고 있는지를 확인해야 한다. 먼저, 대화할 때 사용할 단어들을 살펴보자.

- 동성애자(homosexual) : 육체적으로, 정신적으로 동성에게 끌리는 사람

- 이성애자(hetrosexual) : 육체적으로, 정신적으로 이성에게 끌리
는 사람

- 게이(gay) : '동성애자'를 의미하는 속어

- 레즈비언(lesbian) : 여자 동성애자

- 성전도자(Transgender) : 자신과는 반대인 성으로 느끼고, 정체
성을 가지는 사람

- GLTB : 게이 또는 레즈비언, 성전도자, 양성애자를 일컫는 말

- 동성애 공포증(Homophobia) : 극단적이고 무조건적인 동성애
에 대한 두려움

동성애에 대해 해야 할 말

십대는 동성애에 대해 알고 싶은 것이 많은 세대이다. 다음 질문은
자녀가 물어보거나 속으로 궁금해하는 내용들이다.

십대의 발언 : "왜 어떤 사람들은 동성애자가 되죠?"

여러분의 대답 : "왜 사람들이 동성애자가 되는지는 아무도 단정하
지 못한단다. 어떤 학자들은 사람들이 태어나기 전에 동성애자가 될지
이성애자가 될지 결정되어 있다고 생각하지. 또 다른 학자들은 사람의
인생에서 특별한 경험을 하고서 동성애를 선호하게 된다고도 한단다.
어느 쪽이든, 비난받아야 할 이유는 아니지."

십대의 발언 : "동성애자는 얼마나 되나요?"

여러분의 대답 : "미국의 경우, 전체 인구의 약 10%란다. 대략 25,000,000명 정도지."

십대의 발언 : "동성애자가 정상인가요?"
여러분의 대답 : "물론, 동성애는 하나의 대안적인 생활 방식일 뿐, 정신적 질병의 표시가 아니란다. 불행하게도, 동성애자가 정신적으로 문제가 있다고 보는 낡은 사고방식을 가진 사람들이 많지만, 연구들을 보면 동성애자가 이성애자보다 더 많은 정신적 문제를 가지고 있는 것은 아니란다."

십대의 발언 : "어째서 사람들이 동성애자를 비웃나요?"
여러분의 대답 : "대부분의 사람들은 이성애자이고, 사람들은 자신이 이해하지 못하는 것을 두려워하는 경향이 있을 뿐만 아니라 그 두려움 때문에 자신과는 다른 사람들을 비웃기도 한단다. 그래서 많은 동성애자들이 자신들이 동성애자라는 걸 밝히지 않는단다. 그들도 조롱과 고립을 두려워하니까."

십대의 발언 : "동성애자는 다른 사람과 다른가요?"
여러분의 대답 : "동성애자가 다른 사람과 유일하게 다른 것은 성적 선호도야. 그 외엔 다른 사람이랑 똑같이 생각하고 느끼지. 자신의 가족을 사랑하고 친구를 원하고 미래를 계획한단다."

십대의 발언 : "어째서 어떤 사람들은 동성애를 원하죠?"

여러분의 대답 : "동성애는 선택하는 것이 아니란다. 단지 그렇게 됐을 뿐이지. 선택의 자유가 있다면, 아마도 동성애자는 없겠지. 우리 사회는 동성애자가살아가기엔 너무 힘들거든."

십대의 발언 : "게이인지 아닌지 언제 알아요?"

여러분의 대답 : "그건 아주 개별적인 문제란다. 내가 알기로는 많은 게이나 레즈비언이 만4~5세 정도로 어릴 때, 자신이 뭔가 '다르다'는 것을 느낀단다. 연구에 따르면, 대부분 자신의 성적 특성을 깨닫는 나이는 남자의 경우 만14~16세, 여자의 경우 만16~19세 사이라고 하지. 그렇지만 이건 평균 수치일 뿐이지 사람마다 다르단다."

자녀가 동성애를 혐오하는 경우 해야 할 말

여러분의 자녀는 이미 동성애에 대해 강한 거부감을 가지고 있을 수도 있다. 이러한 감정은 두려움에 기초한다. 개인적 두려움(자기 자신의 이성애적 특성을 확신할 필요를 느낄 때), 조롱에 대한 두려움(친구들에게 자신이 일반적이라는 것을 알려주고 싶을 때), 이질적인 것에 대한 두려움(그들은 '동성애자'야, 나는 그들이 싫어).

자녀의 마음을 바꾸려고 관용에 대한 강의를 해서는 안 된다. 동성애 공포증은 대단히 강력하고 부담스러운 감정이다. 이러한 감정에 대해 대화하기도 전에 '네가 잘못하는 거야'라고 말을 막아서는 안 된다. 감정은 그냥 감정일 뿐이다. 그런 감정을 갖는 것 자체가 잘못된 건 아니다.

자녀가 동성애 공포증으로 의심될 만한 말을 하면, 그 말에 깔려 있는 감정에 대해 더 많은 정보를 알아내야 한다. 판단하려고 하지 말고 질문을 해서 대화를 시작하라.

"그렇게 말하는 이유가 뭐니?"
"네가 아는 동성애자가 있니?"
"왜 동성애자를 싫어하니?"

자녀의 견해를 공정하게 들은 다음, 여러분의 의견을 말할 시간을 가지고 토론이 아닌 다른 측면이 있다는 것만을 제시한다. 동성애자를 인간으로 이해하며, 이 세상에 많은 기여를 하는 사람으로 보고 있다고 말할 수 있다. 또 세계적으로 명성을 떨치는 동성애자들의 이름을 말할 수도 있다.

대립이 필요 없는 이런 방식의 대화에서 자녀들은 많은 것을 배운다. 여러분과 의견이 다를 수 있다는 사실을 배우게 되면, 자녀들은 자신의 감정이 보편적이지 않다는 사실 또한 배운다. 또, 자신의 믿음을 다시 생각할 여유를 갖게 된다. 한 번의 대화를 통해 누군가를 변화시킬 수는 없지만, 새로운 생각으로의 문을 열 수는 있다.

자녀가 *커밍-아웃하는 경우 해야 할 말

자녀가 엉겁결에 자신이 동성애자라고 말했을 때, 가장 좋은 방법은

*Comming-out:동성애자가 자신이 동성애자라는 사실을 공개적으로 밝히는 행위.

즉시 반응하지 않는 것이다. 숨을 깊이 쉰 다음 상황을 좀더 잘 파악한
다.

만15세 이하의 자녀인 경우

자녀가 만15세 이하인 경우, 자녀에게 자신의 믿음이나 두려움을 이
야기할 기회를 준다. 자녀가 원하면, 울게 한다. 자녀의 감정을 말하게
한다. 자녀의 감정을 무시하지 말고, 아직은 아무것도 정해진 것이 없
다고 얘기해 주자.

"동성에게 끌리는 것이 동성애의 표시는 아니란다. 전에 읽은 적이
있는데, 십대 초반에는 강한 성적 충동을 경험하기 때문에 반대되는
성을 가진 사람과는 이야기하는 일조차 불편하고 무의식적으로 동성
에게 이끌리는 것을 더 편하게 느낀다고 하더구나. 전문가들은 대부분
의 아이들이 자라면서 이러한 성장 단계를 지나 궁극적으로 반대되는
성을 가진 사람과도 지속적인 관계를 형성하게 된다고 말한다. 어릴
때 동성애 경험을 몇 번 했다고 동성애자가 되지는 않는단다."

이러한 주장에 통계자료를 덧붙이고 싶다면, 하버드공중위생학회
및 워싱턴에 있는 위생정책연구센터의 연구자료에서 미국 남성의
20.8%, 미국 여성 17.8%가 만15세 이후 동성애적 행위나 매력을 경험했
다고 보고되었다는 사실을 자녀에게 말해 준다. 전체 인구의 약 10%가
동성애자라는 점을 고려할 때, 이 수치는 많은 이성애자들도 동성애를

경험한다는 사실을 보여주는 것이다.

대화를 끝내기 전에, 자녀가 여러분을 믿어주어서 얼마나 기쁜지 말한다. 자녀의 성적 선호도가 무엇이든 자녀를 사랑한다는 것을 확인시켜 준다. 그리고 문제가 더 있다면, 언제든지 다시 대화한다.

자녀가 감정적으로 위기를 느끼는 문제에 조용하고 합리적으로 반응함으로써, 자녀들이 이제 막 형성되는 자신의 성적 특성에 대한 관심을 보다 잘 다스리는 데 도움이 될 것이다.

만15세 이상의 자녀인 경우

십대 후반의 자녀가 자신의 동성애적 감정을 부모에게 말할 때, 문제는 매우 심각하다. 이 시기에는, 자녀는 이미 수년 동안 걱정스럽고 당혹스런 시간을 보냈을 것이다. 이 고백은 오랜 동안 준비된 것이기 때문에 민감하고 주의 깊게 들어줘야 한다. 어쩌면, 일부는 아직도 자신의 성적 경향에 대해 혼란을 느끼기 때문에, 동성에 대한 자신의 감정이 자연스러운 성장 과정의 일부이며 실제적인 성적 정체성을 가리키지는 않는다는 사실을 깨달을 필요가 있다. 그러나 이제, 부모는 자녀가 동성애자일 가능성을 고려해야만 한다.

일반적으로 자신의 자녀가 동성애자라는 사실에 직면한 부모는 죄책감을 느끼거나 화를 낸다. 대개는 자녀가 실제 동성애자인 것을 부정하거나 비난의 대상을 찾으려고 한다. 불행하게도 인터뷰를 한 나이 어린 동성애자 중 절반은 부모가 성적 경향 때문에 자신을 거부했다는 보고가 있다. 이러한 일이 여러분의 가정에 일어나서는 안 된다. 자녀들은 어떤 이유로든 부모로부터 거부당해선 안 된다.

자녀에게 할 말을 생각할 때 명심해야 할 것은 사람들이 자신의 성적 취향을 선택하지 않는다는 사실이며, 그 문제는 논외로 해야 한다는 것이다. 이 사실과 더불어, 헤트릭 마틴 연구소가 내놓은 동성애에 대한 생물학적 근원을 염두에 둔다.

- 쌍둥이 또는 입양 형제가 있는 동성애 남성 161명에 대한 연구에 의하면, 피연구자의 일란성 쌍둥이 중 51%, 이란성 쌍둥이 중 22%, 입양 형제 중 11%가 동성애자이다. 이러한 사실은 생물학적 관련 이론을 뒷받침한다.
- 레즈비언 쌍둥이 자매에 대한 연구도 유사한 결과를 낳았다―일란성 쌍둥이 레즈비언이 이란성 쌍둥이보다 레즈비언이나 양성애자가 되는 경우가 세 배나 높았다.
- 남성 동성애자 19명과 이성애자 19명에 대한 뇌조직 비교연구에서, 두 집단 간의 시상하부(성적 반응을 일으키는 부분) 세포 조직이 크게 차이가 났다.
- 남성 동성애자 979명과 이성애자 477명에 대한 연구에 의하면, 대부분은 자신의 성격 경향이 사춘기 이전에 형성되었다고 한다.

여기에서 다음 사항을 제시하여 자녀와 어떻게 대화할지 돕고자 한다.

사랑을 표현하라 성적 경향에 상관 없이, 자녀는 부모가 사랑하고 오랜 동안 자부심을 느껴온 훌륭한 사람이다. 부모의 무조건적인 사랑이 자신의 진짜 정체성을 찾고자 하는 자녀에게 안전한 피난처를 제공하며, 자녀와의 유대를 확고하게 한다. 동성애자가 사회생활을 하기란 쉽지 않기 때문에, 자녀는 어느 때보다 부모의 사랑과 포용을 필요로 한다. 가족과의 친밀한 관계는 동성애자에게 아주 중요하다. 대부분의 동성애자는 자신의 가족을 만들지 못하기 때문에, 부모나 친척들과 가까운 관계를 유지해야 할 필요가 있다. 자녀에게 자신이 여전히 사랑받고 있으며 어떤 성적 선호도를 갖고 있는가에 상관 없이 동일하게 대우받으리라는 사실을 확실히 심어줄 필요가 있다. '너를 항상 사랑한단다' 라는 말은 부모가 자녀에게 줄 수 있는 가장 효과적인 대답이다.

이해하라 자녀의 성적 선호에 대한 감정을 이해하지 못할 수도 있지만, 그것 때문에 자녀를 비웃거나 비난하고 설교하고 고함치지 않도록 하며, 자녀가 이질감을 느끼지 않도록 한다. 진실한 대화란 자녀의 이야기를 듣고 자녀가 무엇을 생각하고 느끼는지 이해하는 것이다—이해심 있는 태도가 동성애를 부추길 염려는 없다. 자녀가 자신의 감정을 정리할 수 있도록(그리고 부모 스스로 상황을 이해할 수 있도록) 다음과 같은 질문을 한다.

"'게이'가 무엇을 의미하는지 아니?"
"너의 성적인 상상이 모두 동성에게 집중되어 있니?"
"반대되는 성에게 매력을 느껴본 적 있니?"

"너의 성적 선호를 어떻게 생각하니?"

"동성에게 매력을 느끼는 감정이 '게이'에게 일반적이라는 사실을 아니?"

상담을 제안하라 인내심과 이해하려는 의지를 보여주면, 자녀는 이 문제를 개방적이고 정직하게 부모와 의논하려고 한다. 이것은 옳은 방향으로 가는 가장 일반적인 단계지만, 그중에는, 특히 '동성애적 공포'를 경험한 십대 중에는, 전문적인 도움을 원하는 경우도 있다. 심리치료는 동성애적 공포로 인해 혼란스러워하는 사람이 자신의 성적 정체성, 감정, 인간 관계에 대한 근원을 탐구하고 궁극적으로 자기 포용을 이루어내는 데 도움이 된다—심리치료를 이용하여 자연적인 성적 경향을 바꿀 수는 없다.

정직하라 자녀의 성적 경향이 당혹스럽다면, 자신의 감정에 정직해야 한다. 그러나 자녀를 판단하거나 자신이 옳다고 생각한 것을 강요해서는 안 된다. 이는 격한 논쟁을 낳고, 결국에는 일생 동안 지속되는 결별을 낳을 수도 있다. 우리 사회가 동성애자들에게 찍는 낙인 때문에 부모는 슬픔을 느낀다. 그 슬픔 이면에는 자녀의 인생이 외롭고 슬플 것이라는 두려움이 있다. 왜냐하면, 대부분의 사람들이 동성애를 성적인 관계로만 생각하고 있기 때문이다. 여러분은 인정해야 한다.

"당황스럽구나. 하지만 너를 여전히 사랑한단다."

여러분은 죄책감을 느끼거나 손자에 대한 꿈이 사라진 것에 한탄할 지도 모른다. 여러분의 솔직한 감정을 말하라. 그러나 자녀에게 책임을 물어서는 안 된다. 이러한 감정을 인정한 다음 자녀를 대할 때 비난하거나 죄를 전가하지 않도록 하자.

인내하라 자신의 생각이나 감정을 하룻밤 사이에 바꿀 수는 없다. 그러나 자신의 감정을 다스리고 인내심을 유지해야 한다. 가족의 지원이 없는 십대 동성애자는 갈 곳이 없다. 뉴욕의 헤트릭-마틴 연구소(GLTB를 위한 공립 대안 학교) 학생들은 부모의 사랑을 잃지 않은 젊은 동성애자들에게도 삶은 여전히 힘들다고 말한다. 그들은 자신들이 학교 동료들의 공격을 받았으며 심지어는 교사의 조롱을 받기도 했다고 한다. 그들은 친구를 잃고 등교할 의욕과 자부심을 상실한다. 그들의 이야기는 「저널 오브 호모섹슈얼리티(Journal of Homosexuality)」에 보고된 연구에 의해 뒷받침된다. 그 연구에 따르면, 십대 동성애자, 양성애자 중 80%가 심각한 따돌림을 당한다. 그들은 사회적 고립(대화할 사람이 없기 때문에), 감정적 고립(가족과 친구로부터 거리감을 느끼기 때문에), 인지적 고립(성적 경향과 동성애에 대한 정보를 얻을 수 없기 때문에)을 경험한다. 적어도 가정만큼은 안전한 천국이어야 한다. 여론으로부터 자유로워야 하고 자녀가 자신이 어떻다는 것을 말할 수 있는 장소가 되어야 한다.

정보를 얻어라 문제를 혼자 해결하려고 해서는 안 된다. 도서관과 서점에는 자녀가 어떤 과정을 거칠지를 알려주고, 어떻게 도와주어야 하는가에 대한 정보로 가득 차 있다. 또한 십대 동성애자와 가족을 도와주는 단체들이 있다. 도움이 되는 서적을 찾아라.

희망을 주어라 동성애자는 세상과 다른 사람들에게 많은 것을 부여하는 존재이다. 자녀가 동성애자라면, 그가 자신의 성적 경향을 깨닫기 전에 했던 약속을 똑같이 유지할 수 있다고 믿도록 도와주어야 한다. 여러분 스스로 동성애자들이 이루어낸 지대한 공헌을 배우고, 이를 자녀와 공유해야 한다. 그 출발점으로써 동성애자나 양성애자였던 역사적인 인물을 들 수 있는데, 소크라테스, 레오나르도 다빈치, 미켈란젤로, 월트 휘트먼, 허먼 멜빌, 테네시 윌리엄스, 조지 워싱턴 카버, 레너드 번스타인 등이 있다. 영화 스타, 운동 선수 중에서도 동성애자나 양성애자를 어렵지 않게 찾아볼 수 있다. 이러한 정보를 자녀와 공유하라. 십대 동성애자들은 친구들이 놀릴 때 자신의 미래를 긍정적이고 희망적으로 생각하기 어렵다. 그들에게 희망을 가질 수 있는 이유를 제공하라.

자녀가 평범한 사람이건 동성애자건, 동성애는 선한 것도, 악한 것도 아니라는 사실을 가르쳐라. 그것은 성적 경향일 뿐이며, 한 인간으로서의 가치관과는 전혀 무관하다고. 이러한 태도는 자녀가 세상의 다양한 사람들과 평화적으로 살아갈 수 있도록 해줄 것이다.

포르노그래피 Pornography

포르노그래피는 '그저 재미를 위한 것'이 될 수 없다.
그것은 쓰레기이고 법에 위배되는 것이다.

17세 여학생는 후천성 면역 결핍증(HIV/AIDS)에 관한 과제물 자료를 찾고 있었다. 그녀는 도서관에서 책을 모으고, 의사였던 삼촌과 인터뷰를 했다. 그리고 인터넷을 검색하였다. 동성애자들이 HIV에 감염될 위험이 높다는 사실을 알고, 남자 동성애라는 용어를 사용하여 인터넷을 검색하였다. 잠시 후, 그녀는 인터넷에 배열된 4,260여 개의 사이트를 제공받았는데, 거기엔 충격적이고 저속한 이름으로 가득 차 있었다. 그녀는 상상해 본 적도 없는 남자들의 성행위 컬러 사진을 보며 시작 아이콘을 눌렀다. 부모가 결사 반대할 사이트에 들어간 것을 알았지만, 호기심 때문에 컴퓨터를 끌 수 없었다.

우리의 자녀들은 잡지, 책, TV, 비디오, 인터넷 등 성적으로 노골적인 자료에 쉽게 접근할 수 있는 세상에 살고 있다. 자녀를 모든 종류의 포르노그래피로부터 차단하는 것은 사실상 불가능하다. 그것들은 마우스로 클릭만 하면 되는 가까운 곳에 있는 것이다. 그러나 방심하지 않고 가정에 포르노그래피를 두지 않으며, 자녀들에게 그것이 일탈적이고 비정상적인 것임을 이해시키는 것은 가능하다. 실제로 포르노그래피는 설명 없이 볼 때에는 십대의 성적 특성에 해를 끼친다. 그러나 캐나다의 한 연구에 의하면, 청소년들이 성인보다 더 많이 포르노그래피를 이용한다고 한다. 위의 예와 같은 아이들은 세상에 넘쳐나는 포르노그래피 자료들에 대하여 부모와 대화할 수 있다는 사실을 알아야 한다. 십대들에게 부모가 먼저 이 주제를 제시하고, 이에 대한 질문할 수 있는 기회를 준다.

포르노그래피의 가변적인 측면에 대해 대화하기

포르노그래피의 가변적인 측면을 이해하는 일은 중요하다. 노골적인 자료들은 더 이상 아이들이 침대 속에서만 읽어야 하는 도색잡지에 한정되지 않는다. 오늘날 포르노그래피의 경향은 누드 사진보다는 성폭력, 퇴폐, 모욕적인 사진들 쪽이다. 공통적인 주제에는 가학성, 근친상간, 아동 학대, 강간, 심지어는 살인까지 포함된다. 플레이보이와 같은 잡지에 실린 유머는 약물에 중독된 여자(또는 술에 취한 여자), 강간, 강도 강간, 거세, 간음 또는 고문을 당하거나 희생물로 살해당하는 여자와 어린아이에 대한 것들이다. 예를 들면, 쥬디스 리즈먼 박사(Dr. Judith Reisman)는 자신의 저서에서 독자들이 작은 침대 안에서 순진하게 미소 지으며 잠들어 있는 백설공주를 바라보는 만화를 설명하였다. 일곱 명의 난쟁이들이 공주의 침대 옆에 서있고, 그중 하나가 이렇게 말한다.

"모두들 파티(난교)를 즐기자구, 이야호!"

이것이 바로 독자들이 알게 되는 기쁨과 재미이다.

이러한 형태의 포르노그래피는 자녀들의 성에 대한 태도에 여러 가지 영향을 미친다. 성을 탈인간화되고 감정이 배제된 기계적인 기능에 국한된 것으로 보여준다. 성을 성스러움, 존경, 사랑이 배제된 것으로 묘사한다. 포르노그래피는 사랑, 부드러움, 헌신이 아닌 향락주의와 자기중심주의를 미화한다. 여기에는 다른 사람들, 특히 여자와 어린이를 성적으로 난폭하게 다루는 상투적인 내용밖에 없다. 공격적인 성행위가 정상적이고 즐거운 것처럼 묘사된다.

이것은 추상적인 가치관이 아니다. 연구에 따르면, 1980년대 초와 1990년대 포르노그래피 판매와 성폭력 사건의 증가 사이에는 연관관계가 있다. 불행하게도 순진하고 감수성이 예민한 십대들은 성행위를 어떻게 하는가에 관심을 가진다. 그들이 배우게 되는 것은 '모든 사람들'이 무해하고, 문제가 없이 항문, 구강, 성기를 이용하여 여러 명의 혼성 상대자들과 난교를 즐긴다는 것이다. 성폭력과 퇴폐적인 것이 정상이며 일반적이고 해롭지 않다고 확신한다.

나체화에 대하여

미디어에서 나체화에 대해 대화할 수 있는 기회를 찾기란 어려운 일이 아니다. 전라에 가까운 화보가 TV, 뮤직 비디오, 시내 버스 광고에 이르기까지 모든 부분에서 일반화되어 있다. 이를 통해 인간의 신체에 대해 긍정적인 말과 함께 토론을 시작할 수 있다.

"그래, 여자—남자—의 몸은 정말 아름답단다."

아이들에게 유명한 예술 박물관에는 나체를 그린 그림과 조각상이 가득 차 있다는 사실을 알려준다. 그런 다음 이렇게 설명한다.

"하지만 나체가 단지—사적이고 개인적인 문제인—성적인 자극을 위해 대중적으로 제시되면, 그것을 포르노그래피라고 한단다. 포르노그래피는 청소년을 위한 게 아니란다. 포르노그래피는 '그저 재미를 위한' 것이 될 수 없단다. 그것은 쓰레기이고 법에 위배되는 거란다."

성교에 대하여

성교 화면이 들어간 잡지, 영화, 비디오 등을 접하면, 실제 생활에서의 성교와 포르노그래피적인 묘사 사이의 차이에 대해 대화해야 한다. 성교는 전적으로 올바른 행동이지만, 이러한 화면이 나타내는 것은 포르노그래피로밖에 보이지 않는다고 말한다. 왜냐하면, 그러한 화면은 인간의 성행위에서 가장 중요한 것, 즉 감정을 결여하고 있기 때문이다. 그런 종류의 포르노그래피는 비인간적이며, 사랑이나 열정을 갖추고 있지 못하다. 성교는 그런 것이 아니다.

십대는 이러한 영역에서는 무엇이 옳고 그른지 판단할 수 있는 지침을 갖고 있지 못하기 때문에 부모는 자신이 믿는 것을 가르쳐야 한다. 그 경우 이렇게 말하라.

"포르노그래피는 아름다운 것을 더럽고 퇴폐적인 것으로 만들어 버린다. 사람과 동물을 구분해 주는 것 중 한 가지는 남들 앞에서 성교를 하지 않는다는 거야. 그렇게 하는 사람들은 네가 사랑에 빠졌을 때 원하는 그런 종류의 관계를 하는 것이 아니란다."

자녀에게 성 그 자체는 항상 열려 있는 주제임을 알려준다. 그리고 이렇게 말하라.

"네가 성관계에 대해서 물어보면 언제든지 대답해 주겠다. 네가 원하면 좋은 책을 찾아주마. 하지만 중요한 것은 인간의 성에 대한 기쁘고 즐거운 것들이 포르노그래피에는 다르게 묘사된다는 거야."

자녀가 포르노그래피에 묘사된 것을 '정상적인' 성행위라고 이해하고 있는 경우, 부모는 남성과 여성이 아름다운 육체를 가지고 있으며, 성행위가 자연스럽고 보편적이라고 하더라도, 다른 사람의 즐거움을 위해 노출되어서는 안 된다고 설명해야 한다. 이러한 메시지를 전할 때는 화를 내어선 안 된다—이러한 가르침은 청소년들이 인간의 성행위를 적절하게 이해하는 데 도움이 되기 위한 것이지, 그것이 죄가 된다고 해서는 안 된다.

어린이 포르노그래피, 수간, 성적 학대에 대하여

'비정상적인' 행위, 즉 어린이 포르노그래피, 수간, 성적 학대 등에 대해 대화할 때에는 완전히 다르게 접근해야 한다. 이 경우, 십대는 이 행위들이 전적으로 성에 대한 것이 아니라는 사실을 알아야 한다.

이러한 종류의 포르노그래피는 특히 이제 형성되는 십대의 도덕성을 위험에 빠뜨린다. 정상적인 남성과 여성이 성행위를 하는 방법에 대해 잘못된 인상을 심어준다. 또한 자녀가 건전한 성적 견해를 발전시키는 데 방해가 되며, 성적으로 일탈한 사람을 행위 모델로 제공할 뿐만 아니라, 기괴함과 잔인함을 모범이 되는 양 강조한다. 자녀가 이러한 유형의 포르노그래피를 가지고 있는 경우, 그것이 비정상적이며 용납되지 않는 것이라고 확실하게 가르쳐 주어야 한다.

뉴스, 비디오, 음악 가사 등에서 이러한 유형의 포르노그래피를 접하면, 그것에 대해 대화할 수 있는 기회로 삼자. 화를 내거나 비난하지 말고, 냉정한 태도로 이런 유형의 포르노그래피는 완전히 쓰레기라고 말한다. 이것은 정신적으로 문제가 있는 사람들이 타인에게 상처를 주는 방식이므로 자녀에게 이렇게 말하자.

"이것은 성적 감정을 건전하게 표현하는 방법이 아니란다. 나는 이게 조금도 성행위라고 생각할 수가 없단다. 그러니까 네가 저런 쓸모 없는 것을 보며 시간을 낭비하지 않았으면 좋겠다."

자녀의 소지품 중에 이런 유형의 포르노그래피를 발견하더라도 화를 내서는 안 된다. 그것에 대하여 대화하고 화가 나지 않았다는 것을 확인시켜 준다. 전에 이러한 주제에 대하여 대화한 적이 없었다면, 자녀의 호기심을 이유로—그들이 어느 정도 부모의 의견을 눈치 채고 있었다 할지라도—화를 내어서는 안 된다. 자녀에게 앞으로 포르노그래피에 시간을 낭비한다면, 매우 화를 낼 것이며, 그러한 행동에 벌을 줄 것이라고 말하자.

집 안에 포르노그래피를 두지 말라

전 미국 공중 위생국장인 C. 에베렛 쿠프 박사(Dr. C. Everett Koop)는 포르노그래피를 '치명적인 공중위생 문제', '분명하고 확실한 위험', '완전히 반인간적인 것'이라고 선언한 바 있다. '우리는 포르노그래피를 저지해야 한다'고 말하며, '그것은 폭력이나 편견을 저지하는 것과 다를 바가 없다'고 하였다. 이에 동의한다면 어느 정도는 포르노그래피가 집 안으로 들어올 가능성을 제어할 수 있다.

먼저, 인터넷을 차단하라. 다양한 방법을 통해 그런 주제에 접근하는 것을 차단할 수 있다. 일부 대형 인터넷 액세스 공급업체는 부모들의 주문에 따라, 이름에 성행위, 또는 수간과 같은 단어가 들어가 있는 사이트에 대한 접근을 차단해 준다.

　부모의 설명 없이 포르노그래피를 보는 경험은 신체적으로나 감정적으로나 십대에게 해롭다. 이러한 경험으로부터 보호하기 위해 가정 내에 포르노그래피가 유입되지 않도록 노력해야 하며, 자녀들이 그것을 비정상적이고 일탈적으로 인간의 성행위를 묘사한다는 사실을 이해할 수 있도록 도와주어야 한다.

폭 력 Violence

두드러지는 점은 폭력 범죄자의 연령층이 갈수록 낮아지고 있다는 점이다.
어리고 순수한 감수성은 말 그대로 순수하게 폭력을 쓰는 데 반영된다.
그들은 훨씬 더 잔인하고, 양심의 가책이 없어 보인다.

요즘 우리 아이들은 전쟁 중인 나라에서 사는 아이들이 경험하는 것과 유사한 두려움을 안고 살아간다. 어쩌면 우리는 이미 전쟁 상태이다. 라디오, TV, 비디오 게임, CD 플레이어, 영화 관람권 등을 가지고 있는 사람들은 우리가 이미 폭력적인 사회에 살고 있다는 사실에 공감할 것이다. 그리고 그것을 한 가지 측면에 활용할 수 있다(폭력을 위해서 또는 폭력에 반대하기 위해서). 10대와 폭력의 효과에 대해 열린 대화를 함으로써 부모와 자녀 모두가 현명한 선택을 하는 데 도움이 되었으면 한다.

폭력에 대해 대화해야 하는 이유

십대와 폭력에 대해 대화해야 하는 이유는, 불행하게도 점점 더 많은 십대와 젊은이들이 다른 연령층보다도 폭력에 더욱 희생되어 가고 있기 때문이다. 십대 폭력을 낳는 도덕적 빈곤은 이제 전국 모든 도시에서 모든 사람의 문제가 되었다.

또 한 가지 두드러지는 점은 폭력 범죄자의 연령층이 갈수록 낮아지고 있다는 점이다. 어리고 순수한 감수성은 말 그대로 순수하게 폭력을 쓰는 데 반영된다. 그들은 훨씬 더 잔인하고, 양심의 가책이 없어 보인다.

우리는 이 문제에 대한 해결책이 경찰을 늘리거나 보다 엄한 범죄 처벌에 있다고 생각하지 않는다. 장기적인 해결 방안은 가정에 있다. 또한 사회 전체가 아이들에게 폭력은 잘못된 것이라는 점을 가르치는 역할을 해야 한다. 이를 위해, 폭력에 대해 대화를 해야 한다. 자녀들을 도와 폭력은 즐거움이 아니라는 사실을 인식하도록 해야 한다. 일상의 모든 문제를 비폭력적으로 해결하는 방법을 이야기해야만 한다. 폭력적인 사회의 실체와 희생자가 되지 않는 방법을 이야기해야 한다. 이야기해야 할 것이 정말 많다.

대화를 시작하기 전에 해야 할 일

청소년들은 위선을 아주 싫어한다. 자녀에게 폭력이 어떠한 삶의 문제도 해결해 주지 않는다는 점을 확신시키려면, 부모 스스로가 갈등을 해결하는 방법부터 성찰해 볼 필요가 있다. 아이들은 자라면서 사람이 분노를 다스리는 방법을 본다. 그들은 분노가 자연스러운 것이지만 통제할 수 있다는 사실은 배워야 한다. 화가 났을 때 여러분은 자주 고함을 치거나 물리력을 행사하는가? 다른 사람이 운전 중에 끼어들면, 창

밖으로 소리를 치거나 저속한 손짓을 하는가? 퇴근 후에 피곤하고 화가 난다는 이유로, 개를 걷어차거나 자녀들에게 성질을 내는가? 자녀들에게 폭력을 금지시키고 평화적으로 갈등을 해결하는 방법을 가르치고 싶다면, 먼저 모범을 보여야 한다. 부모가 갈등을 해결하기 위해 욕설이나 폭력이 아닌 다른 방법을 사용한다는 사실을 보여주어야 한다.

우리 사회의 폭력에 대해 해야 할 이야기

폭력에 대한 대화를 하려고 할 때, 가르쳐 줄 순간을 멀리서 찾지 않아도 된다. 불행하게도, 주변에는 매일매일 폭력 사례가 넘쳐난다. 다음 상황을 보고 자녀와 폭력에 대해 대화하고자 할 때, 주위를 어떻게 이용할지 생각하자.

폭력적인 TV 프로그램과 영화에 대해 대화하기

대중 매체는 폭력적이다. 미국 심리학회에 따르면, 청소년이 초등학교를 졸업하기 전에 8,000여 건의 살인, 100,000여 건의 폭력을 TV에서 목격한다고 한다. 또한 고등학교를 졸업할 때가 되면, 매체를 통해 100,000여 건의 살인을 추가적으로 목격한다. TV 폭력에 대한 노출은 1998년 국립 유선 TV 연합이 수행한 정부 주도 연구의 주제였다. 23개 채널을 대상으로 6,000시간 이상 350만 건 이상의 연구가 수행되었다. 그에 따르면, 폭력 프로그램 중 3분의 1이 악역이 처벌받지 않는 것으로 묘사하였으며, 폭력 장면 중 71%가 후회나 비판을 보여주지 않았고, 절반 정도의 폭력에서는 희생자가 신체적 상처를 입지도 고통을 보이지도 않았다. 그리고 폭력의 40%는 정의로운 역할에 의해 수행되었다.

폭력이 이런 식으로 미화될 때, 십대에게 세 가지 문제가 발생한다.

모방 : "닥쳐라, 이 악당! 안 그러면 네 머릴 날려버리겠다!"

TV와 영화 폭력은 갈등을 해결하는 방법을 공격이라고 가르친다. 폭력 장면은 단계적인 정보를 제공함으로써 십대가 분노로 대응하는 방법을 가르친다. 연구에 의하면, 폭력 장면을 많이 본 아이는 논쟁하고 반칙을 하거나 싸우려는 경향이 있다. 또한 문제를 해결하는 기술이 취약하다. 이들이 우리의 자녀와 현재 세계를 공유하며 살고 있다.

무감각화 : "이런! 머리에서 쏟아진 피 좀 봐. 끝내주는군!"

TV와 영화 폭력에 대한 부담 없는 태도로 인해 공격이나 가혹한 행동이 상식적이며 허용 가능하다는 인상이 형성된다. 이런 장면이 보이면, 상대방의 통증에 대한 공감이 중단된다. 폭력적 행위를 막으려고 노력하지 않게 되고 다른 사람의 고통에 느리게 반응한다. 폭력은 더 이상 충격적인 것이 아니게 된다.

지나친 두려움 : "무서워서 밤엔 쓰레기도 못 내놓겠어."

TV와 영화에 나오는 세상은 거칠고 불안전하다. 이러한 생활관은 펜실바니아 대학의 조지 거브너 박사(Dr. George Gerbner)가 말한 '보통 세상증후군(mean world syndrome)'을 낳는다. 이 증상은 범죄와 폭력이 세상에 가득 차 있다고 믿는 것이다. 거브너 박사는 세상에 대한 충분한 정보가 없는 아이들이 TV와 영화에서 본 것을 자신의 견해로 삼는다고 보고 있다. 이런 아이들은 자신이 폭력을 경험한 기회를 과장하고, 이웃을 사실 여부에 상관 없이 불안하게 생각한다.

부모는 지금 당장 가정 내에서 매체 폭력이 자녀에게 끼치는 영향을 줄여야 한다. 가정에서 보는 프로그램에 어떤 내용이 나오는지 자세히 살펴보자. TV 및 기타 매체 폭력은 어디에나 있지만, 대중과 함께 휩쓸려가거나 환영해서는 안 된다. 부모는 자녀가 폭력을 습득하지 않도록 감독할 의무와 권리가 있다.

십대는 책임 있는 의사결정을 하는 방법을 배우는 데 필요한 독립성을 가지고는 있어야 하겠지만, 폭력적인 프로그램에 깊이 빠져 있다면 부모는 분명히 안 된다고 말해야 한다.

"그 영화는 그만 보는 게 좋겠다."

물론, 자녀가 피투성이 살인마를 보고 비명을 지른다면, 그 순간을 이용하여 사회에 만연해 있는 폭력에 대해 대화해도 좋다.

여러분이 직면한 현실을 이해한다면, 자녀들에게 일상적인 폭력을 제한하는 이유를 보다 잘 설명할 수 있을 것이다.

십대의 발언 : "폭력 영화는 새로운 게 아니에요. 부모님도 어릴 적

에 보았잖아요."

여러분의 대답 : "〈보니 앤 클라이드〉에 나오는 폭력은 요즘 영화에 나오는 폭력에 비하면 순진한 거야. 빅토리아 세로우(Victoria Sherrow)의 저서 「폭력과 미디어(Violence and the Media)」를 보면 영화마다 〈토탈리콜〉 81구, 〈로보캅〉 106구, 〈람보Ⅲ〉 264구, 〈다이하드2〉 64구, 〈내추럴 본 킬러〉 50구라는 어마어마한 시체들이 나온다는구나. 그렇게 많은 재난을 재미로 본다면, 실제로 고통받는 사람에게 공포감을 느낄 수 없게 된단다."

십대의 발언 : "그건 폭력이 아니에요."
여러분의 대답 : "폭력이 무엇인지 정의해 보자. 내가 말하는 폭력이란 다른 사람에게 위해를 가하거나 죽이고, 재산에 손실을 입히는 물리적 힘이란다. 너는 폭력이 무엇이라고 생각하니?"

자녀가 자신의 견해를 가지고 있다면, 부모는 두 사람이 매체에 방영되는 폭력의 수준에 대한 견해가 다른 이유를 발견할 수 있게 된다.

십대의 발언 : "폭력 프로그램이나 영화가 사람들을 폭력적으로 만들지는 않아요."
여러분의 대답 : "그렇지 않단다. 1991년 〈보이즈 앤 더 후드〉라는 영화가 미국 전역에 개봉되었을 때, 발생한 사례들이 있단다. 한번 살펴볼까?"

- 시카고 근교, 한 남자가 심야 상영 직후 총기 난사
- 캘리포니아, 유니버설 시티에 있는 복합 상영관 내부 및 근처
에서 5명 사상
- 새크라멘토, 19세 여성이 극장 밖에서 싸움이 일어난 동안 6발
의 총상을 입음
- 알라바마, 투스칼루사, 3명의 십대가 극장 내 패싸움에서 총상
을 입음
- 뉴욕, 코맥, 십대 1명이 극장 내 로비에서 칼에 찔림

"다른 예도 얼마든지 있단다. 뉴욕에서 일단의 십대들이 부랑자 1명
을 총으로 쏘았는데, 그런 행동을 TV에서 보았다고 주장했단다. 1993
년 국립 공중파 인터뷰에서, 어떤 폭력단 구성원은 이렇게 말하기도
했지. 자기와 자기 친구들은 〈터미네이터〉를 여러 차례 본 다음, '고무
되어서' 그 영화에 나오는 패배할 줄 모르는 '미래형 살인기계'가 되
기를 열망했다는구나. 폭력적인 TV 프로그램이나 영화는 사람들로 하
여금 이렇게 폭력적인 것을 추구하게 만든단다."

그중에는 '모든 사람'이 관람을 하고, 그 관람의 대열에 끼지 못한
자녀가 놀림을 받게 되는 블록버스터 영화가 있을 수 있다. 부모는 각
각의 사례에 따라 판단을 내리고 의사결정을 해야 한다. 그러나 자녀
에게 폭력은 유흥이 아니라는 대전제를 알려주어야 한다.

자녀가 폭력적인 TV 프로그램이나 영화를 볼 때, 그 상황을 현실에 대비해 대화를 할 수 있는 기회로 이용하자.

"'오락'을 위한 폭력과 실제 세계에서의 폭력이 어떻게 다른지 설명해 볼래?"

"영화에서 폭력을 보는 일이 사람을 좀더 폭력적으로 만든다고 생각하지 않니?"

"이 영화에 나온 폭력이 주제와 부합된다고 생각하니, 아니면 불필요한 것이었다고 생각하니?"

폭력적인 일화를 이용하여 영화를 감상하는 기술을 가르칠 수도 있다. 이러한 기술은 실제적인 것과 그렇지 않은 것을 구분하는 데 도움이 된다. 그 경우 이렇게 묻자.

"저런 것이 실제로 가능할까?"

"분장기술자가 배우를 저렇게 피투성이로 꾸미는 데 몇 시간이나 걸렸을까?"

"네가 작가라면, 저 장면을 어떻게 썼을 것 같니?"

"폭력적인 장면을 사실적으로 묘사하는 것이 좋다고 생각하니?"

이와 같은 질문을 통해, 십대들이 보고 있는 것이 실제가 아님을 상기시키자.

비디오 게임에 나오는 폭력에 대해 대화하기

많은 전문가들은 폭력적인 비디오 게임이 TV나 영화를 보는 것보다 더 훨씬 십대들을 폭력에 무감각하게 만든다고 한다. 비디오 게임을 하는 자녀는 실질적인 역할을 맡아 아주 사실적이고 현실적인 장면과 상황에서 폭력을 행사한다. 그들은 생생하게 불구를 만들고, 죽이고, 상처를 입히고, 목을 베는 등의 잔인한 행위를 일삼는다. 이러한 행위에 대한 결과엔 각본의 도덕성과 선한 영웅은 존재하지 않는다. 인간의 생명에 대한 존중이 없다. 자녀가 어렸을 때에도 쫓고 쫓기는 게임이 있었지만, 그것과는 차원이 완전히 다르다. 현대의 정교한 컴퓨터 그래픽에서는 총격전이 대단히 생생하다. 통증이나 공포의 비명, 피와 분쇄된 내장이 상상보다도 더 사실적으로 묘사된다.

자녀의 비디오 게임을 살펴보고 적절하지 않는 것은 없애자. 영웅을 냉혈한 킬러로 그리는 것들은 버리고, 도전과 경쟁심을 고취할 만한 것들로 대체하자. 분명히 자녀는 소리를 쳐대고 여전히 친구 집에서 그 게임을 하겠지만, 궁극적인 목적은 폭력에 반대한다는 입장을 분명히 하고 자녀가 무감각해지는 시간을 줄이는 것이다.

비디오 게임 프로그램을 정리하기 전에 자녀와 대화하자. 자녀에게 '재미일 뿐이에요' 라든지 '진짜 폭력이 아니잖아요', '다른 애들도 다 이 게임을 해요' 등등의 말할 기회를 주고, 자녀들 앞에서 확실하게 여러분의 입장을 밝힘으로써 폭력이 재미가 되어서는 안 된다는 사실을 일깨워 주자.

십대의 발언 : "왜 이 게임을 하면 안 된다는 거예요?"

여러분의 대답 : "이 게임이 인기가 많다는 것은 알아. 네가 하고 싶어하는 것도 이해해. 하지만 그래픽으로 묘사한 폭력도 유흥으로 간주되어선 안 된다. 학교에서든 도서관에서든 이런 폭력적인 게임은 하지 않기를 바란다. 우리 집에서도 역시 용납이 안 돼."

십대의 발언 : "하지만 왜요?"

여러분의 대답 : "난 이 게임이 전하는 메시지가 싫다. 폭력을 재미로 보이게 만들고 있어. 다른 애들 부모님은 허락할지 모르지만, 우리 집 안에서는 안 된다."

음악의 폭력적인 가사에 대해 대화하기

오늘날 많은 대중음악에는 자살, 살인, 죽음, 개인적 쾌락, 모험 추구, 약물 사용 등에 대한 메시지가 담겨 있다. 많은 뮤직 비디오―특히 랩 뮤직 비디오―에서는 의도적으로 무장 폭력과 범죄를 미화시키고 있다. 어떤 것은 여성을 비하하고 여성에 대한 폭력을 컴퓨터 그래픽으로 삽입한다. 이러한 모든 것이 유흥이라는 이름 안에 있다. 십대 자녀에게 대중음악을 듣지 못하게 하거나 뮤직 비디오를 보지 못하게 할 수는 없다. 그것들은 벗어날 수 없는 그들 세계의 일부이다. 그렇다고 방관해서는 안 된다.

이해하자. 자녀가 좋아하고 즐겨 듣는 음악의 가사에 주의를 기울이

자. 생일선물이나 명절선물을 살 때, 불쾌한 음악은 사주지 않고 그 이유를 설명하자.

"네가 이것을 좋아하는 걸 알지만, 그렇게는 안 돼. 난 네가 자라는 사회가 좀더 평화롭고 편안하게 되기를 원해. 이런 종류의 음악은 많은 아이들에게 폭력이나 모욕이 허락된 것을 얻는 방법이라고 생각하게 만든단다. 돈을 이런 메시지를 지지하는 데 이용하고 싶지 않단다. 한번 더 생각해 보렴."

부엌이나 자동차 안에 있을 때, 그런 불쾌한 음악이 나오면 끄자. 자녀들이 불평하면 그 상황을 이용하여 폭력적인 가사에 대해 자신의 견해를 설명하자.

"내 자동차—집—안에서 폭력을 미화하는 노래를 듣고 싶지는 않단다. 너희 세대가 폭력이 유흥이라고 생각한다면, 결코 마음 놓고 거리도 제대로 걸어다니지 못하게 될 거야."

자녀가 여러분이 너무 심하다고 항의하면, 그들이 듣고자 하는 음악이 괜찮은 것인지 확인시켜 달라고 하자.

"이 노래의 메시지가 뭐니?"
"어떤 점이 괜찮니?"

"이 노래의 좋은 점을 설명해 보렴."

대화를 끝맺을 때 자녀가 '부모님이 옳아요. 다시는 이 그룹의 노래를 듣지 않을게요'라고 말하지는 않을 것이다. 하지만 가사에 나오는 폭력에 대한 대화는 자녀들이 옳고 그른 것을 정리하는 데 도움이 된다. 그것이야말로 오늘날의 십대들에게 결여되어 있는 것이다. 확실한 옳고 그름에 대한 견해 말이다. 지저분한 음악 가사는 여러분에게 자녀와 대화할 수 있는 좋은 기회를 제공한다.

뉴스에 실린 폭력에 대한 대화

폭력은 TV 프로그램이나 영화, 음악, 비디오 같은 환상의 세계에만 머무르지 않는다. 그것은 실제 세계의 일부이다. 신문이나 잡지를 집어들 때나 라디오나 TV를 켤 때면 훨씬 분명해진다. 살인, 유괴, 아동 학대, 강간, 폭행, 가정 폭력, 알코올 및 약물 범죄, 증오 범죄, 폭력 강도, 인질극, 강탈, 폭탄, 암살, 저격, 폭력단, 교내 폭력, 인종 및 민족 폭력 등등은 칫솔질만큼이나 우리가 살아가는 삶의 일부이다. 이런 정도로도 이 세상이 무서운 곳으로 보이지 않는다면, 실제 세계의 폭력을 오락거리로 묘사하는 TV 프로그램이 있다. 대개는 성과 폭력 문제를 수반하는 충격적인 화제들이 우리에게 폭행, 강간, 아동 학대, 배우자 학대, 기타 범죄의 희생자를 보여준다. 희생자와 공격자 모두 확실하고 음탕한, 대개는 신체적 폭력에 관련된 어휘를 사용하여 자신들의 이야기를 한다. 자녀가 무엇을 생각하는지 짐작이 되는가? 폭력이 필수적인가? 폭력이 재미인가? 통제되지 않는 폭력이 인간의 정신인가? 실생활에서의 폭력은 사람들이 자신의 사회를 생각하는 방법에 있어서 실제 세계에 대한 모습으로 계속해서 재해석되는 TV 프로그램이나 영화보다 훨씬 강력한 영향을 미친다. 저녁 뉴스를 보고 난 자녀가 '엄마, 저런 일이 실제로 일어날 수 있어요?' 라고 말하지는 않을 것이다. 모두가 그게 사실이라는 것을 안다. 이러한 실제성에 관련된 폭력적인 이미지와 이야기가 사람들을 무감각하게 만드는 것이다. 충격이나 분노는 폭력이 일상화되면서 감소한다. 범죄 기록은 사실적이지 않는 영화 오락의 캐릭터에 이용하기 위해 시작되었다.

가능하면, 자녀가 TV 주위에 있을 때에는 저녁 뉴스를 보지 않는다. 그날 일어난 사건을 토론하려면 신문이나 라디오를 이용한다. 뉴스를 함께 들은 경우에는 이 기회를 이용하여 자녀와 폭력에 대해 토론한다. 대화는 다음과 같이 시작하면 된다.

"들었니? 저 사람들이 무얼 느꼈을까?"

"저 사람이 왜 그렇게 했을까?"

"저런 일이 우리 집 근처에서 일어난다고 생각해 봤니? 그러면 어떤 기분이 들까?"

"그 뉴스가 충격이었니?"

"사람들이 폭력으로 가득 찬 소식을 듣고도 충격이나 공포를 느끼지 않는 이유가 그들이 너무 많은 '오락거리' 폭력을 보았기 때문이라고 생각하지 않니?"

TV 뉴스 제작자에게 삶의 긍정적인 측면에 초점을 두라고 요구할
수는 없지만, 적어도 부정적인 뉴스가 나오면 자녀들과 삶의 한 측면
에 대해 대화할 기회가 된다.

교내 폭력에 대해 대화하기

학교는 더 이상 안전지대가 아니다. 자녀가 교내 폭력에 대해 어떻
게 생각하는지 대화하자.

자녀에게 묻자 : "신문을 읽어보니까 많은 아이들이 학교에 무기를
가져오는 이유가 스스로를 보호해야 한다고 느끼기 때문이라는데, 네
생각도 그러니?"

자녀에게 묻자 : "학교가 안전하니?"

아니라고 대답하면 : "안전함을 느끼려면 어떻게 해야 할 것 같니?"

자녀에게 묻자 : "대부분의 아이들은 폭력으로 문제를 해결한다고
생각하니?"

그렇다고 대답하면 : "애들이 왜 그렇게 느낀다고 생각하니?"

자녀에게 묻자 : "학교에서 누군가 폭력을 이용해 너를 협박하면
어떻게 할 거니?"

연인 관계에서의 폭력에 대해 대화하기

심리학자들은 연인들 사이에서 일어나는 낮은 수준의 또는 상처를

입히지 않는 신체적 공격은 심각한 문제라고 한다. 서로 모욕하고 주먹이 올라가며, 밀어내거나 얼굴을 때리는 연인들은 그러한 상황이 통제 불가능하게 될 수도 있다는 사실을 발견한다. 미국 심리학 협회에서 발표한 최근의 한 연구에 의하면, 고등학생이나 대학생 사이에 퍼져 있는 네 가지의 낮은 공격 수준을 발견할 수 있다. 연구자들은 20%~50%의 청소년이 만15세에 이를 때까지 몇 가지 유형의 폭력 행위를 자신의 상대자에게서 경험한다는 사실을 알았다. 그러나 놀라운 것은, 많은 커플들이 이러한 행위를 해롭지 않으며 심지어는 연인 관계에서 정상이라고 간주하는 것이다.

부모는 자녀에게 폭력 행위가 연인 관계의 일부가 될 수 없다는 사실을 이해시켜야 한다. 이러한 주제로 대화함으로써 자녀가 연인 관계에서의 폭력을 용인하거나 신체적 학대를 낭만적인 논조로 용인하는 일을 줄일 수 있다. 자녀가 신체적으로 학대당한 증거를 발견하지 않는 한, 가장 좋은 방법은 일반적인 주제를 가지고 대화하는 것이다. 그렇지 않으면, 자녀의 상대가 폭력적이라는 사실을 암시한 다음 보다 깊이 있는 대화로 이끌어간다.

"요즘 읽은 얘긴데, 십대 커플들은 화가 나면, 서로 밀거나 때린다고 하더라. 네 친구도 그런 적 있니?"

"내 생각엔 십대들이 사랑은 결코 상처를 주지 않는 것이라는 사실을 알 필요가 있다. 주도하려고 하거나 질투심에 찬 행동은 사랑의 표시가 아냐."

"자신이 사랑하는 사람을 치려고 하는 사람은 모두, 십대든 성인이든 더 심한 폭력을 행사할 가능성이 있어. 이런 상황이 되면 사람들은 그 관계를 끝내고 자신을 정말로 사랑하고 존중하는 사람을 찾아야 한단다."

미국 심리학 협회에서는 「십대에게는 사랑의 상처를 주지 않아야 한다」라는 제목의 소책자를 무료로 보내준다. 이 소책자는 여러분의 자녀가 폭력적인 행위와 태도가 습관화되기 전에 조절하는 방법에 대해 유용한 정보를 제공한다.

갈등을 해결하는 방법에 대해 해야 할 말

사회 폭력을 줄이려면 먼저 십대에게 자신의 갈등을 폭력 없이 해결하는 방법을 가르치는 데서 시작한다. 물론, 여러분 자신이 모범을 보여주는 것이 가장 효과적인 가르침이지만, 별도로 갈등을 해결하는 기술을 가정에서 가르치도록 하자.

자녀들이 상대방을 대하는 행동에 한계를 명확히 하자. 화를 풀기 위해 고함을 치고 욕하거나 문제를 해결하기 위해 때린다면, 아이들에게 폭력은 자신이 원하는 것을 얻는 방법이라는 메시지를 보내는 것이다. 이러한 메시지 때문에 너무나 많은 아이들이 싸울 때, 아무 거리낌 없이 칼이나 총을 학급 동료들에게 들이댄다. 이런 극단적인 사례는 문제의 해결 방법이 아니다. 아이들에게 가정에서 자신이 원하는 것을 얻는 방법을 배우게 하자.

"우리 집에서는 폭력으로 문제를 해결하지 말자. 너희들끼리 대화를 통해 해결하거나, 내가 나서서 중재해 주길 원하면 양쪽의 의견을 듣고 결정을 내도록 하겠다. 계속 싸우기만 하면, 둘 다 벌을 받게 될 거다."

처벌은 폭력적이지 않아야 한다—집 주위, 차고 청소 등.

자녀들이 갈등 상태에 있을 때 물어보자.

"해결 방법을 대화로 풀려고 하면 어떻게 될까? 너희 중 한 명이 그냥 지나치면 어떻게 될까?"

이러한 해결 방법이 일상 생활에서 어떤 작용을 하는지 대화를 나누자. 직장 상사나 배우자를 폭행해서 해결되지 않는 문제들로 가득한 어른의 세계에 대해 대화하자. 이런 문제를 어떻게 해결하는가? 바로 이 점을 자녀에게 가르쳐야 한다.

십대의 질문 : "누가 나를 먼저 때리면 어떻게 해야 돼요?"

이 문제는 대답하기 어렵다. 누구도 자녀가 맞고 들어오는 것은 원치 않기 때문이다. 그러나 폭력적으로 문제를 해결해서는 안 된다는 생각을 다시 확인시켜 준다.

여러분의 대답 : "그런 경우엔, 정말로 화가 나고 되받아치고 싶을 거야. 하지만 그렇게 하는 일이 문제를 해결해 주는지 생각해야 한단 다. 네가 상대방을 치고, 상대방이 다시 너를 치고… 그러면 문제는 계속 남아 있게 돼. 폭력은 더 심한 폭력을 유발하니까. 네가 그 연결 관계를 끊으려면 그냥 지나쳐야 했다. 그건 되받아치는 것보다 훨씬 더 큰 용기가 필요하지. 하지만 네가 그냥 지나치고 나면, 냉정함을 찾을 시간을 가지고 비폭력적인 해결 방식을 생각할 수 있게 될 거야."

자녀가 이런 방법의 증거를 필요로 하는 경우, 마틴 루터 킹이나 간디에 대해 이야기하라. 모두 비폭력 혁명을 주도했고 승리한 사람들이다.

폭력을 피하는 것에 대해 해야 할 말

폭력적인 사회에서 안전하려면 위험을 느낄 때, 그것을 피하는 방법을 알아야 한다. 자녀에게 다음 나열된 사항을 열거하고, 위험에서 벗어나는 방법을 알려주자.

- 위험한 상황에 빠지지 않도록 한다.
- 골목으로 나 있는 지름길을 이용하지 않는다.
- 사람이 없는 지역에서 서성거리지 않는다.
- 밤에 혼자 나가지 않는다.
- 희생자처럼 보이지 않도록 한다.
- 항상 당당하고 빠르게 걷는다.

· 공격받으면 맞서 싸운다. 눈이나 사타구니, 목젖과 같은 취약한 부분을 겨누고, 이용할 수 있는 모든 무기를 이용한다.

· 야간운전 중에는 문을 잠그고 창문을 닫는다.

· 주차장에 있는 자동차를 타기 전에 차 안이나 차 아래를 점검한다.

· 운전 중에 미행하는 차가 있으면, 집으로 가지 않고 가까운 경찰서로 간다.

· 폭력단은 하는 일 없는 느슨한 친구 집단이라도 피한다. 많은 경우, 지루해서 자기들끼리 만든 집단들이 '야수화(wilding)'되기 시작한다. 이 용어는 1989년 뉴욕에서 고발된 7명의 소년들이 한 젊은 여성을 폭행, 강간한 행위를 지칭할 때 최초로 사용되었다. 이 소년들은 하는 일 없이 거리를 배회하다가 재미로 이와 같은 폭력 행위를 저질렀다. 마냥 서성거리는 일이 위험으로 돌변할 수 있음을 확실히 보여준 사례다.

· 누군가 폭력을 계획하는 사람을 알고 있다면, 도움을 줄 수 있는 사람에게 알린다. 알라바마에서 총기를 난사하여 학급 동료를 죽인 한 소년은 몇몇 친구들에게 '그 일을 할 것'이라고 말했다. 그 친구들 중 한 명이라도 어른에게 알렸다면, 결과는 완전히 달랐을 것이다.

폭력과 부딪쳤을 때 해야 할 말

직접적으로 폭력 행위에 관련되었을 때, 희생자로든 목격자로든 자녀는 아주 많은 사랑, 편안함, 확신을 필요로 하며 또한 사건에 대해 대화할 필요성을 느낀다. 대화는 폭력이라는 심리적 외상에 대한 최고의 치료제이다. 따라서 자녀가 발생한 일을 이야기하도록 격려해야 한다. 우선 듣는다. 자녀에게 완전히 주의를 집중하고 부모 자신의 견해나 분노를 표현하지 않도록 한다. 간단하게 말하자.

"네가 무엇을 느꼈는지 말해 보렴."

자녀가 두려움을 말로 표현할 수 있도록 도와주자.

폭력적인 일화를 말하는 행위는 그것을 해소하는 것과 마찬가지이므로 걱정할 필요가 없다. 대화는 감정적 분출구를 제시하고 폭력의 두려움에 직면하면서 가진 부담감을 덜어준다. 자녀가 대화를 거부하면 여유를 준 다음, 계속해서 마음을 터놓을 수 있는 기회를 만들어야 한다.

각각의 폭력 형태마다 여기에서는 제시할 수 없는 나름대로의 대화가 필요하다. 하지만 단순히 자녀와 무엇을 말해야 할지 모르는 경우에는 망설이지 말고 부모와 자녀 모두를 위해 도움을 청한다. 학생들이 학급 동료의 죽음이나 교내 폭력 사건을 경험한 경우에는 즉시 상담원을 동원하여 학생들이 혼란스러운 감정을 다스릴 수 있도록 도와준다. 전문가의 도움도 현명한 선택이다. 부모는 학교 상담원과 대화를 시작하거나 또는 학교 지역 내의 외상 심리학자에게 정보를 문의할 수 있다.

또한 자녀가 다음과 같은 행동을 보일 때에는 심리치료 상담을 고려해야 한다.

- 분노에 찬 공격

- 만성 우울증

- 주의 산만

- 감정이 없는 반응

- 악몽

- 공포

전문가와의 상담은 자녀들의 일생을 따라다닐 수도 있는 외상 후 스트레스 증후군(posttraumatic stress syndrome)에서 벗어날 수 있도록 도와준다.

자녀가 가해자일 때 해야 할 말

자녀에게 폭력이 자신들의 생활에 미치는 효과를 말해 주는 것은 중요하다. 그러나 자녀가 폭력 행위의 가해자라는 것을 알게 되면 무슨 말을 해야 하는가? 학교에서 전화가 와서, 자녀가 싸우고 있다거나 화재 경보기를 눌렀다거나 다른 학생이나 교사에게 신체적으로 위해를 가하겠다고 협박했다고 한다면 어떻게 이야기해야 하는가? 여러분은 다음 4가지 단계를 따라야 한다.

1단계 - 무슨 일이 발생했는지 파악한다 화가 나기도 하겠지만, 자녀에게 설명할 기회를 준다. 무슨 일이, 왜 발생했는지 파악한다.

2단계 - 공감을 강조한다 자녀에게 그의 행동이 다른 사람에게 미친 영향을 설명한다.

"네가 그렇게 했을 때 다른 사람들이 어떻게 생각했겠니? 상대방의 입장이 되어보렴. 너라면 네가 한 일에 어떻게 반응했겠니?"

자녀에게 배려, 보살핌, 공감 등을 주입하고, 그가 폭력이 해결책이 아닌 이유를 알 수 있도록 도와준다.

3단계 - 결과를 설명한다 폭력 행위의 이유가 무엇이든 자녀에게 어떤 형태의 폭력도 용납되지 않는다는 사실을 주저하지 않고 말한다. 시간이 지나면, 행위의 결과가 분명해진다. 흐지부지한 경고로 폭력 행위를 무마해서는 안 된다. 폭력은 결코 용납되지 않는 해결 방법이고, 항상 그에 상응하는 대가가 있다는 것을 알려주자. 가족의 벌칙이 무엇이든(컴퓨터나 비디오 게임 사용 금지 등), 죄에 맞는 벌칙을 엄격하게 적용하자.

"인간은 자신의 행동에 따라 보답을 받는단다. 그러므로 네가 한 행동에 책임을 지고 그 결과를 수용해야 한단다."

4단계 - 개선한다. 잘못에 책임지는 일에는 개선 행위도 포함된다. 자녀들이 그 상황을 어떻게 수습해야 하는지 결정할 수 있도록 도와준다.

"사과하는 게 적절하다고 생각하니?"

"네가 저지른 상해를 보상할 방법이 있니?"

"네가 한 일을 만회하기 위해 할 수 있는 일이 있을까?"

어려운 임무

사람들은 대개 자녀의 시청 습관을 감독하는 것은 부모의 책임이라고 말한다. 하지만 그토록 다양한 미디어의 영향력을 가리는 일이 가능한가? 영화의 등급이나 CD의 라벨을 점검할 수는 있다. 하지만 뮤직 비디오 및 폭력적인 비디오 게임이 이웃의 집집마다 허용되고 있는 것이 현실이다. 하지만 자녀와 폭력의 부정적인 측면에 대해 대화함으로써, 가장 중요한 일차적 단계에 들어설 수 있다. 이것은 어려운 임무이다. 세상은 십대에게 폭력이 재미있고 정상적인 것이라고 말한다. 그들은 자신의 부모로부터 결코 그렇지 않다는 말을 들어야 한다. 세상은 십대에게 '이게 전부야'라고 말한다. 그들은 자신의 부모로부터 주어지는 대로 받아서는 안 된다는 말을 들어야 한다.

"네가 살고 싶은 세상을 만들기 위해 봉사하렴. 언제든지 우체국에 갈 수 있고, TV와 라디오를 켤 수 있고, 음악 테이프를 살 수 있는 그런 세상 말이야. 단, 조심스럽게 선택해야 한단다."

그 다음으로 중요한 단계는 자녀와 서로 존중하며 대화할 시간을 가지는 것이다. 포용, 애정, 승인, 존경, 사랑을 줄 수 있는 것을 이야기한다. 부모로부터 이와 같은 영향을 받은 아이에게는 분노가 없으며 나아가 사회 자체를 자유롭게 만든다.

〈 끝 〉